茅盾研究八十年書系

邵伯周◎著

14

茅盾評傳（上）

錢振綱・鍾桂松◎主編

花木蘭文化出版社

國家圖書館出版品預行編目資料

茅盾評傳（上）／邵伯周 著 — 初版 — 新北市：花木蘭文化
出版社，2014〔民 103〕
目 4+182 面；19×26 公分
（茅盾研究八十年書系；第 14 冊）
ISBN：978-986-322-704-5（精裝）
1. 沈德鴻　2. 傳記　3. 文學評論
820.908　　　　　　　　　　　　　　　　103010232

中國茅盾研究會《茅盾研究八十年書系》編委會

主　編：錢振綱 鍾桂松

副主編：許建輝 王中忱 李　玲

特邀顧問：

邵伯周 孫中田 莊鍾慶 丁爾綱 萬樹玉 李　岫

王嘉良 李廣德 翟德耀 李庶長 高利克 唐金海

ISBN-978-986-322-704-5

茅盾研究八十年書系
第十四冊　　　　　　　　　　　　　ISBN：978-986-322-704-5

茅盾評傳（上）

本書據四川人民出版社 1987 年 1 月版重印

作　　者　邵伯周
主　　編　錢振綱　鍾桂松
總 編 輯　杜潔祥
副總編輯　楊嘉樂
編　　輯　許郁翎
出　　版　花木蘭文化出版社
社　　長　高小娟
聯絡地址　235 新北市中和區中安街七二號十三樓
　　　　　電話：02-2923-1455／傳眞：02-2923-1452
網　　址　http://www.huamulan.tw 信箱 hml 810518@gmail.com
印　　刷　普羅文化出版廣告事業
初　　版　2014 年 7 月
定　　價　60 冊（精裝）新台幣 120,000 元　　　版權所有・請勿翻印

茅盾評傳(上)

邵伯周 著

作者簡介

邵伯周，1924 年 8 月生，浙江江山人。1948 年開始發表作品，先後任教於上海虹口中學、華東速成實驗學校師資部；1954 年 9 月起，歷任上海師專、上海師院、上海師大等學校中文系、文學研究所教授、研究員；現代文學教研室主任，研究生導師；中國作協會員。1959 年 8 月至1960 年 7 月應聘講學於越南河內師範大學，並擔任中國專家組組長，獲越南政府授予的友誼獎章和獎狀。1987 年上海市文聯授予培養文藝人才傑出貢獻獎。曾擔任中國魯迅研究會第二、三、四、五屆理事會理事；參與籌建中國現代文學研究會並擔任一至六屆理事會常務理事，現為名譽理事；參與籌建中國茅盾研究會並擔任該會常務理事、副會長，《茅盾全集》編委。現為該會顧問。著作有《魯迅研究概述》、《〈吶喊〉、〈彷徨〉藝術特色探索》、《魯迅思想與雜文藝術》、《〈阿 Q 正傳〉研究縱橫談》、《茅盾的文學道路》、《茅盾評傳》、《簡明中國現代文學史》、《中國現代文學思潮研究》、《人道主義與中國現代文學》、《蔚園集》、《平凡的旅程》等，其中《〈吶喊〉、〈彷徨〉藝術特色探索》獲上海市高校哲學社會科學優秀著作獎；論文 80 多篇，其中《論魯迅的中外文化觀》1994 年獲上海哲學社會科學研究優秀論文獎。1993 年 9 月離休。《茅盾幾部重要作品的評價問題》1998 年 9 月獲國家級大獎——魯迅文學獎（理論批評）；2001 年獲茅盾研究突出貢獻獎；2009 年獲得中國作協頒發的「為新中國 60 年文學發展貢獻」榮譽證書；2011 年 6 月，他人撰寫的《中國現代文學研究專家邵伯周傳》編入《師道永恒》（二），由上海人民出版社出版；2013 年 12 月上海作家協會以數字出版方式出版四卷本（220 多萬字）的《邵伯周文集》。

提　要

寫一本《茅盾評傳》，筆者有志於此久矣，但直到一九八二年才作具體考慮。

文學創作沒有、也不應該有「樣板」，而應該百花齊放。人物傳記的寫作沒有、也不應該有「模式」，應該百家爭鳴，體例和形式也應該百花齊放。所以這本評傳，既沒有按某種「模式」來寫，也沒有找一本「範本」來學習，只是考慮到應該寫出一個真實的茅盾，一個歷史上曾經存在過的茅盾。至於評價，就總的面來說，早就有過了。一次是一九四五年茅盾五十歲誕辰時，重慶《新華日報》發表社論《中國文藝工作者的路程》和王若飛的文章《中國文化界的光榮，中國知識分子的光榮》，這是黨對茅盾的第一次評價。第二次評價就是茅盾逝世以後胡耀邦的《在沈雁冰同志追悼大會上的悼詞》。作為評傳，自然還應對茅盾各個歷史階段、各個方面的活動和成就作出具體的、符合實際情況的評價。把具體記述和具體評價結合起來，目的是更好地寫出一個真實的茅盾，一個歷史上曾經存在過的茅盾。——這是寫作這本評傳的指導思想。

從上述指導思想出發，具體考慮到以下幾個問題：

一個偉大人物的出現，是一個民族文化發展的結晶，又有特定的歷史背景。「五四」時期，人才輩出，群星璀璨，從根本上說是由於生產力的發展，使社會階級結構發生了變化，出現了新的社會力量。直接原因有二：一是從戊戌維新開始的教育制度的改革，培養了一批新型的知識分子，二是改變了閉關鎖國的政策，向西方學習，西方現代自然科學知識、社會科學知識、各種主義、思潮、流派大量介紹了進來，開始了西方文化與中國傳統文化融合的過程。我國民主革命的領袖人物和骨幹力量、「五四」新文化運動的領袖人物和骨幹力量就是在這一背景下湧現出來的。本書的寫作，力求從這一歷史高度來考察茅盾的活動。

一個偉大人物的活動從來就不是個人孤立的活動，而是有形的或無形的集體活動的一個組成部分。茅盾之所以能夠對我國現代革命事業、文藝事業作出重大的貢獻，除了他個人的才華之外，另一個重要原因就是他始終是在集體之中活動的。本書評述茅盾的活動成就時，力求聯繫黨、文藝社團和他周圍人物的活動。當然，他個人的才華、主觀能動性，毫無疑義是起了重大作用的。

　　寫傳記或評傳，首先應該讓事實說話。對所「傳」的人物的生平、經歷、事蹟、成就，越具體越好。還應該有一些必要的細節描述，所「傳」的人物才能成為「活人」。但同樣重要的是：不應是人物生平事蹟的羅列，而應該去揭示他的靈魂，揭示他的精神面貌。用一句現成的套話，那就是要揭示出貫串人物一生的那根「紅線」。那麼，貫串茅盾一生的「紅線」是什麼呢？我們認為那就是毫無保留地為中國人民的革命事業，為共產主義的偉大理想而獻身的精神。

　　茅盾的一生，經歷了我國舊民主主義革命、新民主主義革命、社會主義革命和建設三個歷史時期。本書分上、中、下三編，上編寫他的家庭、童年和學生時期，大體上就是在舊民主主義革命時期。中編寫他一九一六年進入商務編譯所到一九四八年底去解放區，大體上就是在新民主主義革命時期。下編寫他一九四九年初到北平參加政治協商會議到與世長辭，相當於社會主義革命和建設時期。每編分若干章，大體上按生平經歷來劃分。章下再分節。考慮到茅盾生平經歷的某些階段變化很大，如一九二五年到一九二七年間、一九三七年到一九四〇年間，某些階段變化較少，如「文革」前十七年；再考慮到茅盾在某一階段的活動、成就和影響又都是多方面的，所以章、節的劃分不用一刀切的辦法，而是既按時間的線索又從橫的方面來分項評述，並把兩方面結合起來。這樣從體例上看似乎不夠統一，但這樣做，一方面便於敘述他的經歷，脈絡清楚；一方面評述他的主要成就，重點突出。

目

次

前言　偉大的時代孕育出偉大民族的優秀兒女⋯⋯⋯ 1

上　冊

上編　從平民社會中來（1896～1916）⋯⋯⋯ 13

第一章　故鄉和家世⋯⋯⋯⋯⋯⋯⋯⋯⋯⋯⋯ 15

　一　「唐代銀杏宛在，昭明書室依稀」⋯⋯⋯ 15

　二　小康人家・維新派⋯⋯⋯⋯⋯⋯⋯⋯⋯ 20

第二章　在母親的「訓政」下⋯⋯⋯⋯⋯⋯⋯ 27

　三　「第一個啓蒙老師」⋯⋯⋯⋯⋯⋯⋯⋯ 27

　四　「換過三個中學校」⋯⋯⋯⋯⋯⋯⋯⋯ 33

第三章　背離了父親的遺願⋯⋯⋯⋯⋯⋯⋯⋯ 41

　五　北京大學預科三年⋯⋯⋯⋯⋯⋯⋯⋯⋯ 41

　六　「厭倦了學校生活」⋯⋯⋯⋯⋯⋯⋯⋯ 43

中編　為民族和人民的解放而奮鬥

　　　（1916～1948）⋯⋯⋯⋯⋯⋯⋯⋯⋯⋯ 47

第四章　在「五四」新文化運動中嶄露頭角⋯⋯ 49

　七　開始踏上人生的征途⋯⋯⋯⋯⋯⋯⋯⋯ 49

　八　舉起「革新・創造・奮鬥」的旗幟⋯⋯⋯ 51

　九　繼續追求眞理⋯⋯⋯⋯⋯⋯⋯⋯⋯⋯⋯ 54

第五章　投入革命的洪流⋯⋯⋯⋯⋯⋯⋯⋯⋯ 59

十　　　中國共產黨的第一批黨員之一 ⋯⋯⋯⋯ 59

十一　　奪取文學革命的戰略性勝利
　　　　——革新《小說月報》 ⋯⋯⋯ 62

十二　　爲了新文學的現實主義 ⋯⋯⋯ 66

十三　　魯迅小說的第一個「知音」⋯⋯⋯ 75

十四　　與創造社的論爭 ⋯⋯⋯ 79

十五　　與「鴛鴦蝴蝶」派、「學衡」派的鬥爭 79

十六　　研究外國文學的最初成果 ⋯⋯⋯ 92

十七　　組織「桐鄉青年」社、「民眾戲劇」社 95

第六章　在革命高潮中 ⋯⋯⋯⋯⋯⋯⋯ 97

十八　　參加「五卅」運動 ⋯⋯⋯ 97

十九　　《論無產階級藝術》及其他 ⋯⋯⋯ 100

二十　　選注古籍，研究神話 ⋯⋯⋯ 103

二十一　廣州之行前後 ⋯⋯⋯ 105

二十二　革命緊急關頭在武漢 ⋯⋯⋯ 108

二十三　人生征途上的重大轉折 ⋯⋯⋯ 111

第七章　「停下來思索」 ⋯⋯⋯⋯⋯⋯ 113

二十四　蟄居上海，開始創作生涯 ⋯⋯⋯ 113

二十五　知識分子心靈的歷程
　　　　——《蝕》 ⋯⋯⋯ 118

二十六　亡命日本，潛心著作 ⋯⋯⋯ 120

二十七　《野薔薇》及其他 ⋯⋯⋯ 123

二十八　參與「革命文學」論爭 ⋯⋯⋯ 125

二十九　「思索」已得到初步答案的標誌
　　　　——《虹》 ⋯⋯⋯ 129

三　十　學術研究的豐碩成果 ⋯⋯⋯ 131

第八章　與魯迅並肩戰鬥（上） ⋯⋯⋯ 135

三十一　參加「左聯」，連戰皆捷 ⋯⋯⋯ 135

三十二　新的探索 ⋯⋯⋯ 141

三十三　支持《文學月報》，參加文藝大眾化討論 144

三十四　重大的突破〔一〕
　　　　——革命現實主義鉅著《子夜》 147

三十五　重大的突破〔二〕
　　　　——短篇小說集《春蠶》 171

下　冊

第九章　與魯迅並肩戰鬥（下） …………181
　　三十六　《申報・自由談》的兩大「台柱」之一 …181
　　三十七　爲《文學》嘔心瀝血 …………184
　　三十八　協助魯迅創辦《譯文》及其他 ………186
　　三十九　爲了文藝界的團結 …………190
　　四　十　「向新階段邁進」 …………194
　　四十一　創作、譯介雙豐收 …………196
　　四十二　撰寫文學評論，獎掖文藝青年 ……198
　　四十三　創作經驗的系統總結
　　　　　　──《創作的準備》 …………201

第十章　走遍大半個中國 …………205
　　四十四　爲抗日戰爭而「吶喊」 …………205
　　四十五　去香港建立「文藝陣地」 …………206
　　四十六　探索文藝爲抗日戰爭服務的道路 …209
　　四十七　通俗化的嘗試
　　　　　　──《第一階段的故事》 …………211
　　四十八　「新疆各民族現代文藝工作者的啓蒙良師」
　　　　　　 …………214
　　四十九　在革命聖地延安 …………217

第十一章　「驅車我走天南道」 …………221
　　五　十　開闢「第二戰場」 …………221
　　五十一　革命現實主義的新收穫──《腐蝕》 …224
　　五十二　大後方生活的寫眞
　　　　　　──《如是我見我聞》及其他 …………226
　　五十三　「棲遲八桂鄉，悠焉寒暑易」 …………228
　　五十四　新的民族形式的成功之作
　　　　　　──《霜葉紅似二月花》 …………231
　　五十五　堅持「現實主義的道路」 …………233

第十二章　戰鬥在「霧重慶」 …………237
　　五十六　「丹青標風骨，願與子同仇」 …………237
　　五十七　諷刺・歌頌・呼籲
　　　　　　──《時間的記錄》及其他 …………240
　　五十八　廣大人民群眾的呼聲──《清明前後》 …242
　　五十九　開拓翻譯工作的新領域 …………244

六　十　提倡藝術「為人民的服務」…………………………245

第十三章　支持人民解放戰爭………………………………249

　六十一　為和平民主而大聲疾呼……………………………249

　六十二　「乘風萬里廓心胸」
　　　　　　——訪問蘇聯………………………………………253

　六十三　再次撤往香港………………………………………255

　六十四　小說創作的重要進展
　　　　　　——《鍛煉》………………………………………257

下編　獻身社會主義事業……………………………………259

第十四章　迎接新中國的誕生………………………………261

　六十五　籌備文代大會，擔任「文協」主席………………261

　六十六　參加政協會議，出任文化部長……………………264

第十五章　在領導崗位上……………………………………267

　六十七　為發展社會主義文化事業而殫精竭慮……………267

　六十八　促進國際文化交流和人類進步的事業……………276

第十六章　老本行，新貢獻…………………………………281

　六十九　編輯工作的新貢獻
　　　　　　——主編《人民文學》、《譯文》………………281

　七　十　文藝理論方面的新貢獻
　　　　　　——《鼓吹集》、《鼓吹續集》…………………284

　七十一　培育青年作者的新貢獻……………………………292

　七十二　學術研究的新貢獻
　　　　　　——《夜讀偶記》、《關於歷史和歷史劇》
　　　　　　………………………………………………………295

　七十三　文學寫作的成敗得失………………………………301

第十七章　十年浩劫的考驗…………………………………305

　七十四　橫遭誣蔑……………………………………………305

　七十五　「清風晚節老梅香」………………………………307

第十八章　「浩氣真才耀晚年」……………………………313

　七十六　「烈士暮年，壯心不已」…………………………313

　七十七　「撰寫回憶錄，文史繪春秋」
　　　　　　——《我走過的道路》……………………………319

　七十八　「一生的最大榮耀」………………………………323

結語　卓越的無產階級文化戰士永垂不朽…………………331

後　記…………………………………………………………341

茅 盾

茅盾及其親屬（1959）

茅盾手跡

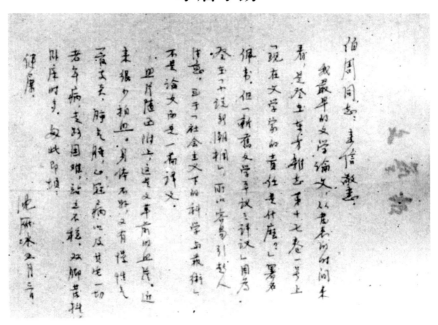

前　言
偉大的時代孕育出偉大民族的優秀兒女

> 歷史早已證明，偉大的革命鬥爭會造就偉大人物，使過去不可
> 能發揮的天才發揮出來。
>
> ——列寧

亞洲東方的上空，群星璀璨，光輝奪目。

二十世紀初的中國，李大釗、毛澤東、周恩來……相繼出現了；魯迅、郭沫若、茅盾等，也相繼出現了。他們，是中華民族優秀傳統文化的結晶，是「五四」這個偉大時代所孕育出來的「巨人」。

「五四」這個產生「巨人」的偉大時代的到來，並不是偶然的，而是歷史的必然。從根本上來說，是因為社會生產力的發展，引起了社會階級關係的變化，出現了無產階級和資產階級。同時，教育、文化、文學藝術等意識形態也跟著發生了變化。在這一變化過程中，有兩種互相聯繫的情況會別值得注意：一是教育制度的改革，培養了一支新型的知識分子隊伍；二是向西方學習，形成了西方文化和中國傳統文化的衝擊和融合。

不妨回顧一下歷史

眾所周知，戊戌變法維新是失敗的。但教育制度的改革——廢八股改試策論和開辦新式學堂這兩項「新政」，不僅沒有停止，反而繼續得到推行，甚至還有很大發展。在洋務運動中，清朝政府就開始注意介紹西方自然科學知識，模仿西方，開辦了一些新式的軍事學校和專門學校，魯迅就是在一八九八年進入南京水師學堂，後又轉入陸師學堂附設的礦路學堂的。一九○一年，清廷命各省開辦高等學堂、府設中學堂、州縣設小學堂。一九○三年清廷公佈

了奏定學堂章程，規定了新式的學校教育制度，這是我國現代教育制度的濫觴。一九〇五年，清廷正式宣布停止科舉考試，推廣新式學堂。除政府辦學外，私立學校也開始出現。這樣，新式的各級各類學校便迅速地在全國各地開辦起來。

洋務運動時，清朝政府就已向國外派遣留學生。一八七二年起，就連續四年派了一百二十名學生去美國留學（其中就有詹天祐），一八七七年派了三十名學生和藝徒去英國學海軍和造船（其中有嚴復）。維新運動失敗以後，「新政」之一的向國外派遣留學生的工作也沒有停止，人數反而年年增加。特別是去日本的，在「官派」留學生的影響下，還有許多人自費去留學。官費和自費留日學生，最多時達一萬五千人。魯迅就是一九〇二年官費去日本留學的。

清朝政府開辦各級各類學校，派遣留學生出國學習，自然是爲了清王朝自身的利益，並且也確實培養了一批爲封建統治者、爲帝國主義效勞的「人才」，甚至是「奴才」、「洋奴」，有些人則成爲官僚政客和寄生蟲。但更多的人則違背了辦學者的願望。他們學習了現代自然科學知識，接受資產階級民主主義思想的影響，成爲與封建士大夫完全不同，也與維新派完全不同的新型知識分子，這是中國社會中從來沒有過的、一股新的力量。在他們身上有著新的特點：

他們和下層社會接觸比較多，對人民的苦難就有比較多的瞭解，因而進行社會改革的要求就更爲強烈。留學生身處異域，把資本主義國家的現狀與中國封建社會的腐朽相對比，對民族危機就有更深的體會，因而也就有更爲強烈的愛國思想。魯迅一九〇三年在日本寫的《自題小像》詩：「靈臺無計逃神矢，風雨如磐闇故園。寄意寒星荃不察，我以我血薦軒轅」。表達了一個留日學生以身許國的堅強意志。他還在《中國地質略論》中寫道：「中國者中國人之中國，可容外族之研究，不容外族之探撿；可容外族之讚嘆，不容外族之覬覦者也」。〔註1〕表達了魯迅的、也是當時大多數留日學生反對帝國主義侵略，保衛祖國權益的愛國主義思想。

他們頭腦中封建思想比較少，西方資產階級的社會政治學說的影響比較多。留學生中的大多數人，本來就是懷著尋求救國救民的道路出國去的。吳玉章的：「東亞風雲大陸沉，浮槎東渡起雄心；爲求富國強兵策，強忍抛妻別

〔註1〕《魯迅全集》第8卷第4頁，人民文學出版社，1981年版。

子情」。這一首詩就表達了這一願望。在資本主義國家，又有著宣傳革命思想，進行革命活動的某種方便。比如在日本，二十世紀初的那幾年間，宣傳革命思想的刊物如《遊學譯編》、《湖北學生界》、《江蘇》、《浙江潮》等，就像春筍般出現。進化論、天賦人權論和資產階級共和國等思想武器和政治方案，這些十八、十九世紀資產階級上昇期的東西，對二十世紀的中國知識分子來說，卻還是那樣新鮮。成為他們熱烈追求的理想。

　　他們大都感到歷史賦予自己的責任之重大。魯迅的「我以我血薦軒轅」詩正是這種責任感之表白。有的留學生公開發表文章宣稱：「祖國之前途，其安危悉繫於留學生」；「是留學界者，對乎外為全體國民之代表；對乎內是全體國民之師資，責任之重，無有過於是者」，「留學界中人負全體國民之委託，為全體國民所矚望，……學成而後，盡出所能以過渡於全體國民，而共發達個人、國家、世界之三大主義，乃盡吾留學界之責任」。〔註2〕正是這種歷史責任感，使許多留學生投身到民主革命運動中去。

　　十九世紀末、二十世紀初形成的、以孫中山為代表的民主革命派的領袖人物和骨幹力量，基本上就是由這一批新型的知識分子組成的。

　　孫中山本人就是醫科大學畢業的知識分子。一八九四年他在檀香山組織的革命團體興中會，開始時會員中有一些資本家，但孫中山離開後就停止活動。以後在香港、廣州、東京、橫檳、河內等地成立的興中會總部和分會，會員大多是知識分子。光復會的重要成員章炳麟、蔡元培、陶成章、徐錫麟、秋瑾，華興會的黃興、劉揆一、陳天華和轟動一時的《革命軍》一書的作者鄒容等，也都是知識分子。他們當中有的曾留學日本。一九○四年到一九一一年間，在武漢先後出現的科學補習所、日知會、文學社、群學社、共進會等革命團體的領導人和成員也大都是知識分子。這些革命團體在新軍中的工作比較深入，同時又與同盟會有聯繫。武昌起義，一舉推翻清王朝，和這些革命團體中的知識分子在新軍中進行的大量工作是分不開的。

　　怎樣判定這些知識分子的階級屬性？

　　馬克思把資本主義社會中的腦力勞動者看作和體力勞動者一樣，都是雇傭勞動者，他說：「這些人中的每一個人對資本的關係是雇傭勞動者的關係。」〔註3〕他又說：在學校中，「教師對於學校老闆，可以是純粹雇傭勞動者，……

〔註2〕　雲窩：《教育通訊》（江蘇）第4期。
〔註3〕　《剩餘價值理論》，《馬克思恩格斯全集》第26卷第443～444頁。

這些老師對學生來說，雖然不是生產工人，但對雇佣他們的老闆來說卻是生產工人。」在戲院樂場所，「演員對觀眾來說，是藝術家，但是對自己的企業主來說，是生產工人。」〔註4〕列寧曾經把俄國解放運動劃分為三個時期：就是（1）貴族時期，（2）平民知識分子或資產階級民主主義時期，（3）無產階級時期。列寧認為，「所謂平民知識分子就是自由民主資產階級的受過教育的代表，他們不是貴族，而是官吏、小市民、商人、農民。」列寧指出，別林斯基是「代替貴族的平民知識分子的先驅」。〔註5〕他還指出，車爾尼雪夫斯基、杜勃羅留波夫等則是「新的一代平民知識分子革命家的代表。」〔註6〕可見列寧是把貴族以外的不同出身、不同職業、具有資產階級民主主義思想的知識分子，都稱為平民知識分子的。斯大林則說「知識分子從來不是一個階級」，而是「由社會各階級出身的人組成的一個階層。」〔註7〕應該說，以孫中山為代表的革命民主派的領袖人物和骨幹力量，都是平民知識分子。當然，就他們的政治思想來說，基本上是資產階級的民主主義思想，他們所進行的革命的性質，是資產階級的民主主義革命，這是勿庸爭論的。

辛亥革命沒有完成反帝反封建的歷史任務。就這一點來說，這個革命是失敗了。但歷史的發展是不會停止的，一個真正偉大的新時代——「五四」時代終於到來了。

「歷史早已證明，偉大的革命鬥爭會造就偉大人物，使過去不可能發揮的天才發揮出來。」〔註8〕「五四」這個偉大的時代造就了一批偉大的人物。

《新青年》倡導新文化運動，迅速形成蓬蓬勃勃的氣勢，迎來了「五四」愛國運動，揭開了中國歷史的新篇章，這也不是偶然的。

在第一次世界大戰時期，中國的資本主義有了進一步發發展，民族資產階級的力量有所加強，特別是工業無產階級力量迅速壯大。到「五四」前夕，產業工人已達二百萬人，他們的鬥爭，已開始帶有反帝反封建的政治鬥爭的性質，就像「地火在地下運行、奔突」一樣，只要時機一到，熔岩就會噴出地面，但在民族資產階級和無產階級中，暫時也還沒有出現傑出的領袖人物。

〔註4〕 《剩餘價值理論》，《馬克思恩格斯全集》第26卷第443～444頁。
〔註5〕 《俄國工人報刊的歷史》，《列寧全集》第20卷第240頁。
〔註6〕 《紀念赫爾岑》，《列寧全集》第18卷第9頁。
〔註7〕 《關於蘇聯憲法草案》，《斯大林選集》下卷第411頁。
〔註8〕 《悼念雅·米·斯維爾德洛夫》，《列寧全集》第19卷第71頁。

　　辛亥革命以後，全國各級各類學校繼續有所發展。據不完全統計，一九一二年，全國有公私立大學四所，學生近二千人（包括預科），專科學校一百十一所，學生近四萬人，中等學校七百所，學生近十萬人。一九一六年，有公私立大學十所，學生十萬人，〔註9〕辛亥革命前後進入各級各類學校的學生，有的升入高一級的學校，有的畢業進入社會工作，開始發揮他們的作用了。

　　辛亥革命以後，繼續有大批留學生出國，留日學生因反對「二十一條」、反對袁世凱稱帝等政治鬥爭的影響，有所減少。但一九一六年間，仍有五千多人，留學歐美各國的則有所增加。第一次世界大戰期間，留法勤工儉學的就有一千七百多人。有不少人先後回國，在文化思想界發揮他們的作用。

　　這樣，平民知識分子這一支隊伍就壯大起來了。他們以「精神界的戰士」的姿態，擔負起歷史所賦予的使命，站在時代的前列，順應時代的要求而「吶喊」了。

　　「數風流人物，還看今朝」。

　　偉大的「五四」時代到來了。從新式學堂培養出來的和從國外留學回來的平民知識分子中，湧現出一批傑出人才。正是他們，把中國歷史翻開了新的一頁。

　　代表了中國人民的新覺醒，提倡民主與科學的新文化運動和提倡白話文、新文學的文學革命運動，就是在這樣的歷史條件下，以陳獨秀創辦的《新青年》為主要陣地，得到李大釗、胡適、魯迅、錢玄同、劉半農等的積極支持發動起來的。

　　陳獨秀早年曾留學日本，參加過辛亥革命，擔任過安徽省教育廳長和安徽師範學堂校長，一九一三年因反對袁世凱被迫逃亡日本。一九一五年回到上海，創辦《青年雜誌》，半年後改名為《新青年》，發表了《敬告青年》、《法蘭西人與近代文明》、《憲法與孔教》等論文，高舉起科學與民主兩面大旗。他以西方資產階級的民主思想為武器，批判中國的封建文化和封建的倫理道德觀念。一九一六年下半年，陳獨秀應聘去北京大學任教。《新青年》也遷北京。新文化運動迅速擴大了影響。李大釗於一九〇七年入天津法政專門學校讀書，一九一三年去日本留學，曾參加反對袁世凱的鬥爭。一九一六年回國，任《晨鐘報》主編、北京大學教授。並在《新青年》上發表文章，積極

〔註9〕　《中國教育年鑑》，教育部編，1934年版。

參加新文化運動。一九一八年間，與陳獨秀一道創辦《每週評論》，宣傳新文化、宣傳馬克思主義。曾經參加光復會的蔡元培，一九○七年到德國留學，一九一二年回國任臨時政府教育總長，組織學生赴法國勤工儉學，一九一七年任北京大學校長，抱「兼容並包」主義，積極支持新文化運動，使北京大學成為新文化運動的主要基地。一九一六年在北京大學預科畢業後進入商務印書館編譯所工作的沈雁冰，在一九一七年到一八年間，先後發表了《學生與社會》、《一九一八年的學生》等論文，宣傳民主主義思想，積極參加新文化運動。一九一七年一月，還在美國留學的胡適，在《新青年》發表《文學改良芻議》，提出了文學改良的主張，接著陳獨秀發表了《文學革命論》加以響應。一九一八年五月起，北京政府教育部任職的魯迅陸續發表《狂人日記》、《孔乙己》等小說，《渡河與引路》等隨感錄，於是作為新文化運動的一個重要組織部分的文學革命運動也就蓬蓬勃勃的發展了起來。這個時期的陳獨秀、李大釗、蔡元培、胡適、魯迅、沈雁冰等新文化運動、文學革命運動的倡導者，他們的社會職業各不相同，他們的政治思想都還屬於資產階級民主主義思想的範疇，可是在當時，正是平民知識分子的最傑出的代表。

正當新文化運動蓬勃發展起來的時候，十月社會主義革命勝利的消息傳來，平民知識分子中的一些先進份子，就熱烈地加以宣傳。馬克思主義開始在中國傳播了，中國知識界中出現了一批具有共產主義思想的知識分子。李大釗就是傑出的代表。一九一八年下半年到一九一九年上半年間，李大釗先後發表了《法俄革命之比較觀》、《庶民的勝利》、《布爾什維主義的勝利》、《我的馬克思主義觀》等文章，指出了十月革命後世界歷史已進入社會主義革命的新時代，中國人民應該沿著十月革命照亮的道路前進；比較系統地介紹了馬克思主義的一些基本觀點。此時，李大釗在北京知識界中已有較高的威信，一些進步的學生團體都爭取得到他的幫助和支持。如少年中國學會就是他於一九一八年六月間發起的。次年出版的《少年中國》，也由他擔任主編。北京、南京、上海等地學生聯合組成的學生救國會（1918 年十月）及其出版的《國民》雜誌（1919 年 1 月創刊），也得到李大釗的幫助。一九一八年十二月創刊的《晨報》，也得到李大釗的幫助。

在這一年內，沈雁冰撰寫了《托爾斯泰與今日之俄羅斯》等文學論文，編寫了不少童話。郭沫若在日本開始用白話寫作新詩，參加文學革命運動。

青年學生在反對「二十一條」、反對袁世凱恢復帝制的鬥爭中，已經表現

了強烈的愛國主義精神。一九一九年春,「巴黎和會」關於中國問題的無理決定,激起了全國人民的怒火。五月四日,在北京爆發了反帝愛國運動,李大釗是這一愛國運動的組織者和領導者。這一運動,很快由北京波及到全國。在天津,周恩來等領導的覺悟社起了很大的推動作用。周恩來,一九一三年到一九一七年,在南開學校讀書,畢業後去日本留學。一九一九年四月回到天津,參加學生運動。在武漢,惲代英在學生運動中起了領導作用。在長沙,毛澤東的新民學會起了領導作用。毛澤東,一九一三年春到一九一八年春在長沙第一師範學校學習,畢業後曾為組織赴法勤工儉學之事去北京。一九一九年初回到長沙,任長沙第一師範學校小學部主事,並從事學生運動。劉少奇青年時期在長沙高等中學讀書,一九一九年先後在北京、保定參加五四運動。瞿秋白,一九一○年在常州府中學學習,一九一七年到北京入俄文專修館學習,參加五四運動。由北京青年學生發動的「五四」愛國運動,很快波及全國,並吸引、推動了工人群眾和工商業者參加,形成為全國範圍的徹底的反對帝國主義和反對封建主義的革命運動。工人階級在鬥爭中表現了反帝反封建的堅決性、徹底性和英勇無畏的精神,民族資產階級也在鬥爭中表現了一定的積極性。

「五四」愛國運動以後,平民知識分子的一些人,有的消沉、有的退隱了,絕大多數是前進的,出現了以下幾種情況:

一種是繼續宣傳馬克思主義。「五四」以後,《新青年》大量發表介紹馬克思主義、社會主義革命和中國工人狀況的文章,上海共產主義小組成立後,《新青年》被改組成為它的機關刊物,又秘密出版《共產黨》月刊。北京《晨報》副刊、上海的《民國日報》副刊《覺悟》分別在李大釗等共產主義知識分子的幫助下,成為宣傳馬克思主義的園地。毛澤東創辦的《湘江評論》,是南方宣傳新思想的重要刊物。早年留學日本,一九一九年回國參加新文化運動的陳望道,於一九二○年翻譯出版了《共產黨宣言》。於是宣傳民主主義思想的新文化運動轉變成為宣傳馬克思主義的思想運動。陳獨秀、李大釗的廣泛影響,一時有「南陳北李」之稱。

一種是從事創建中國共產黨的組織工作和實際的工人運動。一九二○年間,在北京(李大釗等)、上海(陳獨秀、沈雁冰、陳望道等)、長沙(毛澤東等)、武漢(董必武等)、濟南(王燼等)等地相繼成立了共產主義小組。一些共產主義小組的成員在知識分子中宣傳馬克思主義外,還到工人群眾中

去進行宣傳、組織工作，推進工人運動。並使馬克思主義開始與中國工人運動結合起來。

一種是赴法勤工儉學。一九〇九年到一九二一年間，全國各地去法國勤工儉學的青年多達一千七百人。其中周恩來、王若飛、蔡和森、李富春、李維漢、李立三、蔡暢等，在旅歐中國學生和工人中宣傳馬克思主義。一九二一年，周恩來等發起組織中國少年共產黨（後稱社會主義青年團）。他們回國後大都成為中國共產黨的領袖人物和中堅力量。

一種是組織文藝團體，出版文藝刊物。沈雁冰於一九二〇年改革了原屬於鴛鴦蝴蝶派的雜誌《小說月報》，又和鄭振鐸、周作人等組織了文學研究會，徹底革新《小說月報》。郭沫若、郁達夫等留日學生，組織了創造社，出版《創造》季刊。一支新文學隊伍出現了，新文學出現了欣欣向榮的局面。

偉大的「五四」時代湧現出來的這一批平民知識分子，在爾後的實際鬥爭中，許多人成為偉大的文學家、思想家、政治家、社會活動家，成為偉大的馬克思主義者和革命領袖。在亞洲東方的上空，出現群星燦爛，光彩奪目的景象。

恩格斯認為歐洲文藝復興時代：「這是一次人類從來沒有經歷過的最偉大的、進步的變革，是一個需要巨人而且產生了巨人——在思維能力、熱情和性格方面，在多才多藝和學識淵博方面的巨人的時代。」這些「巨人」的特徵是「他們幾乎都處在時代運動中，在實際鬥爭生活著和活動著，站在這一方面或那一方面進行鬥爭，一些人用筆和舌，一些人用劍，一些人則兩者並用」。〔註10〕我國的「五四」時代，也正是這樣一個「需要巨人而且產生了巨人」的時代。李大釗、毛澤東、瞿秋白、周恩來、劉少奇是這樣的「巨人」，魯迅、郭沫若、茅盾，也是「巨人」，他們都是在思維能力、熱情和性格方面，在多才多藝和學識淵博方面的「巨人」。他們都站在時代的前列，有的用筆和舌，有的用劍，有的兩者並用，進行英勇的鬥爭。但他們所進行的鬥爭，並不是像歐洲文藝復興時代的「巨人」那樣，「給現代資產階級統治打下基礎」，而是和無產階級、和全國人民一道，使中國的新民主主義革命和社會主義革命取得光輝的勝利。使中國的新文化、新文學興旺發達起來。

列寧曾經指出：

歷史必然性的思想也絲毫不損害個人在歷史上的作用，因為全

〔註10〕《自然辯證法‧導言》，《馬克思恩格斯選集》第8卷第445～446頁。

部歷史正是由那些無疑是活動家的個人的行動構成的。在評價個人
的社會活動時會發生的真正問題是：在什麼條件下可以保證這種活
動得到成功呢？有什麼東西能擔保這種活動不致成爲孤立的行動而
沉沒於相反行動的汪洋大海中呢？〔註11〕

列寧這裡提出的「保證」「個人的社會活動」得到成功的條件是什麼？能「擔
保這種活動不致成爲孤立的行動而沉沒於相反行動的汪洋大海中」的「東西」
又是什麼呢？

　　斯大林也曾說過：「凡是新的一代都要遇到在他們誕生的時候就已經具備
的一定的現成條件。偉大人物只有善於正確認識這些條件，懂得怎樣改變這
些條件」，「他們才能創造歷史。」〔註12〕

　　我們認爲，能夠「保證個人活動」「得到功」的條件，就是社會力量的配
置情形，本質上就階級力量對比的情勢。當傑出人物的個人才智與努力和新
興階級的要求相一致，與廣大人民群眾的利益相一致，也就是與歷史發展的
必然趨勢相一致的時候，他就能推動歷史發展，也就是創造歷史。當然，任
何人都不可能主觀主義地、隨心所欲地行事，他必須能「正確認識」自己所
面臨的「現成條件」，「懂得」去利用、發展有利的方面，避免、克服不利的
方面。而要做到這一點，就必須掌握馬克思主義這一思想武器，具備辯證唯
物主義和歷史唯物主義的世界觀。否則，就會成爲「孤立的行動而沉沒於相
反行動的汪洋大海中。」歷史已經證明，即使是偉大的革命領袖，當他一旦
脫離實際，犯了主觀主義錯誤的時候，也難免使歷史運動遭受挫折。

　　李大釗、毛澤東、周恩來這些偉大人物，除了他們的天才條件之外，就
因爲中國的無產階級已經發展成爲一支獨立的政治力量，並登上歷史舞臺。
而他們自己又掌握了馬克思列寧主義這一強大理論武器，用來正確地觀察、
分析自己所面臨的「現成條件」，並且「懂得」用馬克思列寧主義來武裝無產
階級和廣大人民群眾，去利用、發展有利方面，避免、克服不利方面，從而
推動歷史的發展，使中國革命取得偉大的勝利。

　　魯迅、郭沫若、茅盾這些偉大人物，同樣，除了他們的天才條件外，還
在於他們能面對現實，使自己在文化、文學方面的活動，與無產階級與廣大

〔註11〕　《什麼是「人民之友」以及他們如何攻擊社會民主主義者？》，《列寧全集》
　　　　　第1卷第26頁。
〔註12〕　《和德國作家艾米爾‧路德維希的談話》，《斯大林全集》第13卷第94頁。

人民群眾的利益相一致，能夠以批判的態度接受自己的民族傳統；同時實行「拿來主義」，以宏大的氣魄吸取外國文化中對自己有用的東西，從而使西方文化與中國傳統文化相融合。正如馬克思和恩格斯所指出的：「過去那種地方的和民族的自給自足的閉關自守狀態，被各民族的各方面的互相往來和各方面的互相依賴所代替了。物質的生產是如此。精神的生產也是如此。各民族的精神產品成了公共的財產。民族的片面性和局限性日益成爲不可能，於是由許多種民族的和地方的文學形成了一種世界的文學。」〔註13〕這裡說的文學，是指整個文化。

平民知識分子隊伍的形成和崛起，是我國現代史上的重大事件。

正是這一批平民知識分子的「風流人物」，舉起民主與科學的旗幟，發動了新文化運動；正是這一批平民知識分子中的「風流人物」，率先在中國介紹、宣傳馬克思主義、宣傳十月革命的勝利，成爲具有共產主義思想的知識分子；正是這一批平民知識分子中的「風流人物」，發動了「五四」反帝愛國運動，吸引並推動無產階級參加這一愛國運動，吸引並推動民族資產階級參加這一愛國運動；正是這一批平民知識分子中湧現出來的「風流人物」，把馬克思主義傳播到中國工人群眾中去，創建了中國共產黨，使馬克思主義與工人運動相結合，從而揭開了中國歷史的新紀元；正是這一批平民知識分子中的「風流人物」，譜寫了中國文化史、文學史的光輝的新篇章。

李大釗、毛澤東、周恩來、……等偉大的思想家、政治家和軍事家，魯迅、郭沫若、茅盾等偉大的革命文學家、無產階級文化戰士，之所以成爲中國現代史上的「巨人」，是因爲他們是中華民族的優秀兒女，他們繼承了中華民族的優良傳統；也是因爲「五四」這個偉大的時代賦予他們以偉大的力量，推動他們站到時代的前列，去擔負起改變民族的命運，創造新的歷史的重大使命；同時也因爲他們個人的聰明才智和開闊的胸襟，不僅善於從自己民族的優良傳統中吸取營養，並且能夠吸取和改造人類思想和文化遺產中的一切有價值的東西，特別是善於學習和運用人類最先進的思想成果——馬克思列寧主義。這是他們的「共性」。當然，除了這些「共性」以外，他們有著各自不同的秉賦、不同的個性、不同的才華，在朝同一個方向前進的過程中，各人有著各自不同的經歷。因而，在中國現代革命的發展過程中，他們在各自

〔註13〕《共產黨宣言》，《馬克思恩格斯選集》第 1 卷第 255 頁。

不同的崗位上，爲中國社會的發展作出了各自不同的貢獻。

　　茅盾，是「五四」這個偉大的時代孕育出來的中華民族的優秀兒女之一。他在中國革命的發展過程中，成長爲卓越的無產階級文化戰士，爲民族和人民的解放，爲中國新文化、新文學的發展，作出了獨特的、不可磨滅的貢獻，則又是和他個人的秉賦個性、才華、努力、獨特的經歷分不開的。

上 編
從平民社會中來（1896～1916）

第一章　故鄉和家世

一　「唐代銀杏宛在，昭明書室依稀」

　　打開長江三角洲的地圖，把杭州、嘉興、蘇州、湖州四個城市用直線連接起來，正好是一個菱形。在這個菱形中心偏東一點，有一個古老的市鎮——烏鎮。這就是我國現代文學的巨匠、卓越的無產階級文化戰士茅盾的故鄉。

　　據說早在春秋時代，烏鎮就是吳、越兩國的疆界。何以名「烏」？傳說不一。一說是吳越王錢鏐曾派將軍烏贊戍兵於此以防越，故名烏戍。一說是越國諸子中的烏餘氏分封於此，故稱烏。茅盾認為後一說比較可靠。還有一說：唐朝安史之亂以後，朝廷削弱，地方官吏飛揚跋扈。當時浙江刺史李琦也背叛朝廷，妄圖稱霸。皇帝派烏贊將軍率兵討伐，不幸中計，戰死於車溪河畔。他的坐騎青龍駒，也被亂箭射死。烏贊將軍就被人們埋葬在河西。說來奇怪，第二天墳上就長出了一株銀杏，並且很快變成參天大樹。人們為了紀念這位將軍，特地在這棵銀杏樹旁建造了一座廟宇，就叫烏將軍廟。烏贊將軍的那匹被射死的戰馬，則化成一條青龍，潛藏在車溪河底。因此，人們就把這個地方叫做烏鎮和青鎮。〔註1〕這當然僅僅是個傳說，但很美，反映了人們對安邦定國的將士們的敬仰之情。如今，烏將軍廟已不復存在，而這棵銀杏卻依然巍然矗立，古樸蒼勁，枝繁葉茂，挺有精神。

　　烏鎮背靠太湖，西到湖州一百里，北到蘇州，南到杭州，都是一百二、三十里，東到嘉興四十五里，再朝東就是杭州灣了。所以地當水陸要衝。秦

〔註1〕　浙江省桐鄉縣文化館編：《茅盾故鄉的傳說》。

漢以來，歷朝皆在此駐兵，以防盜匪。到唐朝咸通年間，這裡已經比較繁盛，成為一個大鎮了，始稱烏鎮。明朝也在這裡駐兵防倭。

宋朝詩人宋柏仁《夜過烏鎮》詩寫道：

> 望極模糊古樹林，灣灣溪港似難尋；
> 荻蘆花重霜初下，桑拓陰移月未沉；
> 恨別情懷雖戀酒，送衣時節怕聞碪；
> 夜行船上山歌意，說盡還家一片心。

還有宋朝著名畫家趙子昂的詩句：《澤國人煙一聚間，時看華屋出林端。》這些詩句，形象地描繪了烏鎮的古代風貌。

一條清澈的河流——市河（車溪）穿鎮而過，把市鎮一分為二。河西就叫烏鎮，河東為青鎮。清朝順治時烏鎮屬湖州府烏程縣。青鎮屬嘉興府桐鄉縣。又由於小河道縱橫交錯，整個市鎮又被劃分成中市和東、南、西、北四個柵頭。據茅盾所述，此地行政區劃分上雖然曾分為兩個鎮，屬兩個縣，但外地人仍統稱為烏鎮，青鎮人亦自稱為烏鎮人，只在填寫履歷時用青鎮。（解放後，兩鎮正式合併稱烏鎮。）

烏鎮地處江、浙兩省交界。以北柵東長三港為界線。港南屬浙江省，此地官府管不了港北；港北屬江蘇省，此地官府管不了港南。亡命之徒、盜賊利用這一條件，在港北作案後就逃到港南，在港南作案後就逃往港北，躲避追捕。清朝政府有鑒於此，特在烏鎮設同知一員（同知即副知府，俗稱二府），直接管轄二省交界處兩個縣的軍政與民政。衙門的匾額上寫「江浙二省總部府」。衙門前有東西轅門，大堂上的對聯是：「屏藩兩浙，控制三吳」。大有兩江總督衙門的氣派。

烏鎮從古以來就是文人薈萃之地。茅盾曾經指出：

> 據《鎮誌》，則宋朝時「漢奸」秦檜妻王氏是這鎮的土著，鎮中有某寺及梁昭明太子偶居讀書的地點，鎮東某處是清朝那位校刊《知不足齋叢書》的鮑廷博的故居。〔註2〕

關於秦檜妻王氏，這裡不去說她了。說一說「昭明太子偶居讀書的地點」。傳說南北朝時代的南朝梁天監二年（公元 503 年），梁武帝蕭衍的兒子蕭統，世稱昭明太子，曾拜尚書沈約為老師。沈約是烏程縣（今吳興）人。每年清明節都要從京城建業（今南京）返回故鄉掃墓，還要守墓幾個月。武

〔註2〕《茅盾文集》第 9 卷第 127 頁。

帝怕兒子荒廢學業，就命他跟隨沈老師到烏鎮來讀書，爲此，就在烏鎮建有
書館一所。後來書館倒毀。明朝萬曆年間，駐烏鎮同知爲紀念昭明太子，在
書館舊址建築了一個刻有「六朝遺勝」的石坊，後人又題書「梁昭明太子同
沈尚書讀書處」。這個石坊至今仍保存完好。〔註3〕另有一說：蕭統爲了給他
母親祈福，曾在烏鎮建兩座寶塔：東塔和西塔。東塔叫壽聖寺塔，如今寺已
不存，塔也被拆掉。西塔附近有密印寺，昭明太子就曾在寺中就讀。塔也早
已被毀。當朝尚書沈約每年清明時節回烏鎮祭祖時，梁武帝就通知昭明太子
「迎之遠郊」。這些傳說，反映了人們對知識、對讀書人的尊重。

　　鮑廷博（1737～1814），清朝乾隆、嘉慶時代安徽歙縣人。隨父經商，到
烏鎮東柵外楊樹灣定居。他「力學好古」，「喜購秘籍」，在烏鎮定居後，藏書
甚豐，並校勘輯錄成《知不足齋叢書》二十六集。其子士恭、孫正言又先後
輯成四集，共成三十集，二百零七種，均先後進獻四庫全書館。

　　還有一個有意義的故事：宋代詩人陳與義曾出守湖州，後因病離開湖州，
「一路繁花相送到青墩」，到青鎮住了下來，在密印寺以東，壽聖塔院東北的
芙蓉浦上造了房子，名爲「南軒」，自號簡齋居士。他在這裡結識了密印寺高
僧洪智，北柵書生葉懋（天經）。三人經常往來，談文吟詩，情意甚深。陳與
義曾一度到京城任參知政事。不久，就又回到青墩「南軒」居住，四十九歲
時病逝在這裡。他在《玉樓春》詞中寫道：「殘年藜杖與綸巾，八尺庭中時弄
影。呼兒汲水添茶鼎，其勝吳山山下井。」表示他喜歡青墩，勝過杭州，後
人爲了紀念陳與義和高僧洪智、葉天經的友誼，在「南軒」旁邊建造了一座
「三友亭」，又有人修建陳與義舊居，題爲「簡齋讀書處」。此處便成爲烏鎮
的古跡之一。〔註4〕

　　乾隆、嘉慶時代，烏青鎮極爲繁榮。售同樣物品的商品分別集中在一條
街上，就形成了衣帽街、柴米街等等。在當時，只有省會或大的府城才有此
規模。太平天國曾駐兵於此，清兵攻佔時遭焚掠，烏鎮大半被毀，青鎮也受
嚴重破壞。到光緒年間，青鎮逐漸得到恢復，烏鎮仍很荒涼。但這裡畢竟是
江浙兩省，湖州、嘉興、蘇州三府，烏程、歸安、崇德、桐鄉、秀水、吳江、
震澤七縣（當時建制）交界之處，交通方便，舟船雲集。就整個烏青鎮來說，
人口有五、六萬，商業和手工業繁榮仍然不下於一個普通縣城。

〔註3〕　《茅盾故鄉的傳說》。
〔註4〕　《茅盾故鄉的傳說》。

　　烏鎮和整個杭嘉湖地區一樣，是魚米蠶桑之鄉。茅盾童年讀過書的植材
小學的圍牆外面，就是一片桑林。從茅盾家到北柵外祖父家，不過兩三里路，
也要經過一片片桑林。鎮外，稻田與桑地交錯。特別是沿官河兩岸，密密層
層的桑樹，更是沒有盡頭。每年到了蠶桑季節，鎮上「葉市」極爲興旺，桑
葉上市，四鄉來的船隻把河港也封滿了。茅盾的祖母每年養蠶季節，都要養
一些蠶，茅盾母親也喜歡養蠶。「蠶花」如何，關係到農民一年的生活。在養
蠶季節裡，農民的生活緊張而又熱烈。保護「蠶神」的虔誠、「收蠶」的隆重
儀式、「浪山頭」和「望山頭」的種種規矩，是蠶桑之鄉獨特的風俗習慣。

　　由於這裡的自然條件得天獨厚，物產豐富，不遭兵燹、不遇水旱災害的
年頭，鎮上居民和農民的生活是比較安定而富裕的。每年清明過後，都要舉
辦爲時半個月的「香市」：

　　　　趕「香市」的群眾，主要是農民。「香市」的地點，在社廟。
　　從前農村還是「桃源」的時候，這「香市」就是農村「狂歡節」。因
　　爲從「清明」到「穀雨」這二十天內，風暖日麗，正是「行樂」的
　　時令，並且又是「蠶忙」的前夜。所以到「香市」來的農民一半是
　　祈神賜福（蠶花廿四分），一半也是預酬蠶節的辛苦勞作。所謂「借
　　佛遊春」是也。

　　　　於是「香市」中主要的節目無非是「吃」和「玩」。臨時的茶
　　棚，戲法場，弄缸弄甏，走繩索，三上吊的武技班，老虎，矮子，
　　提線戲，髦兒戲，西洋鏡，──將社廟前五六十畝地的大廣場擠得
　　滿滿的。廟裡的主人公是百草梨膏糖，花紙，各式各樣泥的紙的金
　　屬的玩具，燦如繁星的「燭山」，熏得眼睛流淚的檀香煙，木拜墊上
　　成排的磕頭者。廟裡廟外，人聲和鑼鼓聲，還有孩子們手裡的小喇
　　叭，哨子的聲音，混成一片騷音，三里路外也聽得見。

　　　　我幼時所見的「香市」，就是這樣熱鬧的。在這「香市」中，
　　我不但賞鑒了所謂「國技」，我還認識了老虎，豹，猴子，穿山甲。
　　所以「香市」也是兒童們的狂歡節。〔註5〕

這樣的「香市」，無論是對大人，還是對兒童，都是饒有趣味的。

這是清末民初時的烏鎮風貌。

到了三十年代，在國民黨反動派統治下，苛捐雜稅，地主和高利貸的剝

────────────

〔註5〕《茅盾文集》第9卷第172頁。

削，再加上帝國主義的經濟侵略，加速了農村經濟的崩潰，烏鎮這個魚米蠶桑之鄉，迅速衰落了。

鎮上，「女郎的打扮很摹擬上海的『新裝』，可是在她們身上，人造絲織品已經驅逐了蘇緞杭紡。」綢緞舖、百貨店、錢莊接二連三的倒閉，特別是在年關的時候。「自從鎮上有了洋紗、洋布、洋油——這一類洋貨，而且河裡更有了小火輪船以後」，農民們「田裡生出來的東西就一天一天不值錢，而鎮上的東西卻一天一天貴起來」，「派到鄉下人身上的捐稅也更加多起來」。〔註6〕抽水機、肥田粉之類現代科學技術，不僅沒有幫助農民增加收入，而是給他們帶來更大的災難，僥幸老天爺幫忙，「蠶花二十四分」，或是稻穀豐收，但農民所得到的卻仍然是一身的債！他們不得不走向當舖：

> 早晨七點鐘，街上還是冷冷清清的時候，那當舖前早已擠滿了鄉下人，等候開門。這伙人中間，有許多是天還沒有亮足，就等候在那裡了。他們沒有什麼值錢的東西，身上剛剝下來的棉衣，或者預備秋天嫁女兒的幾丈土布，……〔註7〕

到了九點鐘光景，等候當了錢去買米吃的鄉下人都拚命朝當舖門口擠。因為「當舖到十二點鐘就要『停當』，而且即使還沒有到十二點，卻已當滿了一百二十塊錢，那也就要『停當』的。」然而，這也並不是當舖老闆有意和那些在飢餓線上掙扎的人為難，而是當舖本身也面臨著「關門」的命運！〔註8〕那曾經使大人、兒童都覺得有意義的「香市」，雖然還繼續舉行，「社廟前雖然比平日多了許多人，但那空氣似乎很陰慘。可是那聲音單調，廟前的烏龍潭一泓清水依然如昔，可是潭後那座戲台坍塌了，屋椽子像瘦人的肋骨似的暴露在『光風化日』之下。」〔註9〕

一幅多麼衰落蕭條的景象。

這是茅盾已經成為名作家時的烏鎮風貌。

茅盾曾經把他所看到的這種衰落蕭條的景象，反映在《春蠶》、《林家舖子》、《故鄉雜記》、《香市》、《大旱》等小說和散文中。在這些作品中也滲透了一個革命作家熱愛鄉土、期待徹底變革的深沉的鄉思。

〔註6〕　《林家舖子》、《春蠶》、《茅盾文集》第7卷。
〔註7〕　《茅盾文集》第9卷第153頁。
〔註8〕　《茅盾文集》第9卷第153頁。
〔註9〕　《茅盾文集》第9卷第173頁。

全國解放以後，從城市到農村，都發生了天翻地覆的變化，建立了社會主義制度。粉碎了「四人幫」以後，經受了多年折騰的烏鎮，終於重新煥發了青春，「新裝改換舊隴阡」。「唐代銀杏宛在，昭明書室依稀，往昔風流嗟式微，歷史經驗記取」，「雙季稻香洋溢，五繭蠶忙喧闐」。這是一九七七年十二月，茅盾在聽了桐鄉來人介紹家鄉情況以後，寫下的兩首《西江月》中的詞句，熱情洋溢，躍然紙上。一九八〇年二月二十七日，茅盾談到家鄉時深情地寫道：「雖然我僅僅在那裡渡過了青少年時代，卻深深地懷念它！」「漫長的歲月和迢迢千里的遠隔，從未遮斷我的鄉思」。他寄語故鄉的親人，要發揚光榮的革命傳統，「踏著前輩的足跡，高舉四個現代化的旗幟前進再前進！」〔註10〕

二　小康人家・維新派

　　烏鎮的沈家，祖上是開煙店的：用手工把煙葉加工成煙絲，俗稱旱煙，賣給附近的農民和小商小販。是一種手工業和商業相結合的小本經營。

　　到了沈煥——茅盾曾祖父的時候，覺得家庭負擔重，光靠一個小煙店的買賣，養活不了一家人，便到上海，當了一個山貨行的伙計，其時是在一八六五年，太平天國失敗後一年。幾年後，沈煥又和別人合伙到漢口開辦了一個山貨行，擔任了相當於副經理的職務。沈煥的妻子——茅盾的曾祖母姓王。王家三代以「訓蒙」為業，家裡設私塾，子女也就在塾中讀書。所以茅盾的曾祖母知書識字，她遵照丈夫的囑咐，在烏鎮促長子與次子學舉業，請她的曾考中秀才的哥哥為老師。沈煥是一個頗為能幹的生意人，在漢口五年，不但熟悉了商界中一些人，也和漢口各衙門裡的一些師爺有了交情。打算在漢口落籍，把家眷也接去了。又過了幾年，原來的合伙人因年老不願再幹下去，這家山貨行便由沈煥獨自經營。他憑自己的才幹和多年經營山貨的經驗，大幹了一番，所謀必成，獲利甚厚。同時他也準備了退路：叫他的兒子回到家鄉，買下了市河東岸（青鎮）觀前街上坐北朝南的四開間兩進的樓房一所作為住宅（茅盾後來就誕生在這裡），又買下了北巷兩處民房，準備以後改建。

　　好景不常。有一次沈煥看錯了行情，虧折過半，大傷元氣，便把山貨行出盤了。以後，沈煥接受一些師爺的建議，出錢捐了個廣東的候補道，把家

<hr />

〔註10〕《可愛的故鄉》，《人民日報》1980 年 5 月 25 日。

眷送回烏鎮後去廣州。在廣州，他擔任過幾年的臨時差使，弄到一個代理梧州稅務監督的職務。任期屆滿後，手頭也積下了幾個錢，便告老回鄉。一八九七年底，回到烏鎮。

義和團運動的那一年，沈煥逝世了。他給自己的兒孫留下了一個堪稱「小康」的家業：在漢口經商順利時匯回的錢開辦了一家紙店「泰昌興」，在梧州稅關任上匯回的錢開辦了一家京廣貨店，購置了一些房屋。還有幾千兩銀子。這樣，他的兒孫雖然談不上十分富裕，但也不愁衣食。

茅盾誕生的時候（一八九六年），曾祖父還在梧州任上。得到喜訊後立即打電報回家，給這個長房長曾孫取名德鴻，小名叫燕昌。因為這一年來到梧州稅關上的燕子特別多，用迷信的說法這是吉祥的兆頭。但這個小名從來沒有用過。曾祖父告老回鄉時，茅盾二歲，去世時是五歲。五歲前的茅盾，畢竟年齡還太小，不可能從這位能幹的曾祖父身上直接受到什麼影響。

沈煥有三子一女。長子恩培，字硯耕，是茅盾的祖父。他曾考中秀才，但以後屢應鄉試，都沒有中舉。他負責「泰昌興」紙店，卻無心經商，把店務交給一個伙計。他曾在自己家塾中擔任老師，也不大負責任。但為人正直，潔身自好，從不拜謁官府，也不過問地方上的事。寫得一筆好字，筆法圓潤工整。常常給人家寫對聯、匾額、招牌，聊以自娛。對兒孫們的事，素來抱「自然主義」。有時候，他帶茅盾到街上去，或者走鄰居，都讓茅盾自由自在的玩，是童年茅盾覺得最快活的時候。茅盾的二叔祖沈恩俊，也是個秀才。也應過幾次鄉試，沒有中，管理過京廣貨店，但經營無方，營業連年下降。後來擔任過鎮長、保衛團團總之類地方上的職務。茅盾的四叔祖沈恩增，寫得一筆好字，曾隨父去梧州任上，替其父擬擬信稿。其後，曾在上海、烏鎮等地做家庭教師、「管賬先生」。兄弟三人，雖然在事業上都沒有什麼成就，但因母親管教頗嚴，所以都沒有染上惡習。茅盾的祖姑母沈恩敏，由於沈煥擇壻過嚴，高不成，低不就，到二十五歲時才做了本地老紳士盧小菊的兒子蓉裳的續弦夫人，蓉裳的前妻留下一子，叫盧學溥（字鑒泉），中了秀才以後，又中了舉人。後來在銀行界、金融界工作，很有聲望。茅盾叫他表叔，對茅盾的後來讀書、就業和創作都很有影響。

沈煥去世前，觀前街四間兩進樓房的居住情況是：前面一排靠街房，樓上自東至西，第一間茅盾祖父母住，第二間茅盾父母親住、茅盾和他的弟弟沈澤民就誕生在這間房子裡；第三間、第四間分別是二叔祖父母、四叔祖父

母住。樓下第一間是過道及家塾，三、四兩間是大家庭的食堂。後排西頭上下兩間，是沈恩培兄弟把舊房子拆掉用父從梧州匯回來的錢重新修蓋的，準備父親回來養老居住。沈煥回來一看，不料竟是鳥籠式的四間，錢倒花得不少，很不滿意。他看到後還有一塊空地，約四開間寬，一進深。但主人不肯出售，只願出租。沈煥就租了這塊空地，造了三間簡單的平房，餘下的空地種了一些竹子、桃、李、松、柏等樹木。他夫婦倆以後就住在這平房內，直到去世。（三十年代初，茅盾自己設計，把這三間平房加以改造，讓她母親居住。當時外人進來，要穿過前面兩進樓房才能到達，所以很安靜。茅盾後來回故鄉時，也就住在這裡。）

烏鎮及茅盾故居示意圖

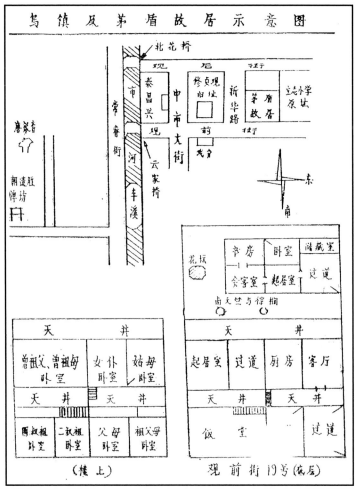

　　一九八三年初，中央批准分別在北京和烏鎮修建茅盾故居。這座房子已於一九八四年按原樣修復，掛著陳雲題寫的「茅盾故居」匾額，列為浙江省文物保護單位。

　　沈煥去世後，「老三房」——茅盾祖父兄弟三人分家，茅盾的祖父恩培分到「泰昌興」紙店和觀前街的房子。還有一千兩銀子用在紙店裡了。

　　茅盾的祖母雖然出身於地主家庭，但從小養成勞動習慣，能養蠶養豬。嫁到沈家後，對這些仍很有興趣。幫助祖母養蠶和看殺豬，是童年茅盾最感興趣的事。

　　茅盾的外祖父陳我如，中了秀才以也想進入仕途，但每次鄉試，都失望而歸，以後從事中醫，名滿湖、嘉、杭、蘇四府。他為人鯁直，自奉儉樸。晚年名聲很大，重金求治病者甚多。他給人看病很認真，每天以五、六人為限。收門生也很嚴格，最多時也不過四、五人。女兒陳愛珠，長年住在姨父母家裡，跟也是秀才的姨父學習，念了不少古書，如四書五經、《唐詩三百首》、《古文觀止》、《幼學瓊林》、《楚辭集注》、《列女傳》等等；她還跟姨母學會了做菜、裁衣、縫紉。到了十四歲，陳我如才把她接回去，叫她管家。這時候，陳家除了學醫的門生外，還有船工，轎夫，女僕等，共十來個人。一個十四歲的小姑娘卻把這個家管得井井有條。陳老先生愛之甚篤，擇壻甚嚴。到愛珠十六歲時，老鄉紳盧小菊出面給沈恩培的兒子沈永錫說媒，陳老先生一口答應，也不用卜卦，合「八字」，省去了這一套封建迷信的做法。

　　陳我如的兒子、茅盾的舅舅長壽，為人忠厚，生活樸素，三十歲時就患癆病去世，沒有子嗣。茅盾的另一個舅舅——長壽的堂兄弟粟香，也是醫生。他們一家和茅盾一家關係甚為密切。陳家——茅盾的外祖父、舅舅這一家，也可說是「小康人家」。

　　沈永錫與陳愛珠訂婚後，考慮到將來的生活，依靠祖父遺產會有困難，所以決心跟岳父學醫，取得一技之長。十九歲與陳愛珠結婚後，繼續在岳父身邊學醫，而陳老先生還需要女兒管家。這樣，他們就仍住在陳家，直到祖父告老回家時。

　　沈永錫雖然從小學八股，十六歲就中了秀才，但他由於受到洋務運動的一些影響，所以討厭八股，喜歡科學，特別喜歡數學。結婚後知道妻子有八百塊銀元（「墊箱錢」），便定了一個計劃：除買書外，還打算陪妻子到上海、杭州、蘇州等地遊玩，見見世面。甚至還想到日本去留學，但沒有得到祖父

母的同意，只得自己買書來讀。他買了聲、光、化、電的書，也買了一些介紹歐美各國政治、經濟情況的書，還有西醫西學的書。戊戌維新時期，他很興奮，準備到杭州投考浙江高等學堂，再考官費去日本留學；或者去北京進京師大學堂。但他這些理想都沒有實現。儘管這樣，在家庭中，沈永錫也算得是一個「維新派」了。

結婚以後，陳愛珠在丈夫的幫助下，又讀了簡要的中國通史《史鑒節要》以及關於世界各國歷史、地理的書《瀛環志略》。陳愛珠不僅嫻淑、能幹，知書識禮，並且對維新運動也很感興趣，也可算是一個「維新派」。

光緒二十二年（丙申）五月二十五日（即一八九六年七月四日），沈永錫和陳愛珠有了第一個兒子——沈德鴻，即茅盾。光緒二十六年（庚子）五月二十七日，他們有了第二個兒子兒子沈澤民。

戊底政變後的第四年（1902年）舉行鄉試，茅盾的父親與表叔盧鑒泉到杭州應試。他的父親下了頭場，就患了瘧疾，自然中試無望。回家時給妻子買了一批書，其中有《西遊記》、《封神榜》、《三國演義》和當時上海出版的一些文言文譯的世界名著。父親回家後就生了病。遍請當地許多名醫診治、會診都不見效。茅盾的祖母是迷信神的，看見兒子日益消瘦，就到城隍廟去許願，讓茅盾在城隍會時扮一次「犯人」，以示「贖罪」。八、九歲的孩子，正是最愛玩的時候，十分高興。這自然不能使他父親的病得到好轉。後來請了南潯鎮西醫院的日本醫生來作了仔細檢查，診斷是「骨癆」。沈永錫雖然知道自己得了不治之症，但在病床上，仍然不忘讀書。還經常議論國家大事，以及日本由明治維新而成強國的經過，並勉勵茅盾：「大丈夫要以天下為己任。」去世前，給兒子立下遺囑，大意是：中國大勢，除非有第二次的變法維新，便要被列強瓜分。而這兩者都要振興實業，需要理工人才。如果不願做亡國奴，有了理工這個本領，國外到處可以謀生。遺囑上還要茅盾兄弟不要誤解自由、平等的意義。立遺囑後的一天，沈永錫指著一本譚嗣同的《仁學》對茅盾說：「這是一大奇書，你現在看不懂，將來大概能看懂的。」

臥床三年，到一九○六年秋，茅盾的父親與世長辭了。終年三十四歲。這時候，茅盾虛歲十一歲，弟弟七歲。在父親遺容的兩側，母親恭楷寫了一副輓聯：

幼誦孔孟之言，長學聲光化電，憂國憂民，斯人斯疾，奈何長才未展，死不瞑目；

良人亦即良師，十年互勉互勵，電碎春紅，百身莫贖，從今誓
守遺言，管教雙雛。

茅盾父親逝世後，母親含辛茹苦，任勞任怨，遵照丈夫的遺囑，把兩個
孩子撫養成人，支持他們走上革命的道路。

茅盾的曾祖父雖然做了幾年稅關監督的官，但並沒有獲得什麼特權，沒
有使他的家庭進入官僚階層，也沒有購置大量田地，成爲封建地主階級；他
只是開辦了兩家小商店（一家紙店，一家小百貨店），他的兩個兒子各管一家，
又都不善經營，只是守成，沒有創業。這樣一個家庭，在思想上也沒有嚴格
的封建禮教觀念，因而也就容易接受當時的新思潮——維新思想的影響。茅
盾就誕生在這樣一個家庭中，並在這個家庭中度過了童年、少年時代。

和茅盾的祖父輩、父輩往來比較密切的親友，大多數也屬於同樣的社會
階層，特別是茅盾的外祖父和舅舅家，也是市鎮平民。

茅盾家裡雖從曾祖父起就不務農，但和他家往來的親友中卻有農民，包
括幾代的「丫姑爺」。他們對茅盾都很親切。茅盾說：「他們倒不把我當作外
人，我能傾聽他們坦白直率地訴說自身的痛苦，甚至還能聽到他們對於我所
抱的理想的質疑和反應，一句話，我能看到他們的心，並從他們口裡知道了
農村中一般農民的所思所感與所痛。」〔註11〕這種和農民在生活上和精神上
的聯繫，對茅盾後來從事創作，很有影響。

茅盾來自平民社會。

茅盾，正是由於來自平民社會，所以，從小就和人民大眾，特別是和農
民有著生活上和精神上的聯繫。

把茅盾童年、少年時期的家庭狀況與魯迅、郭沫若童年、少年時代的家
庭狀況作一比較，是很有意義的。

按照傳統的說法，魯迅誕生於紹興的一個沒落的士大夫家庭。祖父周福
青，是清朝進士，做過翰林院庶吉士，外放做過「縣太爺」。魯迅誕生時，他
正奉調在京候補，幾年後實授內閣中書。其時家裡還有五、六十畝水田。到
魯迅十三歲那一年，祖父因科場案下獄，家中不得不變賣田產應付這一事件。
魯迅的父親周伯宜是個秀才，因父親下獄而被斥革，閒居有家，又重病臥床
多年，只得繼續賣掉田產維持生計。魯迅十六歲時，父親去世。家庭經濟狀
況終於「從小康而墮入困頓」。到魯迅十八歲時，要繼續讀書，他母親「已經

連極少的學費也無法可想了」。所以魯迅少年時代的家庭，實際上可說是平民家庭。魯迅的外婆家在農村，因此在魯迅童年、少年時期就與農村和農民有所接觸。再加上家庭中落，更使他「看見世人的眞面目」。這樣，童、少年時代的魯迅，也就和人民群眾有著生活上和精神上的聯繫。再說郭沫若，他的曾祖父是很富有的，到他的祖父時，家業已經中落。但他父親精明幹練，經營商業，不幾年就把家業恢復起來，「買田、買地、買房廊、買鹽井」，「成了一個中等地主」。郭沫若十歲時，家裡還有「三四百石租的田地」，「可以進現錢的五、六口鹽井」，「還有好幾家租出去的舖面和糟房」。〔註12〕童年、少年時代的郭沫若，就生活在這個富裕的「中等地主」兼商人的家庭裡。但是這個家庭沒有獲得封建特權，沒有上昇到官僚地主階級，基本上還是接近於平民的。

茅盾和魯迅、郭沫若的家庭情況，是不相同的，各有特點，但基本上都可說是屬於或接近於平民階層，他們都是從平民社會中來的，都和人民群眾有著生活上的和精神上的聯繫，這是他們後來創作的重要源泉，創造事業的基石。

法國文藝史家丹納說：「藝術家不是孤立的人。我們隔了幾世紀只聽到藝術家的聲音；但在傳到我們耳邊來的響亮的聲音之下，還能辦別出群眾的複雜而無窮無盡的歌聲，像一大片低沉的嗡嗡聲一樣，在藝術家的四周齊聲合唱。只因爲有了這一片和聲，藝術家方成其爲偉大。」〔註13〕丹納的文藝思想一向被認爲是社會學的、機械論的。這一說法是否科學，這裡暫且不論，但這句話我們認爲是完全正確的。茅盾和魯迅、郭沫若一樣，正因爲他們都來自平民社會，早年在生活上和精神上就和人民群眾就有著直接和間接的聯繫，所以在他們後來的創作中就能夠直接或間接地傳達出人民群眾的聲音，成爲偉大的作家。

〔註12〕《少年時代》，《沫若文集》第 6 卷第 18 頁。
〔註13〕丹納：《藝術哲學》第 6 頁，傅雷譯，人民文學出版社，1963 年版。

第二章 在母親的「訓政」下

三 「第一個啓蒙老師」

　　在烏鎮沈家這個大家庭裡，有一所辦了多年的家塾。茅盾童年的時候，他的三個叔叔和二叔祖家的幾個孩子就在這裡上學。這所家塾裡的功課，不外乎《三字經》、《千家詩》之類。當時的老師也不太負責任，對學生常採取放任的態度。這個老師就是茅盾的祖父。「維新派」的父親不贊成這樣的兒童教育，所以就不讓童年茅盾進這所家塾。他買了上海新式學校澄衷學堂的《字課圖識》和從《正蒙必讀》裡抄下來的《天文歌略》、《地理歌略》等「新學」，讓茅盾的母親自己來教，意圖是想使茅盾獲得一些天文、地理之類的自然科學知識。同時，她還根據《史鑑節要》用淺近的文言編成歷史讀本教茅盾，從三皇五帝開始，編一節教一節，這樣，母親就成了茅盾的「第一個啓蒙老師」。

　　茅盾七歲那一年，病中的父親一邊行醫，一邊接替了祖父的工作，擔任了家塾的老師。童年茅盾也就進了這所家塾。別的孩子仍舊學老課本，茅盾則繼續學「新學」。父親對他十分嚴格，每天都節錄課本中的幾句要茅盾讀熟、背出。這些枯燥的天文、地理知識，對一個七、八歲的孩子來說，不僅是極端乏味的，甚至感到「既害怕而又憎惡」了，學得很勉強，因而使他的父親十分煩惱。

　　一九○二年（光緒二十八年），烏鎮辦起了第一所新式的國民初等男學堂。這所小學堂是原有的立志書院改辦的，學校的大門兩旁刻著一副大字對聯：先立乎其大；有志者竟成。當中嵌著「立志」二字。所以也叫立志小學。一

九○二年秋，茅盾八週歲時，進入這個小學堂讀書。校長是茅盾的表叔、在烏鎮頗有名望的盧鑒泉（學溥）。開學那天，學生有五、六十人，按年齡分為甲、乙兩班，大的進甲班，小的進乙班，茅盾被編在乙班。不久，按學生的實際水平作了調整，茅盾被調到甲班。當時的課程有修身、國文、歷史、地理、算學、音樂、圖書、體操等。甲班的「修身」課中用的是《論語》，國文課本是新編的《文學初階》、《速通虛字法》、《論說入門》。這時候，茅盾父親已經臥床不起，要有人經常在身邊侍候。茅盾不得不一邊上學，一邊照顧父親。雖然學堂就在沈家左鄰，很方便，但有時候也不得不請假。母親擔心茅盾功課拉下太多，就自己來教。很快就把《論語》教完了，進度比學校裡還快。《速通虛字法》講文言文中的虛字使用法，附有插圖，把本來比較抽象的文言虛字形象化了。例如解釋「虎猛於馬」這句中的「於」字的用法，插圖是一隻凶猛的老虎和一匹正在逃避的馬。又如解釋「更」字，用「此山高，彼山更高」一句，插圖便是兩座山頭，一高一低，中間有兩人在那裡指手畫腳，仰頭讚嘆，這樣的課本幫助童年茅盾造句，更引起他「對於圖畫的興味」。〔註1〕當時，有些課程如音樂、圖畫等還沒有老師數。但國文、修身等課程卻使童年茅盾產生了興趣。他後來回憶說：小學裡的課程「都比《天文歌略》容易記也有興味，即使是《論語》罷，孔子與弟子們的談話無論如何總比天上的星座多點人間味。」〔註2〕

國文課老師還根據《論說入門》在理論上指導學生寫文章，同時也很重視實踐，每週要作文一次。題目經常是史論。如《秦始皇漢武帝合論》之類。老師出了題目，總要講解幾句，怎樣立論，怎樣從古事論到時事等等。十歲左右的兒童寫這樣的史論自然困難是不少的，茅盾自己後來比方說，猶如「硬地上掘蟮」。但聰慧的童年茅盾，卻在作文過程中「發明了一套三段論公式」：

> 第一，將題目中的人或事敘述幾句，第二，論斷帶感慨，第三，用一句套話來收梢，這句套話是「後之為××者可不×乎？」這是一道萬應靈符，因為只要在「為」字下邊填上相應的名詞，如「人主」「人父」「人友」「將帥」等等，又在「不」字之下填上「慎」「戒」「歡」「勉」一類動詞就行了。每星期寫一篇史論，把我練得有點「老氣橫秋」了，可是也使我的作文在學校中出了名。

〔註1〕 《我的小學時代》，《風雨談》第 2 期，1934 年 5 月。
〔註2〕 《我的小學時代》，《風雨談》第 2 期，1934 年 5 月。

學校還月月有考試，並鄭重其事地發榜，成績優秀的可以得獎賞。當時的茅盾因總是名列前茅，經常受到老師的稱讚和獲得鉛筆、寫字簿、書籍等獎品。有一次，他獲得《無貓國》《大姆指》兩本童話。這時，他已能看《西遊記》、《三國演義》、《七俠五義》等中國古典小說了，所以對這兩本童話已經不感興趣，便作爲禮物送給弟弟沈澤民。

小說，在茅盾童年那個時代，還是被認爲「閒書」的。童年茅盾讀到的第一本「閒書」是《西遊記》。〔註3〕有一次，茅盾偶然在一間堆放雜物的房間裡發現了一板箱木版書，其中就有一本《西遊記》。《西遊記》中的一些故事，童年茅盾早就聽母親講過了，現在有了書，就「偷看」起來。不久，這件被父親知道了。父親不僅沒有加以禁止，反而叫茅盾的母親把一部石印的《後西遊記》給他看。因爲他認爲看「閒書」也可把「文理看通」，「使得國文長進」，「小孩子想看『閒書』也在所不禁，……」〔註4〕這樣，童年茅盾就繼續被允許看《水滸》、《七俠五義》、《三國演義》等中國古典小說了。

茅盾十一歲那年，父親去世了，母親陳愛珠就一個人挑起了家務和教育孩子的擔子。她對兩個孩子——茅盾和沈澤民的管教更嚴了。童年茅盾有過失時，母親也常用裁衣的竹尺輕輕的打幾下手心，作爲教訓。有一次，一個比茅盾大五、六歲的同學因跌跤擦破了膝頭和手腕的皮膚，卻到茅盾母親那裡去告狀。母親很生氣，把茅盾拉到樓上房間裡，關上房門，要用硬木的大戒尺來打。童年茅盾怕極了，衝出了房門，下樓跑到街上去。還是小學裡的國文老師沈聽蕉把茅盾送回家，向茅盾母親說明事情經過。並替茅盾說情：「大嫂讀書知禮，豈不聞孝子事親，小杖則受，大杖則走乎？德鴻做得對。」茅盾母親聽了，默然片刻，說了聲「謝謝沈先生」，就回房去了。事後，茅盾才從母親那裡懂得了沈老師那句話的意思。從此以後，茅盾就沒有再挨母親的打了。

一九〇七年初，茅盾在立志小學畢業後，升入新辦的烏青鎮高等小學堂（辛亥革命後改爲植材完全小學）三年級。這所學校的課程有國文、英文、代數、幾何、物理、化學、音樂、圖畫、體操等八、九門。那時的國文由幾個老師分別教《禮記》、《易經》、《左傳》、《孟子》等古書。其中有的老師並不怎麼高明。比如教《孟子》的那位老秀才。就把「棄甲曳兵而走」的「兵」，錯誤

〔註3〕　《愛讀的書》，《茅盾文集》第 10 卷第 145 頁。
〔註4〕　《我的小學時代》，《風雨談》第 2 期，1934 年 5 月。

地解釋成爲兵丁。茅盾等提出疑問，老師卻不肯認錯，鬧到校長那裡。校長
爲了不讓老師在學生面前丟臉，就說老師講的可能是一種古本的解釋。可見
這時茅盾的國文，已有良好的基礎，而他這個時期的作文，更具體地體現了
茅盾小學最後一年的思想面貌和才華：《文不愛錢武不惜死論》就針砭時弊，
抨擊了當時政治的腐敗；《西人有黃禍之說試論其然否》表明了力圖自強，振
興中華的愛國主義思想；《青鎮茶室因捐罷市平議》一文，表明茅盾從小就同
情被剝削者。許多史論，表明童年茅盾不僅有豐富的歷史知識，並且能夠提
出自己獨到的見解。這些作文，每篇都得老師的肯定評語。如《宋太祖杯酒
釋兵權論》，老師的批語是：「好筆力，好見地，讀史有眼，立論有識，小子
可造，其竭力用功，勉成大器」。〔註5〕

　　戊戌維新以後，廢科舉，興學校。社會上往往以「新學」的學歷來套科
舉時代的「功名」。認爲中學畢業算是秀才，高等學校畢業算是舉人，京師大
學堂畢業算是進士。高等小學堂學生自然就被看作童生了。茅盾進植材小學
的第二年烏鎮舉行了「童生」會考。會考是茅盾表叔盧鑒泉主持的，作文題
目是《試論富國強兵之道》，茅盾把從父母親議論國家大事的那些話拿過來湊
成一篇四百多字的文章，而以父親生前經常說的「大丈夫當以天下爲己任」
一語作結。盧鑒泉很欣賞這篇文章，對結語加了密圈，批語是：「十二歲小兒，
能作此語，莫謂祖國無人也。」還特地把這篇文章送給茅盾的祖父看，在祖
父面前表揚他。最瞭解兒子還是母親。她對茅盾說：「你這篇論文是拾人牙慧
的，盧表叔自然不知道，給你個好批語，還特地給祖父看。祖母和二姑媽常
常說到你，該到我家的紙店當學徒了，我料想盧表叔也知道。他不便反對，
所以用這方法。」原來陳愛珠爲了讓茅盾繼續進學校念書，在家庭裡受到很
大壓力。盧表叔把茅盾童生會考的成績到處宣揚，正是爲了減輕陳愛珠所受
到的壓力，讓茅盾繼續念書。盧鑒泉是一個「伯樂」，他第一個看出了童年茅
盾是一個有培養前途的人才。

　　烏青鎮高等小學堂的前身是中西學堂，是很重視英文課的。茅盾入學以
後用的課本是《納氏文法》第一冊，內容是相當深的。教物理和化學的教師，
是一位日本留學生。上化學課時，他在教室裡作實驗，使學生大開眼界。

　　茅盾在小學念書時，還喜歡圖畫和音樂。他說過：「我在小學校的時候，

最喜歡繪畫」。〔註6〕烏鎮高等小學堂的圖畫老師是一位專門替人畫「尊容」
的畫師，曾替茅盾的祖父畫過《行樂圖》，他的教學方法很簡單，只是叫學生
臨摹《芥子圖畫譜》。他說：「臨完了一部《芥子園畫譜》，不論是梅蘭竹菊，
山水，翎鳥，都有了門徑。」但他自己卻不作示範，只叫學生臨摹。學生的
畫稿，他認爲不對的地方，就賞一紅杠，大書「再臨一次」。這樣學繪畫，「開
頭個把月倒還興味不差，——先生只教我臨摹某一幅，而我卻把那畫譜從頭
到底看了一遍，『欣然若有所得』；後來一部畫譜看厭了，先生還是指定那幾
幅叫我『再臨一次』，又一次，我就感到異常乏味了。」〔註7〕茅盾晚年寫《回
憶錄》時曾說：「對於音樂，我是喜歡的」。還記得一首叫做《黃河》的歌詞
的第一節：

> 黃河，黃河，出自崑崙山，遠從蒙古地，流入長城關，古來多
> 少聖賢，生此河幹。長城外，河套邊，黃沙白草無人煙，安得十萬
> 兵，長驅西北邊，飲馬烏梁海，策馬烏拉山。

茅盾喜歡這首歌，是因爲曲調悲壯。當時老師只教唱，不解釋歌詞，所以不
甚懂得歌詞的意義。還是母親給他做了詳細的解釋。

兒童時代的茅盾還「熱心研究過」「袖箭」和「化學」。在他十一、二歲
時，因爲讀過《七俠五義》一類的書，「對於俠客們使用的『袖箭』，了不得
的佩服」。從《格致匯編》之類書中得到啓發，斷定製造「袖箭」得用「彈簧」，
於是買了鋼絲，找了小竹管等等，便動手做起來，但是，「很費了一番心血，
然而終於沒有成功」。後來又因爲讀了一些偵探小說，知道犯人和偵探都要用
密寫藥水之類的化學藥品，於是便又熱心於「化學」了。但這比做「袖箭」
麻煩，只能紙上談兵，不久也就丟開了。〔註8〕

中西學堂校址原來在離烏鎮有一、二里的孔家花園。改爲高等小學後就
遷移到鎮內原來供奉太上老君的奉眞道院，還新建了三排洋房。學校雖然就
在鎮內，但母親還是不惜每月交四元的膳宿費，讓茅盾住宿在學校內，目的
是讓兒子營養好一點。因爲這時候，家裡已吃得很節約，一個月中只有四天
有一點點肉。

在高等小學堂時，茅盾患過一次夢遊症。鄉下人說是「活走屍」。母親認

〔註6〕　《我曾經穿過怎樣緊的鞋子》，《我與文學》，生活書店，1934年版。
〔註7〕　《我曾經穿過怎樣緊的鞋子》，《我與文學》。
〔註8〕　《談我的研究》，《印象・感想・回憶》，文化生活出版社，1936年版。

爲是睡眠不足之故。從此就不許他熬夜，規定睡覺時間不得超過晚上九點。

茅盾小學時期的學習成績是很優異的。他當年的同學族叔沈志堅回憶說：

> 我們因爲同是寄宿生，日間雖然不同課堂，夜間則同室溫習睡
> 覺，……當時他的國文成績，已爲全校冠軍，教師張芝琴先生撫其
> 背道：「你將來是個了不得的文學家呢！好好地用功吧！」他聽了這
> 種獎勵的話，益加奮勉。以異日之文豪自期。……他喜歡踢毽子着
> 象棋，……於書畫外，兼能鐫刻圖章。總之，他處處是有其特異的
> 天才。〔註9〕

童年茅盾國文成績就很突出，又那樣多才多藝，這固然是由於他的稟賦，但
更因爲他勤奮好學，據說每年寒暑假他到外婆家去玩時，即使母親不在身邊，
但他決不貪玩，「而是經常躲在一間小屋裡，看書，寫字，繪畫，鐫刻，專心
致志，從不倦怠，有時住了五、六天，鄰近的小朋友還不知道。」〔註10〕他
這種自覺的珍惜時間，刻苦學習的習慣，是和既是慈母、又是嚴師的母親的
教導分不開的。

一九七六年七月，茅盾八十高齡時寫的一首「自述」，主要內容就是深沉
地懷念母親的教誨的。現抄錄如下：

> 八十自述
>
> 忽然已八十，始願所未及。
>
> 俯仰愧平生，虛名不副實。
>
> 昔我少也孤，慈母兼父職。
>
> 管教雖從嚴，母心常戚戚。
>
> 兒幼偶遊戲，何忍便撲責。
>
> 旁人冷言語，謂此乃姑息。
>
> 眾口可鑠金，母心亦稍惑。
>
> 沉思忽展顏，我自有準則。
>
> 大節貴不虧，小德許出入。
>
> 課兒攻詩史，歲終勤考績。
>
> 一九七六年七月四日

〔註9〕 《憶茅盾》，見《文壇史料》。

〔註10〕戈錚、王國柱：《茅盾與「立志」、「植材」》，《杭州大學學報》，1982年1期。

四　「換過三個中學校」

茅盾的中學時代，「換過三個中學校」，「都是在『年份上並不吃虧』這條件下得了母親的同意的。」

一九○九年夏，茅盾在烏鎮高等小學畢業了。母親準備讓他進中學繼續念書。那時中學只有府裡有，離烏鎮最近的三個府是嘉興、杭州、湖州，因為本鎮已有一個姓費的親戚在湖州中學讀書，母親認為可以有個照顧，便讓茅盾去考湖州府中學堂。（辛亥革命後改為浙江省立第三中學）本來是可以插入三年級的，因為算術考得不好，只能插入二年級。這時的茅盾十四歲。

茅盾在湖州中學堂讀書期間，最大的收穫是豐富了中國古典文學的知識，增長了這方面的興趣。

國文老師楊笏齋，教學生讀古詩十九首、左太沖的《詠史》和白居易的《慈烏夜啼》、《道州民》、《有木》等詩篇，使茅盾感覺到這比他「在植材時所讀的《易經》要有味得多，而且也容易懂」。楊老師還從《莊子》中選出若干篇來教，說莊子的文章如龍在雲中，有時見首，有時忽見全身，夭矯變化，不可猜度。他認為《墨子》、《荀子》、《韓非子》等，就文而論都不及《莊子》。這使少年茅盾「第一次聽說先秦時代有那樣多的『子』」。在植材時，他還只知有《孟子》。楊笏齋老師對《莊子》的教學，給茅盾很深的影響。有一次作文課，老師要學生自己命題，茅盾便模仿《莊子·寓言》，寫了一篇《志在鴻鵠》，借鴻鵠自訴抱負得到「是將來能為文者」的批語。後來茅盾在商務印書館編譯所工作期間，還注釋了《莊子》。茅盾班裡的國文有一段時間由錢夏代課。他教史可法的《答清攝政王書》，黃遵憲的《臺灣行》，梁啟超的《橫渡太平洋長歌》，還有《太平天國檄文》等具有強烈民族思想的詩文，使學生們都覺得很新鮮。楊笏齋老師再來上課時，學生們也要求他講新鮮的和時事有關的文章。他接受了學生的意見，除教了文天祥的《正氣歌》外，還選教復社首領張溥（天如）編選的《漢魏六朝百三家集》。楊笏齋認為明末江南有個復社，繼東林之後抨擊閹黨和權貴。當時李蓮英黨羽，仍然囂張，頑固大臣操持國政，形勢與明末相近。張溥主張「興復古學，務為有用」。他編選這部集子，每集都作題辭，即有此用意。楊笏齋選用這部集子作教材，用意也在此。楊先生在課堂上只講《題辭》，各集本文要學生自己去鑽研。通過楊先生的教學，茅盾知道屈原、宋玉、「建安七子」等詩人和《楚辭》、《昭明文選》等詩文集。寒假回到家裡，在雜亂的書堆中找到了《昭明文選》，便認真讀了

起來。好在有李善的注釋，少年茅盾覺得「不難懂」。以後每逢寒暑假回家，就讀這部書，從頭到尾，恐怕還不止讀了兩遍。楊笏齋主張「書不讀秦漢以下，文章以駢體為正宗」。《漢魏六朝百三家集》的《題辭》都是用駢體寫的，所以楊先生又教學生作駢體文。有一次茅盾用駢體寫的作文《記夢》，得到的批評大意是：構思新穎，文字不俗。

這時，茅盾還很喜歡看小說，這自然也影響到他的作文。有一位國文老師是孝廉公，又是茅盾的父執。他一方面稱讚茅盾的文思開闊，一方面又不滿意的說：「有點小說調子，應該力戒！」這位老師知道茅盾看小說是家裡大人允許的，對他說：「你的老人家這個主張，我就不以為然。看看小說，原也使得，小說中原也有好文章，不過總得等到你的文章立定了格局，然後再看小說就沒有流弊了。」他還教導茅盾說：「多讀讀莊子和韓文罷！」那時，茅盾很尊重這位國文老師，但對他的教導，卻是持保留態度的。他說：

> 莊子之類，自然遠不及小說之類有趣，但假使當時有人指定了某小說要我讀，而且一定要讀到我「立定了格局」，我想我對於小說也要厭惡了罷？再者，多看了小說，就不知不覺間會沾上「小說調子」，但假使指定了要我去臨摹某一部小說的「調子」，恐怕看小說也將成為苦事了罷？〔註11〕

這意思是說，老師指定某一種文體要學生去學，並且學到「立定了格局」，就是把某一種文體作為《芥子園畫譜》來臨摹，也就是讓學生穿「緊鞋子」，是束縛學生的思維活動，是一件「苦事」。可見在中學時，茅盾已認識到學習要有創造性了。

在湖州府中學的兩年生活中，有一件事給茅盾留下了深刻的印象，就是到南京去參觀「南洋勸業會」。要交費十元，茅盾準備用母親給的還在身邊的十元零用錢，徵求母親的同意。出於意外，母親卻給他寄了十元大洋，信中還說在南京看到喜歡的書，或其他東西，只要手頭錢夠，可以買下。這使茅盾高興極了。「南洋勸業會」是為了吸收華僑的資本和管理工廠的經驗和技術來發展工業，並向東南亞各地推銷江南各省特產而舉辦的。茅盾在勸業會的浙江館看見展出的綢緞、紹興酒、金華火腿等特產時，倒也等閒視之。聽說紹興酒曾得銀獎牌，大為驚喜。對四川、廣東等省展出的土特產，都很讚嘆。他這才知道我國地大物博，發展工業，前途無限。從而大大開闊了眼界。在

〔註11〕《我曾經穿過怎樣緊的鞋子》，見《我與文學》。

南京有半天自由活動時間。茅盾和一些同學去雨花台，想買一枚較好的雨花石孝敬母親，價錢卻貴得驚人，只好花幾毛錢買幾枚最平凡的，奉獻給母親作個紀念。但在書坊裡買了一部《世說新語》，倒花了一元幾角。在回湖州的旅途中，茅盾把這部書反覆看了兩遍，這才知道歷史上曾有這些雋永的小故事。湖州中學給茅盾留下深刻印象的還有體育課，雖然，走天橋，翻鐵槓，槍操等茅盾都沒有學會。但槍操用的是從外國買回來的真槍，還有真的子彈，所以體操實在就是軍事訓練。每學期照例有一次的「遠足」，也就是急行軍的別名。後來茅盾才意識到：當時的校長沈譜琴這樣安排，是有深刻用意的。

原來沈譜琴雖是科舉出身，卻具有民主革命的思想。曾留學日本，是同盟會會員，辛亥前孫中山在海外為革命籌款，他以實際行動來響應。一九一一年辛亥起義後，各省積極響應。湖州就是浙江舉義旗較早的府縣之一，湖州府中學的學生軍起了很大作用。光復後，沈譜琴被推為湖州軍政分府長，對於安定地方起了積極作用。〔註 12〕茅盾晚年回憶到這位校長時，還稱他為「不為人知的志士」。〔註 13〕

在湖州中學的二年級下學期，茅盾還學會篆刻和自己製造篆刻用的工具。暑假裡，母親讓茅盾自由支配父親遺留下來的石章。茅盾不會寫篆字，就查康熙字典，依樣畫葫蘆。他把刻好的圖章，加蓋在小學時代的兩本作文簿上。現在我們能夠看到的有「德鴻」、「沈德鴻」、「沈德鴻印」、「雁賓」等篆體的方章和圓章，還有「艸艸而已」、「醒獅山民」等題詞章和別號章。從這些印章的篆刻刀法和字體來看，均出一人之手，並且造型多種多樣。只有自己動手，才有可能。據沈志堅回憶，茅盾在小學時就已學會這種篆刻藝術了。〔註 14〕

茅盾在湖州府中學堂學習了兩年。一九一一年秋，茅盾轉學嘉興府中學堂。茅盾當時之所以要轉學，原因有二：一是聽在嘉興府中學堂讀書的族叔凱松說，嘉興府中學堂的英文教員是上海聖約翰大學畢業的，水平高，教員與學生平等，師生宛如朋友，而湖州中學的舍監卻很專橫，便產生了轉學的念頭。二是湖州中學有一個姓張的同學，說話聲音像女人，年紀大一些的同學懷疑他的性別，想挑逗他，卻被他痛打。可是這位同學卻喜歡和年齡比他

〔註 12〕孫中田、張立國：《茅盾的中學時代》，《東北師大學報》1981 年第 1 期；王國柱、戈錚：《茅盾在浙江求學過的三所中學》，《杭州大學學報》1981 年 2 期。

〔註 13〕《可愛的故鄉》，《浙江日報》1980 年 5 月 25 日。

〔註 14〕沈志堅：《憶茅盾》。

小的同學玩耍，茅盾也是其中之一，這就引起一些同學說一些不堪入耳的話，使茅盾很氣惱，以至不能專心於功課。少年茅盾決心轉學，得到了母親的同意。

茅盾進入嘉興府中學堂（後改稱浙江省立第二中學），讀的是四年級上學期。

在這一學期裡，國文教師有四位：朱希祖、馬裕藻、朱逢仙、朱仲璋。朱希祖教《周官考工記》、《阮元車制考》，「專門到冷僻的程度」，馬裕藻教《春秋左氏傳》，朱逢仙教「修身」，自編講義。原來湖州中學的數學程度比嘉興中學低。茅盾在湖州中學時，沒有學過幾何，在嘉興中學已教了一年多了。這就需要補課。茅盾後來回憶說，他當時對《考工記》之類，「實在感到頭痛」，對於《春秋左氏傳》，「也不太起勁」，「而且因為幾何代數特別高，差不多全副精力都對付這兩門功課去了。」至於英文課，雖然教員是聖約翰大學出來的，但中文很差，因而茅盾也感到失望。

就在這一學期裡，茅盾迎接了中國近代史上的重大事件──辛亥革命。

當時嘉興府中學的校長方青箱，是革命黨人，教員大部分也是革命黨，學生中剪去辮子的也很多。學生們對於國家大事，雖知道得很少，但是對於辮子的感情都不好。大家都知道這是「做奴隸的標幟」。校長雖然早已剪去辮子，但因為經常要見官府，不得不裝條假辮子。朱希祖、馬裕藻、朱逢仙三位國文教員，都是革命黨。茅盾後來才意識到，當時除朱逢仙的「修身」課自編講義，愛用《顏氏家訓》，「似寓深意」外，都是「真人不露相」的。他們不肯亮出自己的觀點，沒有對學生宣傳革命思想。教國文的尚且如此，教數學、理化的教師自然更不用說了，只有一位體育教師例外；剃著光頭，因他腦後有隆起的一塊，喜歡說笑話的教師說那是「反骨」，他也以此自負，這是唯一的「真人露相」。在這樣一個環境中，學生們對於國家大事，是知道得很少的。

但是，嘉興地處滬杭鐵路的中間，交通方便，新聞傳播得快，武昌起義的消息很快就由一位同學從火車站帶回的一份上海報傳到學校。使學生們興奮了一陣。茅盾後來回憶當時的情況說：

> 雖然我們那時糊塗得可笑，只知有「革命」二字。連中國革命運動的最起碼的常識也沒有。我們不知道在這以前，有過那些革命的黨派，有過幾次壯烈的犧牲，甚至連三民主義這名詞也不知道。然而武昌起義的消息使我們興奮得不得了，我們無條件的擁護革

命，毫無猶豫地相信革命一定會成功。

　　我們所以如此深信，乃是因為我們目擊身受滿清政府政治的腐
敗，民眾生活的痛苦，使我們深信這樣貪污腐化專橫的政府一定不
能抵抗順應民眾要求的革命軍。〔註15〕

　　然而，興奮很快就過去了，現實生活並沒有發生多大變化。大家議論得
最多的還是辮子。有的對有辮子的同學說：「這幾根辮子，今年不要再過年
了」，或者說「假辮子用不著了」。茅盾當時年紀小，沒有到火車站去買過報。
一天上午，體育教員來叫他去火車站買報，但沒有算好火車到站的時間。到
了車站，火車已過去，上海報沒有買到，這位教員很掃興，把茅盾拉到酒店
去喝酒，用台州腔說了不少話，少年茅盾卻聽得不甚了了。不久，空氣卻緊
張起來了，因領不到經費，學校準備提前放假。而上海光復的消息，促成了
提前放假的實現。茅盾回家的那一天早晨，聽說杭州也光復了，他「居然以
深通當前革命情勢的姿態」，「做起革命黨的義務宣傳來了。」

　　當時烏鎮的駐防同知是一個旗人，被商會用錢送走了。有人拿一塊白被
單掛在植材小學的校門可，烏鎮也就這樣算是光復了。烏鎮光復後引起的變
化，主要也是反映在辮子上：「跟著，老百姓忙的，是剪辮子的『儀式』，有
人主張先剪一半，有人主張四邊剪去，只留中間一把，依舊打辮子，盤起來
藏在帽子裡，更有人主張等過了年看個好日子再剪；然而也有爽爽快快變成
和尚頭的」。〔註16〕少年茅盾就這樣在自己的家鄉迎接了辛亥革命。

　　學校重新上課。茅盾回到學校時，才知道革命的三個國文教員和幾何教
員計仰先都已另有高就，校長方青箱也擔任了嘉興軍政分司。只有那位有「反
骨」的體育教員仍在。

　　革命給予青年學生一些什麼呢？茅盾後來回憶說：「除了不必再拖辮子以
及以不必再在做作文的時候留心著『儀』字應缺末筆，此外實在什麼也沒有，
於是乎我之不免於觖望，又是當然的事」。其實，不只是失望，革命後，校長
方青箱因當了軍政分司，更忙了，校務由新來的學監陳風章負責，他很專橫，
自修時間不許學生往來和談天。使學生們覺得「革命雖已成功」，但自己卻失
去曾經有過的自由，就和他搗亂。學監的回手是「記過」。茅盾也是被記過的

〔註15〕　《回憶是辛酸的，然而只有激起我們的奮發之心》，《時間的記錄》，大地書屋，
　　　　　1946 年版。

〔註16〕　《回憶辛亥》，《印象・感想・回憶》，文化生活出版社，1936 年版。

學生之一。大考過後，被記過的學生在酒醉時質問學監「記過」的理由，還打碎了布告牌，這件事茅盾雖然沒有參與，但因為在大考時曾把一隻死老鼠送給那位學監，還在封套上題了幾句《莊子》，使學監很惱火。因此和打碎布告牌的同學一道被「除名」了。母親收到茅盾被學校「除名」的通知時，十分生氣。等到聽說不是做了壞事，而是因為反對學監的專制而被除名的，就不生氣了。只關心茅盾繼續讀書的事，轉學別的學校，要求「年份上不能吃虧」，「得考上四年級下學期的插班生」。

這樣，茅盾就只一個學期便結束了在嘉興府中學堂的學習生活。這個學期，正是辛亥革命時期。

一九一二年春，少年茅盾得到母親的同意，到杭州投考私立安定中學，插入四年級下學期學習。

安定中學的校長想與省立杭州中學比賽，凡是杭州的好教員都千方百計聘請來，如當時被稱為浙江才子的張相（獻之）就兼教三校（安定中學、杭州中學、和另一教會辦的中學）的國文課，另一姓楊的教員，則兼教兩校（安定和另一教會中學）的國文。張獻之老師在國文課上，從教學生作對子開始，教學生作詩填詞，他常用西湖的一些樓臺亭閣所掛的對聯作教材，剖析其優劣；也用其他風景名勝地的名聯，如昆明大觀樓的一百八十字的長聯作示範，叫學生就西湖風光作一對長聯。指導學生作詩、詞對，經常以前人或他自己所作的詩、詞作示範，同時也讓學生試作。張先生即以此代替其他學校通常的作文課。

姓楊的國文老師講中國文學發展變遷的歷史，詩經、楚辭、漢賦、六朝駢文、唐詩、宋詞、元雜劇、明前後七子的復古運動、明傳奇（崑曲），直到桐城派以及晚清的江西詩派。他的教學方法也很特別。講課時黑板上只寫人名、書名。講解時，叫同學邊聽邊記筆記。然後他看學生的筆記，錯了給改正，記得不全的給補充。這種教學方法，一方面傳授知識，一方面也就成為作文課了。茅盾對這種教學方法始而驚異，終於很感興趣。最初邊聽講邊記筆記，覺得自己的筆無論如何跟不上楊先生的嘴，儘管他講得很慢，於是便改變方法，只記下黑板上寫的人名、書名，老師口述的，則靠強記，下課後再默寫出來。這樣果然能夠把老師講的記下十之八、九。可見少年茅盾的確具有驚人的記憶力。

一九一三年夏，茅盾在安定中學畢業，虛歲十八。在安定中學的一年半

時間裡，茅盾最大的收穫是掌握了比較系統的中國文學史的知識和懂得了作詩填詞的方法。

那時，中學是五年制。茅盾考入湖州府中學堂時，是插入二年級的。以後又經過嘉興中學換到安定中學，都遵從母親的要求，做到「在年份上不吃虧」，所以，以四年時間完成了中學階段的學習任務。

一九三六年間，茅盾在談到自己的中學生生活時說：

> 我的中學生時代是灰色的平凡的，只把人煨成了恂恂小丈夫的氣度。在我的中學生時代，沒有發生過一件事情使我現在回想起來還感受著興奮和震蕩。……

> 我經歷過三個中學校，……如果一定要我找出三個中學校曾經給予我些什麼，現在心痛地回想起來是這些個：書不讀秦漢以下，駢文是文章之正宗；詩要學建安七子，寫信擬六朝人小札；舉止要風流瀟灑，氣度要清華流曠。……

> 我們的中學生時代卻只有渾噩，至多不過時或牢騷，一種學來的牢騷；太息於前輩風流不可再見，叔季之世無由復聞「正始之音」那種無聊的非青年人所宜有的牢騷。〔註17〕

這一段文字似乎是茅盾對自己中學生生活的評價，但是和我們前面引用過的說法，似乎不很一致。應該怎樣理解這個問題呢？

我們認為可以從幾個方面來分析。

首先，從學業上來看，四年的中學生生活，少年茅盾的成績是優異的，表現得多才多藝，特別是在文學方面更有才華。這是和他的父母親，特別是母親的教誨分不開的，更和他自己的刻苦努力分不開的。但是為什麼要這樣學習？少年茅盾還不可能有一個明確的目的性；當時更不可能用馬克思主義的觀點來指導學習，也就不可能識別古代文學遺產中的某些消極因素；同學之間某些消極傾向，也不可能自覺地加以抵制。茅盾後來回顧這一段生活時，從更高的要求出發，有意識地強調當時學習生活中的某些消極因素和消極傾向，這就很容易理解了。

其次，從思想上來看，茅盾當時不是那樣激昂慷慨。辛亥革命——這一中國近代史上的重大事件的到來，少年茅盾曾一度歡欣鼓舞，「無條件的擁護

〔註17〕　《我的中學生時代及其後》，《印象・感想・回憶》，文化生活出版社，1936年版。

革命」，從樸素的、直覺的認識出發，「毫無猶豫地相信革命一定會馬上成功」。但只是興奮一陣就過去了，在他的頭腦中只留下了某些具體事件，如辮子風波、「採用陽曆比陰曆便利」的演說的印象，等等。這是有著主客觀原因的。就主觀原因說，辛亥革命時，茅盾年紀還小，只是十六歲的少年，對於革命懂得很少。當然更不可能從歷史發展的高度，從辛亥革命的本質意義上來看問題。就客觀原因來說：辛亥革命這一資產階級民主主義革命，在其發展過程中並沒有認真地在人民群眾中進行政治思想工作，沒有認真地去教育群眾，動員群眾，依靠群眾。照理說，青年學生是最容易接受革命思想的。但是在學校裡，那些革命黨人的老師，也是「真人不露相」，在自己學生面前也不流露自己的觀點，不對學生進行民族、民主革命的思想教育。清皇朝垮台，民國成立後，新政權又沒有認真進行社會改革，社會階級關係和社會經濟制度都沒有發生本質性的變化。因此，茅盾後來回顧他的中學生時代時，就覺得是「灰色的平凡的，只把人煨成恂恂小丈夫的氣度」，「沒有發生過一件事情使我現在回想起來還感受著興奮和震蕩。」這也是可以理解的。

再次，就《我的中學生時代及其後》的全文來看，這篇文章是寫給中學生看的。他沒有絲毫誇耀自己中學生時代怎樣有才華、學習成績如何如何，思想上行動上怎樣革命，等等，而是以極其謙遜的、實事求是的、嚴於自我解剖的精神來評價自己的過去。而對於青年學生，又是寄於極大希望。他用熱情的口氣強調說：「吞下整個世界，是中學生，一定得有這個氣魄」。他認為在三十年代，「歷史的車輪正在加速度旋轉，全世界的人類正在奏著偉大的進行曲」；在這個「大變化的時代作中學生是幸福的」，「躬逢其盛地正好把年富力強的數十年光陰貢獻給全社會全人類！」他更勉勵那些「寒苦的中學生」「不要自慚形穢」，要努力「發展自己的才具」，去「創造自己將來的一切，社會將來的一切，人類將來的一切，」去完成歷史賦予自己的「光榮的使命」。三十年代的茅盾已經是一個馬克思列寧主義者了。他寫作這篇文章用意是在教導青年人要正確認識自己所處時代的特點，要意識到歷史所賦予自己的「光榮使命」，從而自覺地刻苦學習，「發展自己的才具」，以便能更好地完成自己的使命。

生活本身是複雜的，人在生活中的感受又是多方面的。一個人、一個作家回憶他過去某一時期的生活感受時，常常受他回憶時心情的影響，有時還要考慮到不同的讀者對象。因此，就往往有意無意的，有時強調某一種感受，有時又強調另一種感受，這就會令人產生不一致的感覺。其實只要稍加分析，就容易理解的。

第三章　背離了父親的遺願

五　北京大學預科三年

　　茅盾在安定中學畢業以後，自然就面臨一個是否繼續升學的問題。此時茅盾的家庭經濟情況，已經不很寬裕了。但他母親早有計劃：外祖母給他的一千兩銀子，存在本鎮的錢莊上，此時本息共約有七千元之數，她讓茅盾兄弟兩人各得一半，估計茅盾還可以用這筆存款再讀三年書。這時她正好從自己訂閱的《申報》上看到北京大學在上海招考預科一年級新生的廣告。考慮到盧鑒泉正在財政部工作，茅盾如去北京，可以得到表叔的照顧。因此，她就決定讓茅盾到上海應考，希望他上北京讀書。

　　到上海以後，茅盾才知道北京大學預科分第一類和第二類。第一類的，將來進本科的文、法、商三科，第二類的，將來進本科的理工科。報第一類的，只考國文與英文，茅盾知道自己數學不怎麼好，就選擇了第一類。順利地考取了。去北京途中經過上海，與同時考取北京大學預科的謝硯谷同乘輪船到天津，再轉乘火車去北京。在上海停留的幾天間，茅盾跑遍了各個書坊，無意中買到了一部石印的《漢魏六朝百三家集》。在從上海到天津的三天三夜海程中，茅盾與謝硯谷相處極熟。謝硯谷看到茅盾經常翻閱那部「百三家集」而感到詫異，茅盾也因他朗誦吳梅村的《圓圓曲》和樊樊山的《前彩雲曲》、《後彩雲曲》而同樣感到詫異。此時的茅盾還是「書不讀秦漢以下」的，所以很少讀元、明以後的書，自然不知明末的吳梅村與晚清的樊樊山了，而謝硯谷則未嘗讀秦漢以上的書。這樣在船上倒取得一個互相補課的機會。

　　路經天津時，茅盾曾在親友的陪同下，上過一次戲院。台上演出武打戲，

鑼鼓喧天，茅盾卻坐在凳子上睡著了。這是茅盾生平第一次在北方戲院「聽戲」。

一九一三年七、八月間，茅盾到北京，進入北京大學預科第一類。此時虛歲十八歲。

當時北京大學的校長是理科院長胡仁源（湖州人，美國留學生）代理，預科主任是沈步洲（武進人，亦是留美的）。在預科，有幾位很有學問的老師，如沈尹默、沈堅士、陳漢章等，教外文的多為洋人。

預科第一年的學習，茅盾收穫很大。

沈尹默教國文。他教學生讀莊子的《天下》篇，荀子的《非十二子》篇，韓非子的《顯學》篇。他認為先秦諸子各家學說的概況及其互相攻訐之大要，讀這三篇就夠了。他要學生課外精讀這些「子」書。他上課沒有講義，他說他只指導學生研究學術的門徑，如何博覽，在學生自己。文學方面，沈老師教茅盾等讀曹丕的《典論論文》、陸機的《文賦》、劉勰的《文心雕龍》，以及章實齋的《文史通義》、劉知幾的《史通》等。清朝末年，江西詩派盛行。沈尹默也給學生講江西詩派創始人黃山谷的詩。沈尹默老師還從章太炎研究過佛家思想談起，告訴學生說想懂得一點佛家思想，不妨看看《弘明集》、《廣弘明集》，然後再看《大乘起信論》。茅盾當時由於好奇心，也就讀了三本書，懂得了一點佛家思想。沈堅士（尹默之弟）教文字學，課本是許慎的《說文》。

陳漢章教本國歷史。此人是晚清經學大師俞曲園的弟子，章太炎的同學，早就有點名望。京師大學堂（北大前身）時代就請他為教授。但他因為當時京師大學堂章程規定學生畢業後有欽賜翰林一條，所以他寧願做學生，期望得個翰林。辛亥革命使他這個願望不可能實現。改為北大後仍請他當教授。他自編講義，從先秦諸子講起，把外國的聲、光、化、電之學，考證為在我國先秦諸子書中早已有之。茅盾認為這是牽強附會，在一次下課時念了一句「發思古之幽情，揚大漢之天聲。」陳老師就把茅盾請到家裡去談話，說他這樣做，意在打破當時遍及全國的崇拜西洋、妄自菲薄的頹風。教本國地理的老師也是自編講義。他按照大清一統志，參考各省、府、縣的地方志，乃至《水經注》。茅盾認為老師「用力甚劬，然而不切實用」。

外國文學課讀的是司各特的《艾凡赫》和狄福的《魯賓遜飄流記》，兩個外籍教師各教一本。教世界歷史的是英國人，課本用邁爾的《世界通史》英文原版。第二學期，老師有一些調動，《艾凡赫》、《魯賓遜飄流記》改由中國

老師教了。但最使茅盾感到興趣的是新來的美籍教師。他教莎士比亞的戲曲：《麥克白》、《威尼斯商人》和《哈姆萊特》。茅盾認爲他的教法好。他不是按照一般的英文教法，寫英文作文先得學敘述、描寫等死板規定，而是要學生先寫論文。他先出個題目，讓學生自由發揮，第二天交卷。

第一年寒假遵從母親來信的意見，沒有回家。當時在財政部擔任公債司長的盧學溥邀請茅盾到他家去住。茅盾婉辭了。因爲江浙兩省的同學大多數都不回家，宿舍裡照常生火。他只是向盧表叔借去竹簡齋本「二十四史」的《史記》。以後兩個寒假，茅盾都借「二十四史」去讀。寒假一個半月。三個寒假共四個半月。他精讀了前四史：《史記》、《漢書》、《後漢書》、《三國志》，其餘各史也流覽過一遍。他相信「二十四史」「是中國的百科全書」的說法。

在北大預科，青年茅盾感到很不滿意，他曾經說過：「我那時在北京大學盡看自己喜歡的書，不聽講，因爲那時的教授實在也不高明」。〔註 1〕這樣，他就把時間用在自學方面。茅盾在中學時代閱讀就很廣泛。比如中國的古典小說，大部分在十五、六歲以前就已讀過了。「有些難得的書如《金瓶梅》等，則是在大學讀書時讀到的」。〔註 2〕

預科三年很快就過去了。由於他自覺地、刻苦地抓緊時間學習，使他在中國古典文學、英語和外國文學方面打下了良好的基礎。

六 「厭倦了學校生活」

茅盾父親去世前曾立下遺囑，要茅盾進學校學工藝，將來從事實業。要走這一條路，算術是重要科目。而茅盾從小學到中學都不喜歡算術。進入北京大學預科第一類，肯定將來只能進文法商三科，不能進理工科。這時，茅盾不能遵照父親的遺囑立身，他的母親也是很明白的，但她也默認了。這是因爲那時她也覺得學工藝未必就有飯吃，所以轉而希望兒子在教育界做事；還有一層，茅盾父親立遺囑時（一九〇四）曾預言十年之內，中國將大亂，並爲列強瓜分。不學「西藝」，恐無以糊口。可是在他去世以後不到十年，中國就起了革命，「不流血」的改成共和國，依然開學校，並且需要更多的教員。而「瓜分」一事，似乎也不會出現。所以母親也就不再拘拘於父親的遺囑了。這樣，經過北大預科三年的學習，茅盾就完全背離了父親的遺願。

〔註 1〕 《我讀過的外國文學作品》，《中國現代文學研究叢刊》1982 年第 1 期。
〔註 2〕 《我讀過的外國文學作品》，《中國現代文學研究叢刊》1982 年第 1 期。

　　然而，父親的遺囑，到底還是常在母親的繫念之中。當弟弟沈澤民中學畢業的時候，茅盾已經在商務印書館編譯所工作了一年。七月間茅盾回家與母親商定讓弟弟去考南京的河海工程專門學校。考取了以後，他們的母親似乎也很高興，總算有一個兒子遵照父親的遺囑去學理工科了。

　　茅盾在北大預科學習期間，中國社會正處在「大轉變」時期：一方面是「二次革命」失敗，北洋軍閥頭子袁世凱鼓吹尊孔讀經，勾結日本帝國主義，在狂熱地進行恢復帝制的活動，因遭到全國人民的反對，旋即失敗死去。另一方面是，中國社會階級結構正在發生深刻的變化，無產階級正在迅速成長起來，民族資產階級的力量也有所發展，一批新型的知識分子——國內各類各級新式學校的異業生和國外回來的留學生——已經形成一股重要的社會力量。以陳獨秀創辦的《新青年》（一九一五年九月創刊時名《青年雜誌》，一九一六年九月出版的第二卷第二期起改名爲《新青年》）爲標誌的、代表中國人民新覺醒的、反帝反封建的新文化、新啓蒙運動開始興起，中國歷史即將進入一個新紀元。

　　但新文化、新思想並不是一開始就傳入北京大學這個高等學府的。一九一七年以前，它還是一個「古氣沉沉的老大學」，到一九一七年初蔡元培來擔任校長，「才帶進了清新的空氣」。〔註3〕所以在北大預科的三年，青年茅盾並不感到很滿意。他覺得「讀完了三年預科，我還是我，除了多吃些北方的沙土，並沒有新得些什麼，於是我也就厭倦了學校生活了」。〔註4〕蔡元培擔任北大校長後，積極支持新文化運動，陳獨秀也擔任了北大文科學長，一些進步教授紛紛給《新青年》寫稿，北京大學成爲新文化運動的基地時，茅盾已經離開北京大學，回到南方來了。但這時他在知識方面和治學能力方面，已經打下良好的基礎。

　　把茅盾的學生生活的經歷與魯迅、郭沫若的學生生活的經歷作一比較，是很有意義的。

　　在魯迅十八歲（1898）以前，在紹興這樣的府城裡，也還沒有新式的中、小學校。少年兒童要讀書，還只能上私塾，念四書五經。魯迅的童年、少年時期，就是在私塾中度過的。他在私塾中，獲得了較好的閱讀中國古籍的能

〔註3〕 楊振聲：《回憶「五四」》，《人民文學》1954 年第 5 期。
〔註4〕 《我的中學生時代及其後》，《印象‧感想‧回憶》，文化生活出版社，1936 年版。

力。十八歲時到南京先後進入洋務運動後開辦的水師學堂及陸師學堂附設的礦路學堂，才開始學到近代自然科學知識，二十二歲（一九○二年）到日本以後，也學習了外國語（德語和日語）。茅盾和郭沫若一樣，是比較幸運的，他們來到人間社會，比魯迅遲十多年。在他們開始接受啓蒙教育的時候，全國各地都已開辦了新式的中、小學校。因此，他們雖然都讀過幾年私塾，但都上過正軌的小學和中學，較早地接受近代自然科學知識和外語教育。但當時畢竟還處在新舊教育的過渡時期。他們在小學、中學讀書時的國文、修身、歷史等課程還是以讀中國古書爲主，因此，都較好地獲得了閱讀古籍的能力。茅盾在中學畢業後讀了三年北京大學預科第一類（文科），中外文學和外國語方面都打下了堅實的基礎。而郭沫若則去日本留學，他雖然學的醫學，但在文學和外語方面，也獲得了較高的造詣。可見茅盾、郭沫若和魯迅的學生生活雖然很不一樣，但他們進入社會以前，閱讀古籍的能力，中國古典文學知識和外國語方面，都已打下了較堅實的基礎。

再分析一下茅盾與魯迅、郭沫若與時代的關係，也是同樣有意義的。

魯迅到南京讀書的時候，正是戊戌維新的時候，接著又是義和團和八國聯軍的入侵。除戊戌維新給青年魯迅一定影響外，義和團運動和八國聯軍入侵這樣重大歷史事件在青年魯迅思想上似乎也沒有引起多大反響。到日本以後，魯迅才形成強烈的民主主義和愛國主義思想，並積極參加革命運動。辛亥革命時，魯迅已經是中學教師，革命高潮到來時，他也曾歡欣鼓舞過，並用實際行動來迎接這次革命。但這時魯迅已三十一歲，因年事稍長，社會閱歷比較豐富，所以能夠以冷靜的態度來對待這次革命，看到這次革命失敗的方面。革命後他到臨時政府教育部去任職，對這次革命失敗的方面，就看得更清楚了。因而陷入沉思默索之中，達六、七年之久。辛亥革命時，茅盾和郭沫若都還是中學生。當革命到來時，他們都曾經興奮過。郭沫若因擔任過同盟罷課的班代表而被開除，茅盾則因反對校長的專制而被「除名」，還熱情地做過「革命黨的義務宣傳」。但當時他們畢竟年齡都還比較小（茅盾 16 歲，郭沫若是 20 歲），還不能從本質上來理解這次革命的意義。但從客觀上來說，這也反映了這次革命本身的弱點：既沒有使魯迅獲得更有力的鼓舞，更沒有使茅盾、郭沫若受到民主主義的思想教育，從而更多地關心社會改革問題。這說明了客觀條件是否具備，對一個有才能的人能否發揮他的作用，也是有重要意義的。

只有在一個偉大的時代到來的時候，才能「使過去不可能發揮的天才發揮出來」。這個時代就是「五四」時代。

中　編
爲民族和人民的解放而奮鬥
（1916～1948）

第四章 在「五四」新文化運動中嶄露頭角

七 開始踏上人生的征途

茅盾在北京大學預科學習了三年以後，母親給他準備的一筆錢就用得差不多了，再也沒有力量讓他繼續讀書。她商請茅盾祖父給當時任財政部公債司司長的茅盾的表叔盧學溥去信，請他給茅盾找個職業。要給茅盾在官場或銀行界找一工作，還是不怎麼難的。但母親卻不願意茅盾進入烏煙瘴氣的官場和銀行界。所以她又直接給盧學溥寫了一封極誠懇的信說明自己的想法。

一九一六年七月底茅盾從北京回到烏鎮家中。八月初，就拿了表叔盧學溥轉來的商務印書館北京分館經理孫伯恆的信去會見上海商務印書館總經理張元濟。會見以後，被安排在商務編譯所的英文部，具體任務是批改英文函授學校學生們寄來的課卷。每天機械式的改卷，茅盾並不覺得討厭，反而很高興。因為這裡平時大家都說英語。茅盾覺得這裡倒是他練習英語口語的好地方。

二十一歲的茅盾，就這樣踏上了人生旅途。一般說來，這算是一帆風順的了。

一天茅盾看到商務新編印出來、正在發行的《辭源》。這是一部開創性的工具書。他略加翻閱以後，覺得有些問題還可進一步研究，便提筆給張元濟總經理寫了一封信。茅盾晚年回憶這件事時說：

> 這封信開頭讚揚商務印書館的出版事業常開風氣之先，《辭源》

又是一例。次舉《辭源》條目引出處有「認錯娘家」的，而且引書只注書名，不注篇名，對於後學不方便。最後說，許慎《說文》才九千數百字，而《康熙字典》已有四萬多字，可見文化日進，舊字不足應付。歐洲文藝復興以來，文化突飛猛進，政治、經濟、科學，三者日產新詞。即如本館，早已印行嚴譯《天演論》等名著，故《辭源》雖已收進「物競天擇」、「進化」諸新詞，但仍嫌太少。此書版權頁上英譯為「百科辭典」，甚盼能名實相符，將來能逐年修改，成為真正的百科辭典。〔註1〕

茅盾寫這封信只是一時衝動，不料卻得到總經理的極大重視，當天就批交辭典部同事傳閱後送編譯所所長高夢旦核辦。第二天高夢旦就約請茅盾談話，說總經理已和他商量過，他的信寫得很好。他在英文部做批改學生課卷的工作，是「用非其材」，要把他調到國文部去，和老先生孫毓修合作譯書，徵求茅盾的意見。

這麼一封隨便寫下的、寥寥二百餘字的信，使茅盾才華初試開始得到總經理的賞識。

到了國文部，孫毓修要茅盾翻譯卡本脫的通俗讀物《人如何得衣》。這本書他已用駢體色彩很顯著的「意譯」譯了前三章。茅盾接受了這一任務，就用意譯的方法，並模仿其風格，譯出了一章。孫老先生看了很滿意，要茅盾繼續譯下去。這個譯本很快就出版了，書名題為《衣》，這是茅盾的第一本譯本，但版權頁上卻署「孫毓修譯」。

在以後的幾個月中，茅盾繼續翻譯了卡本脫的《人如何得食》、《人如何得住》，分別題為《食》、《住》出版。

在中國新式的出版事業中，商務總經理張元濟是一位開闢草萊的人。他不但是一位有遠見卓識、有魄力的企業家，同時又是一位學貫中西，博古通今的學者。為了不斷提高編輯人員的業務能力，不惜重金購置古今中外大量圖書，建立藏書極為豐富的圖書館——涵芬樓，允許編譯所人員任意借閱。進入商務以後，茅盾就充分利用這個涵芬樓。他一邊工作，一邊潛心讀書。他平時白天上班，晚上幾個人一間房，燈光又小，不能看書。他就充分利用星期日，大家都出去玩了，他就一個人留在房間裡讀書。這樣，在上海快一年了，除了商務編譯所所在的寶山路附近，他從沒到別處去過。

〔註1〕 茅盾：《我走過的道路》（上）第110頁，人民文學出版社，1981年版。

一九一七年上半年，孫毓修又要茅盾編一本開風氣的書：中國寓言。茅盾覺得藉此可以系統地閱讀先秦諸子、兩漢經史子部之書，窮本溯源地做點學問，就欣然同意了。此書定名《中國寓言初編》，輯錄周秦兩漢諸書中的材料，仿照治史學先作長編之法。化了半年多時間，《初編》編出來了。一九一七年十月初版出書。這是中國最早的一本「寓言選」。出版後很受讀者歡迎。

這一年暑假，茅盾弟弟沈澤民在浙江省立第三中學畢業後，考取了南京河海工程專門學校，實現了他們父親的遺願。茅盾在商務編譯所，工作得很有成績，還得到一個月不扣工資的假期。因此，母親很高興。茅盾便回烏鎮，一面送弟弟去南京上學，一面陪母親到南京去玩玩。在南京玩了幾天，澤民上學後，茅盾陪母親乘長江客輪回到上海。在長江客輪上，茅盾扶著母親在甲板上散步，她遙望江天，很有感觸地對茅盾說：「你父親一生只到過杭州，我今天見的世面比他多了」。又說：「他的遺囑我盡力做到了，你兄弟二人還算有出息，他死而有知，大概也是快活的。可惜一個人死了沒有鬼，他再也不知道我們現在幹什麼，將來還要幹什麼」。到了上海，茅盾送母親換乘小火輪回烏鎮，自己就回商務編譯所。

八　舉起「革新・創造・奮鬥」的旗幟

商務印書館是我國最早的新式出版機構之一，它在出版西方資產階級的社會科學著作、外語讀物、中小學教科書等方面，都作出過貢獻。它還出版多種雜誌，如《東方雜誌》、《教育雜誌》、《婦女雜誌》、《小說月報》等等，在普及文化，傳播專業知識，適應不同階層、不同職業的讀者的需要方面，有過廣泛影響。

新文化運動蓬勃開展起來以後，商務印書館的出版物就顯得有些保守、落後、跟不上形勢了。商務的當權派爲了適應潮流，不得不考慮作一些改革。這一改革首先從《學生雜誌》開始。這一方面表明要向《新青年》學習，一方面也想通過改革來爭取更多的讀者。在商務編譯所工作了一年的茅盾，已表明他學有根底，知識廣博、工作勤奮，《學生雜誌》的主編受命作一些改革，便指名調茅盾去作他的助編，先從寫社論開始。

茅盾擔任《學生雜誌》的助編後寫的一篇文章是《學生與社會》，作爲該雜誌第四卷第十二號的社論刊出。文章論述了在「新舊思想交衝時代」，

學生對社會所應擔負的任務。茅盾認為「精研學術，修養品性」，是學生的「天職」，同時還應「常注眼光於社會」，瞭解社會的實際狀況。這樣，將來到社會上去工作，才能成竹在胸，「著手於社會事業之改革」。茅盾還強調指出，學生要反對奴隸道德，反對封建主義的治學思想，還要反對「趨時」和「唯利是視」。他強調指出，振興祖國，革新社會之希望寄託在青年人身上的。這篇文章，《學生雜誌》主編看了以後很中意。要他再寫一篇社論，這就是《一九一八年之學生》。〔註2〕如果說前面一篇主要還是從學生與社會關係立論的話，那麼，《一九一八年之學生》這篇論文則是從當時世界形勢與中國的命運來討論學生的任務的，視野開闊得多了。

茅盾指出：二十世紀之時代，是文明進化之時代，「全世界之民族，莫不隨文明潮流而急轉。」一個民族如「停留中路而不進」，必為「飛湍所排抶」；這個時代之國家，如仍陳舊腐敗，「必不能立於世界」；這個時代之人民，如仍抱殘守缺，不謀急進，就是「甘於劣敗」。他認為要使中國避免埃及、印度、朝鮮的命運，「自拔而免於亡國之慘」，青年學生就要「翻然覺悟」，「投袂以起」！他還對學生提出了三點希望：一是「革新思想」。就是要排除頭腦中的舊習慣、舊思想，吸收「個性之解放，人格之獨立」等新思想。二是「創造文明」。他認為如果只是模仿別人，那麼，「二十世紀之文明史上，將無吾人之一席，而國將不國」。希望青年學生們立下「自行創造之宏願」，「促進文明」。三是奮鬥主義。他說，「人生之天職，即為奮鬥」，青年學生應「抱定人定勝天之旨」，振臂而起，「別創歷史上之新紀元」。

上述兩篇文章所提出的見解，和《新青年》所提倡的民主和科學精神，是完全一致的。號召反對封建傳統、反對因循守舊，主張革新思想、創造文明，努力奮鬥，創造歷史上的新紀元。這一見解的思想實質，則是愛國主義和民主主義的，是「五四」以前新思潮中的主導思想。

一九一八年間，茅盾還寫了《履人傳》、《縫工傳》〔註3〕兩篇長文。介紹歐美各國一些鞋匠或縫工出身，後來在事業上有成就的人，基本精神是在說明：「王侯將相無種，丈夫貴能自立」，一個人即使出身貧苦，只要虛心好學，刻苦磨礪，矢志不渝，總可以把自己造就成為有用的人才，為社會、為國家作出貢獻的。這兩篇文章可以說正是《一九一八年之學生》所提倡的「革新

〔註2〕 《學生雜誌》第5卷第1號，1918年1月。
〔註3〕 分別發表於《學生雜誌》第5卷4、6號和9'10號。

思想」、「創造文明」、「奮鬥主義」三點要求的具體例證。

「革新・創造・奮鬥」的旗幟閃耀著愛國主義與民主主義的思想光輝，開始使青年茅盾在新文化運動中嶄露頭角。

十月革命的勝利給中國送來了馬克思主義。

一九一八年十月，《新青年》同時發表了李大釗的《庶民的勝利》、《Bolshevism 的勝利》兩篇文章，熱情歌頌了十月革命的勝利，並預言「將來的環球，必是赤旗的世界」。一九一九年五月，《新青年》出版了「馬克思研究專號」，發表了李大釗的《我的馬克思主義觀》等論文，介紹了馬克思主義的一些基本觀點。在這一段時期中，中國知識分子中的先進分子，都在熱心探討俄國革命的起因。茅盾也開始作這一方面的探索。他於一九一九年四月寫了長篇論文《托爾斯泰與今日之俄羅斯》，〔註 4〕介紹了列夫・托爾斯泰的生平；分析了托爾斯泰著作的成就及其在俄國文學史、西歐文學史上的地位；論述了「托爾斯泰主義」及其藝術觀與當時俄國社會狀況以及與托爾斯泰本人家庭出身的關係；肯定了托爾斯泰的廣泛影響。雖然，文章對托爾斯泰的評論難免存在一些偏頗之處，但也包含有許多獨到的見解。文章中還指出：「今俄之 Bolshevism，已彌漫於東歐，且將及於西歐，世界潮流，澎湃動蕩，還不知其伊何底也」。這一看法，和李大釗的「將來的環球，必是赤旗的世界」這一預言是完全一致的。表明這時候，茅盾對俄國布爾塞維主義的勝利，是抱肯定態度的。

一九一九年五月四日，北京學生發動了偉大的反帝愛國運動。全國各地學生和各階層人民紛紛起來響應。五月中旬，上海學生實行同盟罷課，北京學生派代表到上海進行宣傳和聯繫。六月初，上海許多工廠工人也相繼實行罷工，商界實行罷市，支持學生的愛國運動。當時潛心讀書，「素來不喜歡走動」的茅盾，也曾去參加集會，聽北京來的學生代表的講演。

在「五四」愛國運動的影響下，茅盾更注意於翻譯和介紹外國文學。一九一九年八月，他用白話翻譯了契訶夫的短篇小說《在家裡》。這是茅盾的第一篇白話翻譯小說。在以後幾個月裡，他又翻了契訶夫、高爾基、莫泊桑等的作品。撰寫了《蕭伯納》、《近代戲劇家傳略》、《蕭伯納的〈華倫夫人之職業〉》等評論文章。

一九一八年到一九一九年間，茅盾還編寫了童話二十七篇。這些童話大

〔註 4〕　《學生雜誌》第 6 卷 4～6 號，1919 年 4～7 月。

多數係根據中國古代歷史故事、傳說和外國童話改編的,有幾篇是創作的小故事。

此外,在這幾年間,茅盾還翻譯了《兩月中之建築談》《二十世紀之南極》等介紹自然科學知識的文章(前者與沈澤民合譯)。這和《新青年》的提倡科學精神也是相一致的。

一九一九年下半年,商務印書館籌備出版《四部叢刊》,孫毓修指名茅盾參與這一工作。這是一項長期任務,看來茅盾似乎要與這一工作周旋到底了。不料到十一月初,茅盾又被委派去革新《小說月報》。正是這一新的任務,使茅盾走上了對他一生有著重要意義的文學道路。

一九一八年春節後,茅盾回到烏鎮與孔德沚結婚。這一婚事,是茅盾五歲時由祖父定下來的。茅盾進商務編譯所的那一年春節,母親因未來的媳婦不識字,徵求茅盾對這門親事的意見。當時茅盾正全神貫注在事業上,對妻子是否識字覺得無所謂。就決定第二年春節後舉行婚禮。婚後茅盾給她取名德沚。先是在家由母親充當家庭教師,教她識字。後又到石門灣振華女校、湖州的湖郡女塾去讀了幾年書。

在新舊過渡時代,「祖父之命,媒妁之言」,童年定下的婚姻,很可能造成男方或女方的不幸。但由於茅盾的母親和茅盾自己把關係處理得很好,所以茅盾婚後的家庭生活是幸福的。

一九一九年間,茅盾自費裝修了一間房子。宿舍的同事戲稱之為「新房」、「洞房」。其實茅盾當時只是為了安排一個安靜的環境,以便讀書和寫作。一直到一九二一年二、三月間,他才另外租了房子,把妻子和母親從烏鎮接到上海來同住在一起。

九　繼續追求真理

「五四」以後,社會改造的呼聲日益高漲。除馬克思主義外,其他各種思潮、主義,如無政府主義、托爾斯泰的泛勞動主義和無抵抗主義、工團主義、新村主義等等,都被介紹了進來,在文化思想界各有一些影響。到底那一種「主義」可以用來改造中國社會,茅盾認真進行思考,繼續追求真理。

一九二〇年一月,茅盾在《廣義派政府下的教育》〔註5〕這篇譯文前所加的說明中,對蘇俄政府徹底改革舊的教育制度,使教學與生產相結合,特別

〔註5〕《解放與改造》第2卷第1號。

重視學生的校外生活等情況，以肯定的語氣加以介紹。這表明他對社會主義革命是抱肯定態度的。

　　一九二○年間，茅盾先後譯出了《巴枯寧的無強權主義》、《羅塞爾〈到自由的幾條擬徑〉》（按：羅塞爾通譯羅素）、《遊俄感想》等文章，表明對巴枯寧的無政府主義，他實際上是持反對態度的。羅素所鼓吹的「基爾特社會主義」，茅盾認爲是幾種社會主義思潮中的「折衷派」，至於是否適於中國，他表示「誰也不敢說」。在《組織勞働運動團體之我見》一文中，關於開展工人運動他主張利用各行業原有的行會組織，然後加以改造，不同意採用「大規模的產業組合主義」，這裡就有著「基爾特社會主義」的影響。可見當時茅盾對「基爾特社會主義」的實質還缺乏足夠的認識。

　　這個時期，茅盾對十月社會主義革命是加以肯定的、擁護的。但在理論上，對馬克思主義、對科學社會主義，他還沒有取得很正確的認識。

　　一九二○年初，陳獨秀由北京回到上海，邀請陳望道等商談《新青年》重新遷滬出版事宜，茅盾也應邀參加，這是茅盾第一次和陳獨秀見面。陳獨秀、陳望道、李漢俊等發起的上海共產黨小組，於這一年七月成立。

　　十月，茅盾由李漢俊介紹，加入上海共產黨小組。在此期間，北京、武漢、濟南、廣州、長沙等地的共產黨小組也相繼成立。九月間，上海共產黨小組已經把在新文化運動中產生了很大影響的《新青年》改組爲它的機關刊物，著重宣傳馬克思列寧主義理論，介紹俄國革命和建設的情況。又於十一月間創辦了《共產黨》月刊，主要介紹共產黨的理論和實踐，以及第三國際和各國工人運動的材料。給這個刊物寫稿的都是共產黨小組的成員。李達擔任主編。

　　茅盾參加共產黨小組後，李達就約他寫文章。他在該刊的第二號（一九二○年十二月七日出版）上發表了四篇譯文：《共產主義是什麼意思》（副題爲《美國中央委員會宣布》）、《美國共產黨黨綱》、《共產黨國際聯盟對美國Ｉ、Ｗ、Ｗ·（世界工業勞動者同盟的簡稱）的懇請》、《美國共產黨宣言》。通過這些翻譯活動，茅盾對馬克思列寧主義的認識有了很大的提高，他晚年回憶說：

　　　　我算是初步懂得了共產主義是什麼，共產黨的黨綱和內部組織
　　是怎樣的；尤其《美國共產黨宣言》是一篇馬克思主義理論及其應
　　用於無產階級革命實踐的論文，它論述了資本主義的破裂，帝國主

　　義，戰爭與革命，階級鬥爭，選舉競爭，群眾工作，無產階級專政，
　　共產主義社會的改造等等。〔註6〕

由於學得了這些共產主義的初步知識，使他在探索真理的道路上跨出了重要
的一步。

　　毛澤東同志曾經指出：「十月革命幫助了全世界的也幫助了中國的先進分
子，用無產階級的宇宙觀作為觀察國家命運的工具，重新考慮自己的問題。
走俄國人的路——這就是結論。」〔註7〕應該肯定，茅盾是最早找到中國革命
應該「走俄國人的路」這個「結論」的「中國的先進分子」之一。

　　十九世紀德國唯心主義哲學家尼采的思想對我國「五四」前後的思想界
是有一定影響的。從一九○七年到「五四」時期，魯迅就曾汲取尼采思想的某
些因素作為反封建的思想武器。「五四」時期陳獨秀的著作中也有明顯的尼采
思想的影響。郭沫若也譯出過尼采的《查拉圖司屈拉鈔》。茅盾除了譯出這本
書中的兩章《新偶像》、《市場之蠅》外，還寫了長篇論文《尼采的學說》，對
尼采的學說作了全面的介紹。〔註8〕青年茅盾認為：任何一種學說，只是一種
「幫助我們改良生活，求得真理」的「工具」，不可把它看作「神聖不可動搖
的」；應該「挑了些合用的來用，把不合用的丟了」。茅盾正是抱這樣的態度
介紹尼采思想的。他具體指出尼采思想中的錯誤，認為尼采否定傳統的價值
觀念，主張「人總是要跨過前人」的思想還是有可取之處的。茅盾是我國現
代文化史上系統地、但是有批判地介紹尼采思想的第一人。

　　此外，茅盾還寫了不少文章，從民主主義觀點出發，探討子婦女解放問題。

　　一九二○年間，茅盾通過對社會政治問題、哲學問題的探索，繼續追求
真理，確立了對馬克思主義的信仰。

　　「五四」以後，新文化、新文學就以更加洶湧澎湃的氣勢向前發展。「鴛
鴦蝴蝶」派的《小說月報》已經不受讀者歡迎，林琴南用文言文翻譯的外國
小說銷數也不斷下跌。面對這一形勢，商務印書館的出版方針不得不作一些
改變。在《學生雜誌》作了一些改革以後，商務出版的其他雜誌也相繼進行
革新。

　　一九一九年底，商務印書館當局決定對《小說月報》進行部分改革，增
闢「小說新潮」欄，茅盾應邀擔任這一欄的編務。《小說月報》原來為封建思

〔註6〕　《我走過的道路》（上），第 176 頁。
〔註7〕　《論人民民主專政》，《毛澤東選集》一卷本第 1476 頁。
〔註8〕　《學生雜誌》第 7 卷第 1～4 號，1920 年 1～4 月。

想與買辦意識的混血兒「鴛鴦蝴蝶」派所把持，是反對新文化、新文學的頑固堡壘，在小市民階層中有相當影響。茅盾被挑選來打破這個頑固堡壘的缺口，這不僅是因爲他學有根底，知識淵博，並且實踐已證明他是一個富有革新精神的人。

在一九二〇年這一年中，部分革新《小說月報》的「小說新潮」欄，主要成績是登載了一些翻譯的外國文學作品，其中有易卜生的劇本《社會柱石》、莫泊桑、契訶夫等人的短篇小說，給新文學提供了一些有益的借鑒。

一九二〇年這一年，茅盾除了編輯《小說月報》的「小說新潮」欄外，主要貢獻是在對建設新文學的道路，作了一些有意義的探索。

「五四」文學革命提倡的新文學到底是一種什麼樣的文學？當時的倡導者們的認識是不那麼明確的。陳獨秀的「文學革命」論，提出了「寫實文學」、「國民文學」、「社會文學」這「三大主義」，體現了一種激進的民主主義精神，但並沒有從理論上作出具體的解釋。胡適的「八不主義」，雖然不能說完全沒有接觸內容問題，但著眼點卻是語言形式和技巧問題，胡適自己說它概括爲「國語的文學，文學的國語」八個大字，就說明了這一點。魯迅強調了新文學用白話寫作的重要意義，更強調了「灌輸正當的學術文藝，改良思想」的重要性，但他當時主要是以創作來體現「文學革命」精神的。周作人的《人的文學》、《平民文學》、《思想革命》是「五四」文學革命在理論建設方面的幾篇重要論文，指出新文學應該是人道主義的文學，平民文學，強調說思想革命比語言文字的改革更重要。這就反封建意義來說是很有意義的。李大釗要求新文學要以「宏深的思想、學理、堅信的主義」做「根基」，無疑這是很先進的觀點，但他也沒有作具體的闡述。

「五四」以後，新文學在群眾中發生了廣泛影響。「新文學」到底是一種什麼樣的文學？怎樣來發展這種文學？形勢要求進一步從理論上來回答這個問題，承擔了這一歷史任務的主要是茅盾。

在一九二〇年這一年間，他寫了《現在文學家的責任是什麼？》、《小說新潮欄宣言》、《新舊文學平議之評議》、《我們現在可以提倡表象主義文學嗎？》、《文學上的古典文學、浪漫主義和寫實主義》、《爲新文學研究者進一解》等文章。

《現在文學家的責任是什麼？》〔註9〕是茅盾的第一篇文學論文。在這篇

〔註9〕　《東方雜誌》第 17 卷第 1 號，1920 年 10 月。

文章中，他對新文學創作，提出了一些具體要求。他認為，作家進行創作，必須從整體上來觀察、研究生活，落筆卻只能具體描寫「一二人、一二家」。這就接觸到通過個別反映一般的原則了。他認為只有「請出幾個人來作為代表」，也就是作為「典型」，把他們寫活了，這才有可能把社會生活真實地反映出來。顯然，茅盾所闡述的原則，正是現實主義的創作原則。

但是在《文學上的古典主義、浪漫主義和寫實主義》〔註10〕等幾篇文章中，茅盾卻強調提倡新浪漫主義。

茅盾當時提倡新浪漫主義，一方面是由於誤解：他當時認為歐洲文學已經由古典主義、浪漫主義、寫實主義發展到新浪漫主義了。中國新文學的發展也應該走這一條路。另一方面，他不是原封不動的照搬，而是按照自己的理解來提倡新浪漫主義的：他認為新浪漫主義能夠幫助宣傳新思想，給讀者一種理想，並引導讀者建立正確的人生觀。所以他要提倡新浪漫主義。茅盾晚年的時候還說，這一理解，曾強烈地影響了他後來的文學活動。

茅盾在繼續追求真理的道路上，一九二〇年間，政治上找到馬克思主義，在文學上找到了新浪漫主義。

茅盾就這樣在「五四」新文化運動中嶄露頭角，並成為新文化運動的積極支持者、實踐者和領導者之一。

〔註10〕《學生雜誌》第 7 卷第 9 號，1920 年 9 月。

第五章　投入革命的洪流

十　中國共產黨的第一批黨員之一

　　一九二一年四、五月間，茅盾又在《共產黨》第三期、第四期上發表譯文《共產黨的出發點》和列寧的《國家與革命》的第一章（因故沒有繼續翻譯下去），宣傳馬克思列寧主義。他還撰寫了《自治運動與社會革命》。這篇論文是他初步懂得了馬克思主義的一些基本知識，並用來觀察分析中國社會問題的第一篇論文。他堅決反對湖南軍閥所鼓吹的「聯省自治」，認為要解決中國的社會問題，就應該「舉行無產階級革命」，「把一切生產工具都歸生產勞工所有，一切權力都歸勞工們執掌，直到滅盡一分一毫的掠奪制度，資本主義決不能復活為止。」他表示相信，「最後勝利一定在勞工者」。〔註1〕這篇文章，對「自治運動」的批判是比較深刻的。

　　一九二一年七月，在上海召開了中國共產黨第一次全國代表大會，宣告中國共產黨正式成立。從此，中國革命的面目就煥然一新了。

　　中國共產黨第一次全國代表大會代表全國第一批五十多個黨員。茅盾就是中國共產黨的第一批黨員之一。

　　茅盾，是我國新文學隊伍中最早「信奉馬克思主義」、最早成為中國共產黨黨員的文學家。

　　黨成立以後，茅盾就在環龍路漁陽里二號陳獨秀家裡參加支部會議，當時和茅盾一個支部的還有楊明齋、邵力子、陳望道、張國燾、俞秀松等人。

〔註1〕《共產黨》第3號，1921年4月。

環龍路離茅盾的住地很遠，支部會有時結束得很遲，茅盾回到家裡已是深夜了。爲了避免母親和妻子的誤會，茅盾告訴了她們事實，得到她們的諒解和支持。

這年冬天，漁陽里二號被法捕房查抄，陳獨秀被捕房拘押後取保釋放。經過這一次風波，支部會議就經常轉換地點，有時就在茅盾家裡開。此時，沈澤民得到母親的同意，在河海工程專門學校畢業前半年退學，和張聞天一道去日本，目的是爲了更好地學習社會主義。不久回國，茅盾介紹他加入中國共產黨。他入黨的支部會議就是在茅盾家裡開的。後來，一些省的黨組織也次第建立，中央與各省黨組織的聯繫日漸頻繁。黨中央考慮到茅盾當時在商務印書館工作，是一個很好的掩護，就派他爲直屬中央的聯絡員。外地有人來上海找黨中央，都經由茅盾安排，外地給中央的信件，也由茅盾匯總送到中央。這樣，茅盾就必須每天都去商務編譯所辦公了。

茅盾入黨後的另一項任務是協助中央派來的徐梅坤組織上海印刷工人工會。組織印刷工人工會，商務印書館印刷所自然是重點。茅盾當時由於工作關係常到印刷所去，和排字工人很熟悉。他把文化程度相當高的技術工人糜文溶、柳普青介紹給徐梅坤，並吸收他們人入黨。

黨成立後，爲了培養一批婦運工作者，辦了一所平民女校，由中央宣傳主任李達兼任校長。一九二一年底，茅盾去教英文。茅盾教的六個學生中有蔣冰之（丁玲）。這六個學生英文都有一點基礎，茅盾就用英文的短篇小說作教材。茅盾在這個學校大約教了半年，每星期去三個晚上，是盡義務的。

黨辦的第二所學校是上海大學。一九二三年春，鄧中夏到上海大學擔任總務長（管理全校行政事務），瞿秋白擔任教務長兼社會學系主任。茅盾在中國文學系教小說研究，在英國文學系講希臘神話。這一年，丁玲轉學到「上大」學習，又做了茅盾的學生。茅盾逝世後，丁玲在悼念文章中深情地說：「我有幸曾是茅盾同志的學生，一九二二年在上海平民女校，一九二三年在上海大學，都是聽他講授文學課的」，他「在諄諄課讀之中培養了我對文學的興趣」。〔註2〕丁玲，是在茅盾的直接影響下走上文學道路，並取得巨大成就的作家。

在上海大學，茅盾會見了早已神交的瞿秋白。原來瞿秋白在旅俄期間寫的《赤都心史》和《餓鄉紀程》兩部書稿已於一九二二年間作爲「文學研究

〔註2〕《悼念茅盾同志》，《人民文學》1981年第5期。

會叢書」由商務印書館出版了。

「一大」以後，上海地區的黨組織叫上海地方執行委員會。第一任委員長（相當於市委書記）是陳望道。不久陳望道就因不滿陳獨秀的家長作風而辭職。繼陳望道擔任上海地方執行委員會委員長的是沈雁冰，時間是一九二二年到一九二三年之間，大概有一年。再後是鄧中夏。〔註3〕

在一九二三年七月以前茅盾在黨內的工作，大都是在晚上進行的。這個時期，茅盾已擔任《小說月報》的主編（到一九二二年底），還要從事譯作，任務繁重。所以他自己說他這個時期工作的特點是「白天搞文學，晚上搞政治」。這種文學和政治的交錯，確實是很緊張的。茅盾是以一個共產黨員的高度責任感和無比充沛的精力來從事這些工作的。

一九二三年七月間，中共上海地方執行委員會，改組爲中共上海地方兼區執行委員會，擴大職權，兼管江蘇、浙江兩省黨的工作。茅盾和徐梅坤、鄧中夏等五人當選爲執行委員。鄧中夏爲委員長，茅盾爲國民運動委員兼任國民運動委員會委員長，委員爲林伯渠、張太雷、張國燾、楊賢江等八人。這個委員會的任務是與國民黨員合作，發動社會上各階層的進步力量參加革命工作，也就是進行統一戰線工作。這樣，茅盾就更忙了，連白天都要搞政治了。

這一年八月五日，上海地方兼區執行委員會召開會議，中央委員毛澤東代表中央出席指導。這是茅盾第一次見到毛澤東。九月底，改組了國民運動委員會，統一領導工人、農民、商人、學生、婦女各方面的運動。惲代英和楊賢江負責學生工作，這是茅盾第一次會見惲代英。向警予和茅盾負責婦女運動。向警予當時擔任中央婦女部的領導工作，而茅盾則是經常在《民國日報》的副刊《婦女評論》上寫有關婦女解放問題的文章。

一九二三年十一月國民黨在中國共產黨的推動下發表了改組宣言，孫中山決心依靠共產黨來改組國民黨，實行聯俄、聯共、扶助農工的三大政策。中國共產黨決定共產黨員全體加入國民黨，以便把革命向前推進。一九二四年春，共產黨參加的國民黨上海執行部成立。中共上海地方兼區執行委員會也進行了改組，茅盾和沈澤民、施存統等五人當選爲執行委員，茅盾還擔任秘書兼會計。這屆執行委員會除黨的日常工作外，還舉行了一些配合時事的政治活動。這一年三月，茅盾應邵力子的邀請去編輯《民國日報》的副刊《社

〔註3〕 艾揚：《茅盾生平事跡小記》，《中國現代文學研究叢刊》1982 年 3 期。

會寫真》（後改名《杭育》），加之其他事情繁忙，辭去了上海地方兼區執委會的秘書兼會計職務，但仍擔任商務印書館的黨支部書記。〔註4〕

　　茅盾在編輯《社會寫真》（五月十二日起改名為《杭育》），從三月二十八日起到八月三十一日止，用「冰」的筆名發表短評、隨感錄一百三十多篇。這些少則二、三百字，多則五、六百字的短文，內容五花八門，都是抨擊劣政、針砭時弊的，形式短少精悍，明白曉暢，手法也多種多樣。這些短文當時如果結集出版，就是一本可以與魯迅的《熱風》相媲美而又有自己的特色的雜文集。

　　茅盾，這個從平民社會中來的青年知識分子，在「五四」新文化運動中就站在時代的前列。在十月社會主義革命的影響下，參加共產黨小組並積極從事活動，開始信奉馬克思主義，在成為中國共產黨的第一批黨員後，就投身革命的洪流，更積極地從事黨的工作，獻身於民族的和人民的解放事業。

十一　奪取文學革命的戰略性勝利——革新《小說月報》

　　由於新文學運動的影響日益擴大，部分革新的《小說月報》也不能滿足讀者的要求。這種部分革新，事實上「冶新舊於一爐」，「勢必兩面不討好」：既得罪「鴛鴦蝴蝶」派，又不能滿足思想覺悟高的青年。一九二○年十一月，商務當局決定加以徹底革新，邀請茅盾擔任主編。茅盾提出了一些條件，商務當局都答應了，他就接受了這一任務。

　　茅盾接受主編《小說月報》的任務後，就立刻開始組稿。這時候，在北京有一批新文學的愛好者王統照、鄭振鐸等正在醞釀組織一個文學團體：文學研究會。王統照曾向部分革新的《小說月報》投過稿，茅盾便主動和他聯繫。

　　這樣，在上海的茅盾就成為正在北京籌備的「文學研究會」的發起人之一，而文學研究會的發起人也即將成為《小說月報》的撰稿的基本隊伍。於是，一九二○年十二月出版的那一期《小說月報》上就登出了五則「特別啟事」。其中一則說：

　　　　近年以來，新思想東漸，新文化已過其建設的第一幕，而方謀
　　充量發展，本月刊鑒於時機已至，亦願本介紹西洋文學之素志，勉
　　為新文學前途盡一分之天職。自明年第十二卷第一期起，本月刊將

盡其能力，介紹西洋之新文學，並輸進新文學應有之常識。面目既
已一新，精神亦當不同。

另一則啟事列出擔任撰稿的「文學研究會諸先生」名單：有周作人、葉
紹鈞、許地山、郭紹虞、冰心、鄭振鐸、盧隱、孫伏園，王統照、沈雁冰等
十五人。

顯然，這幾則啟事，可以說就是文學革命運動即將發起一次重大戰略決
戰的檄文。而這一張撰稿人名單，就是這一戰略決戰的先頭部隊。文學革命
的主戰場也將由《新青年》轉移到《小說月報》。毫無疑問，這一戰略決戰的
組織者和指揮者就是二十五歲的沈雁冰（茅盾）。

一九二一年一月十日，第十二卷第一號《小說月報》以嶄新面目與讀者
見面。茅盾執筆的《改革宣言》中說：改革後的《小說月報》開闢六個欄目，
在材料的分配上將重點放在譯叢（翻譯西洋名家作品）和創作兩方面。《宣言》
認為「不論如何相反之主義，咸有介紹之必要，故對於為藝術的藝術與為人
生的藝術，兩無所袒。必將忠實介紹，以為研究之材料」。但是，「就國內文
學界的情形言之，則寫實主義之真精神與寫實主義之真傑作，未嘗有其一
二」，所以「在今日尚有切實介紹之必要」。《宣言》還認為迻譯西歐名著極為
重要，但中國舊文學「不僅在過去有相當之地位」，對將來亦還有意義，所以
準備發展研究成果，並展開討論。《宣言》提出既要「尊重自由的創造精神」，
也要提倡文學批評，使創作與批評「互相激勵而至於至善」。這個《宣言》事
實上也就是全部革新後的《小說月報》的編輯方針，它的最主要特點就是在
新文學界高高地舉起寫實主義的旗幟。

這第一號的內容，有周作人、沈雁冰的論文和評論三篇，冰心、葉紹鈞、
許地山等人的創作六篇，耿濟文、周作人、孫伏園、王劍三（統照）等人的
譯文八篇，以及鄭振鐸的「書報評介」和雁冰的「海外文壇消息」。此外還附
載了《文學研究會宣言》和《文學研究會章程》。內容是相當充實而又新穎的。

全部革新的《小說月報》第一號出版後，就得到文藝界的好評。《時事新
報》副刊《學燈》主編李石岑就發表公開信熱情地加以讚揚，並提出了一些
希望。〔註5〕茅盾寫了一封回信，除了對李石岑的讚譽表示感謝外，表示「中
國的新文藝還在萌芽時代。我們以現在的精神繼續做去，眼光注在將來，不
做小買賣，或者七年、八年之後有點影響出來。」茅盾還表白說：「我敢代表

〔註5〕　《時事新報‧學燈》，1921 年 1 月 31 日。

國內有志文學的人宣言：我們的最終目的是要在世界文學中爭個地位，並作出我們民族對於將來文明的貢獻。」茅盾在信中最後表示今後要增加對英美文學的翻譯，並歡迎它的批評，希望《小說月報》由此「得到改善之機」，「同時也可提高社會上一般人的眼光。」〔註6〕這封信，表達了茅盾本人、也表達了文學研究會的偉大抱負：使中國新文學走向世界。

《小說月報》的銷數到第十一卷第十號時已下降到二千冊。全部革新後的《小說月報》卻大受讀者歡迎。第一號印了五千冊，很快售完，商務印書館各地分館紛紛來電要求下期多發。於是第二號就印了七千冊。到這一卷末期，已印一萬。比最低印數增加了四倍，表明茅盾所進行的革新，是完全成功的。

茅盾主編《小說月報》不到一年，因商務當局干涉他的編輯方針，曾提出辭職，後經挽留，茅盾答應「再來試一年」，這樣一直干到一九二二年十二月，整整兩年。在這兩年中，他是實踐了《改革宣言》中所提出的主張的，使一批青年作家，脫穎而出。在創作方面，發表小說最多的有冰心（十篇）、葉紹鈞（九篇）、廬隱（九篇）、王統照（八篇），許地山（六篇），發表新詩最多的有葉紹鈞、朱自清、朱湘、汪靜之、梁宗岱、徐尉南、王統照等。在翻譯方面，譯載了不少托爾斯泰、屠格涅夫、契訶夫、高爾基、莫泊桑等著名作家的作品，特別是當時北歐、東歐、南歐的一些弱小國家和「小民族」的作品，編出了「被損害民族文學」號（第十二卷第十號）。評論方面，發表了不少文學理論、作家作品的評論，研究文章，還編出了「俄國文學研究」專號（第十二卷第十二號號外）。

在主編《小說月報》期間，茅盾自己發表了不少譯作和理論批評文章。

茅盾主編《小說月報》，還得到魯迅的積極支持。他先後以創作《端午節》、《社戲》和翻譯《工人惠綏略夫》等給《小說月報》發表。這期間，茅盾開始與魯迅通信。一南一北，兩人尚未見過面，但已建立了很深的友誼。

一九二二年七月，茅盾在《自然主義與中國現代小說》一文中點名批評了「禮拜六」派。「禮拜六」派揚言要控告《小說月報》。商務當局中的保守派王雲五就以此為藉口，對茅盾施加壓力，要《小說月報》改變編輯方針，被茅盾抵制了。他們又耍種種手腕，茅盾發覺此事後非常憤慨，提出辭職。商務當局怕茅盾辭職後去另辦一個刊物與商務對抗，所以只同意茅盾辭去《小

〔註6〕 《致李石岑》，《時事新報・學燈》，1921 年 2 月 3 日。

說月報》主編的職務，又堅決挽留他仍在商務編譯所工作。條件是做什麼事，由茅盾自己決定。茅盾那時仍任中央聯絡員。負責黨中央工作的陳獨秀認爲茅盾如離開商務，中央聯絡員就要另外找人，暫時又無合適的人選。這樣，茅盾就仍繼續留在商務。

從第十四卷第一號起的《小說月報》的主編職務，由鄭振鐸接任。鄭振鐸是文學研究會的發起人，他接編後，《小說月報》的具體欄目雖有了變化，但基本方針沒改變。一直出版到一九三二年「一·二八」上海事變，商務印書館被日本侵略者的炮火燒毀後才停刊。成爲「五四」以後出版時間最長、影響最大的文學刊物。

茅盾不再擔任《小說月報》的主編後，仍繼續爲《小說月報》寫稿。

綜觀一九二一、一九二二年的《小說月報》，在創作方面，藝術風格是多樣性的，其主導傾向則是現實主義的；在譯載的作品方面，也是多樣性的，其主導傾向也是現實主義的；在外國文藝思潮、流派的介紹方面，是多方面的，其主導傾向同樣是現實主義的；在評論方面，觀點雖不一致，其主導傾向是強調「爲人生」的文藝，強調現實主義。茅盾的那些文章就是最好的代表。

這樣，文學研究會、茅盾主編的《小說月報》和魯迅一道，就形成五四以來我國新文學的一個最重要的流派——現實主義流派。

《小說月報》的徹底革新，意味著舊文學的一個頑固堡壘終於爲新文學陣營所完全奪取，而文學研究會則通過革新後的《小說月報》發展並擴大了文學革命的勝利成果。葉聖陶曾經說：「自從《小說月報》革新以後，我國才有正式的文學雜誌。而《小說月報》的革新，則是雁冰兄的功績」。〔註7〕這一評價，是完全正確的。如果說，魯迅的《狂人日記》、《孔乙己》、《藥》等小說的出現，「算是顯示了文學革命的實績」，那麼，文學研究會的成立和《小說月報》的全部革新，就可說是文學革命的一次重大的戰略性的勝利，由於這一勝利，新文學運動開始有一支有組織的作家隊伍，建立了鞏固的基地，從而以更加不可阻擋的氣勢向前發展。茅盾，作爲這一戰略性勝利的組織者和指揮者的功績，在中國現代文學史上是應該大書而特書的。

文學研究會還於一九二一年五月出版《文學旬刊》，作爲《時事新報》副刊之一，後改爲《文學週報》，獨立出版。茅盾在這上面發表了許多文學評論文章。

〔註7〕 《略談雁冰兄的文學工作》，《新文學史料》1982 年 3 期。

十二　爲了新文學的現實主義

　　一九二一年到二四年間，茅盾還積極從事理論建設工作，在《小說月報》、《文學旬刊》、《文學週報》、《學生雜誌》、《民國日報‧覺悟》等報刊上發表了許多評論文章，對新文學的發展作出了傑出貢獻。

　　一九二一年一月，茅盾在第十二卷第一號《小說月報》的《改革宣言》中就指出：「寫實主義之眞精神與寫實主義之眞傑作」，在中國「尙有切實介紹之必要」，正式舉起寫實主義即現實主義的旗幟，基本上不再提新浪漫主義了。在以後寫的許多理論文章中，茅盾又進一步闡述了他的見解。

　　文學與社會生活的關係問題，是文學理論中的一個重要問題。茅盾這一時期對這個問題的理解，很明顯地受法國文藝理論家丹納的影響。

　　丹納認爲文學藝術的產生、發展，它的特點，都是爲種族、環境和時代三個要素所決定的。他用地質學上的地層作比喻來說明種族、民族、時代思潮、社會風習等對文學藝術的影響。他說，浮在表面上的社會風習（如巴黎的時裝）在人的一切特徵中是最膚淺、最不穩固的，最容易發生變化；第二層「略爲堅固一些的特徵」，「是整整一代人的思想感情」；第三層是「可以存在一個完全的歷史時期」的思想體系和生活習慣，如中世紀、文藝復興時代的思潮，但無論如何穩固，仍然會發生變化；再下一層是原始地層——民族的特性，是「和血統一同傳下來的」，很難改變的；更下一層是「曖昧不明的地層」，即種族的特徵；最後一層是「一切創造文明的高等種族所固有的特性，即人類的某種共同本性。丹納認爲，「組成人類心靈的感情、思想、才具、本能」，就是從社會風習到人類的共同本性這些因素所決定的。這些因素，一層一層迭起來，越往下，越穩定。丹納說的環境包括自然環境和社會環境；他所說的時代，就是指發展變化著的社會環境——時代精神、社會風習等等。

　　丹納認爲一個民族的文學藝術的特徵，和這個民族所賴以生存的自然環境分不開，和他所屬的種族和民族的特性分不開，和時代精神、社會風習也有密切關係。他還認爲，藝術不是孤立的現象，藝術家也不是孤立的人，他是包括在社會的「總體之內」的，「因爲風俗習慣和時代精神對於群眾和對於藝術家是相同的」，「我們隔了幾世紀只聽到藝術家的聲音；但在傳到我們耳邊來的、響亮的聲音之下，還能辨別出群眾的複雜而無窮無盡的歌聲。像一大片低沉的嗡嗡聲一樣，在藝術家四周齊聲合唱。只因爲有了這一片和聲，藝術家才成其爲偉大」。因此，他強調指出：「要瞭解一件藝術品，一個藝術

家，一群藝術家，必須正確的設想他們所屬的時代的精神和風俗概況。這是藝術品最後的解釋，也是決定一切的基本原因」。〔註8〕

過去，研究者們總是把丹納的文藝觀說成是社會學的，是不完全正確的。從上面介紹的基本觀點來看，可以說基本上是屬於唯物主義範疇的，特別是把藝術家看作是產生於群眾，是群眾的代言人，和馬克思主義的觀點是相符合的。但丹納的局限是在於：他沒有能夠從經濟基礎與意識形態的關係，在階級社會裡，人們的階級地位、階級利益對文學藝術的影響來說明文學藝術的本質特徵，對文學藝術對社會生活的積極作用也沒有足夠的認識。所以他的唯物主義是不夠充分、不夠徹底的。

在《文學與人生》一文中，茅盾從人種、環境、時代和作家的人格四個方面來解說文學和人生的關係，他認爲文學和人種、與民族的特質都很有關係，由於人種和民族性的不同，文學的情調也就不同；一個時代有一個時代的環境，「就有那個時代環境下的文學」；一個時代有一個時代的時代精神，「各時代的作家所以各有不同的面目」；「作家的人格，也很重要」、大文學家的作品，「總有他的人格融化在裡頭」，所以，「革命的人，一定做革命的文學」。〔註9〕這些見解，顯然和丹納的理論有密切關係，但又不完全相同。可以說是接受丹納的某些觀點而又加以發展了。

但更爲重要的是：茅盾結合當時中國社會和文藝界的狀況，提出了許多自己的見解。

他批判中國傳統的和當時流行的文藝觀點，如封建帝王視文學者爲「粉飾太平的奢侈品」，文學者自己又總是抱「文以載道」或是「當做消遣品」的觀點，他認爲，「文學的目的是綜合地表現人生」，「文學者表現的人生應該是全人類的生活」，文學作品中所表現的思想和情感，是屬於民眾的，屬於全人類的，而不是作者個人的」。因此，文學家的任務，是「爲全人類服務」；文學家所負荷的使命，對本國而言，是發展國民文學、民族文學，對世界而言，「便是要聯合促進世界的文學」。〔註10〕「全人類」的說法，雖然不免籠統一些，但據茅盾後來解釋，實質上還是指人民群眾。

〔註8〕　丹納：《藝術哲學》，傅雷譯，人民文學出版社1963年版，第6、61～67、147、345～357頁。

〔註9〕　《中國新文學大系·文學論爭集》。

〔註10〕　《文學和人的關係及中國古來對文學者身份的誤認》，《小說月報》第12卷1期，1922年1月。

　　茅盾還從歷史發展的趨勢指出，文學每發展一步，和人生的關係也就更密切一步，到了當代，「更能表現當代全體人類的生活，更能渲洩當代全體人類的情感，更能聲訴當代全體人類的苦痛與期望，更能代替全體人類向不可知的運命作奮抗與呼籲」。〔註11〕

　　這些見解表明：茅盾不僅明確地肯定文學是人類社會生活的反映，並且對人類的社會生活有著積極的作用。一九二三年間，惲代英提出新文學要能起到「激發國民的精神，使他們從事於民族獨立與民主革命的運動」；茅盾表示他完全同意這一看法，〔註12〕還進一步指出：「文學是有激勵人心的積極性的」，「希望文學能夠擔當喚醒民眾而給他們力量的重大責任」；他還希望文藝青年要有正視現實的勇氣，促使「國內文壇的大轉變時期」的來臨。〔註13〕這些見解又表明：茅盾當時是從無產階級領導的民族民主革命的要求出發來看待文學的社會作用。

　　對文學和社會生活的關係的理解，茅盾雖然接受了丹納的影響，但明顯地超越了丹納的觀點，而和辯證唯物主義的觀點相一致了。

　　關於文學的創作方法問題，這一時期的茅盾曾受到左拉自然主義的影響。

　　《小說月報》第十二卷第十二期登載了《文學上的自然主義》（日本島村抱月著，曉風譯），比較系統地介紹了自然主義文學。有讀者對此表示懷疑，於是在第十三卷的《小說月報》便展開了關於自然主義文學的討論。茅盾陸續用通信的形式表達了他對自然主義的態度，還發表了題為《自然主義與中國現代小說》的長篇論文，〔註14〕論述了自然主義文學的特點，肯定了提倡自然主義文學的必要性。

　　茅盾既提倡寫實主義，又提倡自然主義，應該怎樣來理解這個問題呢？也就是怎樣看待茅盾受自然主義影響的問題。

　　我們認為必須首先指出的是：茅盾當時提倡自然主義，是為了現實鬥爭的需要，為了批判「鴛鴦蝴蝶」派（「禮拜六」派）。原來「鴛鴦蝴蝶」派的主要陣地《小說月報》被茅盾接編並加以徹底革新以後，他們便對新文學運動的發展感到不安。便對茅盾和《小說月報》進行謾罵和攻擊。《自然主義與中國現代小說》就是茅盾對他們的回敬。茅盾指出：當時小說最大的共同錯

〔註11〕　《新文學研究者的責任與努力》，《小說月報》第 12 卷 2 期，1922 年 2 月。
〔註12〕　《雜感——讀代英君的〈八股〉》，《文學週報》第 101 期，1923 年 12 月 7 日。
〔註13〕　《「大轉變時期」何時來呢？》，《文學週報》第 103 期，1923 年 12 月 31 日。
〔註14〕　《小說月報》第 13 卷第 7 號，1922 年 7 月。

誤有三：技術上的錯誤是：「一、他們連小說重在描寫都不知道，卻以『記帳式』的敘述來做小說」，以至「味同嚼蠟」；「二，他們不知道客觀的觀察，只知道主觀的向壁虛造」，因而「滿紙是虛僞做作的氣味」；思想上最大錯誤是：「遊戲的消遣的金錢主義的文學觀念」。他認爲要排除這三層錯誤觀念，就得「提倡文學上的自然主義」，因爲自然主義是「經過近代科學洗禮的」，它的特點，就取材言，是強調「實地觀察」，就描寫方法而言，把抱「客觀態度」，因而是補救當時小說弊病的「對症良藥」。

　　其次要指出的是：對自然主義概念，當時人們的理解和我們現在的理解不一樣。當時大都把自然主義和寫實主義（現實主義）看作是沒有什麼區別的。比如謝六逸在《西洋小說發達史》中就說：「寫實主義與自然主義在實質上並沒有區別。寫實主義其範圍比自然主義狹窄些，我以爲在自然主義裡面，已包括寫實主義」。〔註15〕愈之則把左拉視爲「寫實主義的巨魁」。〔註16〕茅盾則把現實主義大師巴爾扎克看作自然主義的「先驅」，又把左拉看作和莫泊桑一樣是「寫實主義的重鎮」；〔註17〕他認爲「文學上的自然主義與寫實主義實爲一物」；〔註18〕他還說，可以把法國的福樓拜、左拉，俄國的契訶夫等人「拉在一起，請他們住在『自然主義』──或者稱它是寫實主義也可以，但只有一，不能同時有二──的大廳裡」的。〔註19〕由此可見，把自然主義和寫實主義當作同義詞來使用，在當時是很普遍的。不加區別地把自然主義看作是是反現實主義的、甚至是反動的，是後來的事。

　　再次要指出的是：左拉的自然主義理論和他的創作也是有矛盾的，而茅盾對左拉的自然主義理論也是抱批判態度的。左拉受孔德的實證哲學和當時的自然科學（進化論、遺傳學、實證醫學等）的影響，提出了「把實驗方法應用於小說和戲劇」的自然主義創作理論，〔註20〕主張客觀地描寫社會現象，用生理學、遺傳學的觀點來解釋人物的心理和行爲。但他的創作並沒有

〔註15〕《小說月報》第13卷第5、6號，1922年5月、6月。

〔註16〕《近代文學上的寫實主義》，商務印書館，《東方文庫──現實主義和浪漫主義》，1923年。

〔註17〕《文學上的古典主義浪漫主義和寫實主義》，《學生雜誌》第7卷9期，1920年9月。

〔註18〕《「曹拉主義」的危險性》，《時事新報・文學旬刊》第50期，1922年9月21日。

〔註19〕《通信──答呂芾南》，《小說月報》第13卷6、7號，1922年6月、7月。

〔註20〕左拉：《實驗小說》，《西方文論選》（下）第249頁。上海譯文出版社。

完全貫徹他的理論，比如他的代表作《魯貢·馬卡爾家族》，他原來的意圖是寫一個家族的兩個分支在遺傳法則支配下的興衰史的。作品描寫主人翁的行爲和命運時，雖然作家力圖用遺傳學觀點來加以解釋，但實際上社會的因素比起生物學的因素來更重要。這部小說實際上暴露了資本主義社會中人類獸性化的傾向，所以與批判現實主義是很接近的。茅盾雖然推崇左拉，提倡自然主義，但對左拉的「實驗方法」理論是不同意的。他指出，「人生不僅是物質的，也是精神的，而且科學實驗方法，未見得能直接適用於人生」；兩種元素化合成水，可以由科學的實驗證明，而「人生是不能放在試驗管裡化驗的，」「人的境遇，決不能常生同一的現象或結果」。他也不同意左拉那種「專在人間看出獸性」的偏見，〔註21〕他認爲，在充滿罪惡的黑暗社會中也潛藏著眞善美。他說：「在榨床裡榨過留下來的人性方是眞正可寶貴的人性」，被損害民族中的「被損害而仍舊向上的靈魂更感動我們，因爲由此我們更確信人性的砂礫裡有精金，更確信前途的黑暗背後就是光明！」〔註22〕可見在人生觀方面，茅盾和左拉是完全不同的。有人反對自然主義，說自然主義迷信物質的機械的命運論，對此，茅盾認爲應該作具體分析，他指出：「物質的機械的命運論僅僅是自然派作品裡所含的一種思想，決不能代表全體，尤不能認爲即是自然主義。自然主義是一事，自然派作品裡所包含的思想又是一事，不能相混」。〔註23〕這樣，茅盾又否定了把遺傳性看作是人物命運的決定性因素這一左拉自然主義理論的核心部分。他強調指出，提倡自然主義，主要只是吸取它的「兩件法寶——客觀描寫與實地觀察。」

從上面的分析中可以看到，茅盾對左拉的自然主義，並不是全部照搬，而是抱批判態度的，揚棄其不合理的錯誤的部分，吸取其合理的部分。

關於文學創作問題，茅盾還從中國社會的實際出發提出了許多精闢的見解。就題材、內容來說，他認爲新文學必須反映時代、重視社會背景。「怨以怒的文學，是亂世文學的正宗」，當時的中國正處在「亂世」，軍閥混戰，兵荒屢見，新文學就要反映這樣的社會現實，作家還應該像高爾基那樣去體驗「第四階段的生活」。〔註24〕他認爲「新舊思想的衝突」、「青年的煩惱」，都

〔註21〕 《「曹拉主義」的危險性》，《時事新報·文學旬刊》第 50 期。
〔註22〕 《被損害民族文學號引言》，《小說月報》第 12 卷第 10 號，1921 年 10 月。
〔註23〕 《自然主義與中國現代小說》，《小說月報》第 13 卷第 7 號。
〔註24〕 《社會背景與創作》，《小說月報》第 12 卷第 7 號，1921 年 7 月。

是當時社會生活中的重大問題，也應該在新文學作品中表現出來；他還強調指出：不應「把忠厚善良的老百姓，都描寫成愚呆可笑的蠢物」，而應該揭示他們的美好的方面，揭示出他們身上「真正可貴的人性」，同時還要「指出未來的希望，把新思想新信仰灌輸到人心中」。〔註25〕他還認為新文學不僅要有作家的個性，還要體現國民性，即「一國國民中所共有的美的特性」。他認為已有幾千年歷史的中華民族，「他的民族性裡一定藏著善美的特點」，新文學的創作也應該把這一特點反映出來。〔註26〕這些論點表明，茅盾是站在人民群眾的立場上來探討新文學的題材、內容問題的，他指出要把真實地反映現實生活和革命的傾向性結合起來，和民族特徵結合起來。

就新文學的創作方法來說，茅盾認為應該把真、善、美結合起來。真實地再現現實生活，是現實主義的最根本的一條原則。茅盾要求新文學創作必須「實地觀察」、「客觀描寫」，即使描寫一個動作，也要做到「細膩、嚴密、沒有絲毫不合情理之處」，就是要做到「真」。要真實，就要做到典型化。茅盾指出，「不真的就不會美，不算善。」文學的作用，一方要表現全體人生的真的普遍性，一方也要表現各個人生的真的特殊性」；這就是說在描寫客觀事物時，就必須把普遍性和特殊性結合起來，把共性和個性結合起來。這就是現實主義的典型化原則之一。茅盾還指出，「小說家選取一段人生來描寫，其目的不在此段人生本身，而在另一內在的根本問題」；「短篇小說的宗旨在截取一段人生來描寫，而人生的全體因以見」。這就是說文藝創作要求通過對現象的描寫來揭示生活的本質，通過個別來反映一般。這也正是現實主義的又一典型化原則。茅盾還進一步指出：「小說重在描寫」；「真藝術家的本領即在能夠從許多動作中揀出一個緊要的來描寫一下，以表現那人的內心活動。這樣寫在紙上的一段人生，才有藝術價值，才算是藝術品」〔註27〕這就是說，作家對自己所選擇的典型事例，還必須通過藝術描寫才具備美的因素，才會有藝術價值。茅盾反對陳詞濫調，因襲模仿，強調要創新，他說文藝創作以「不落常套為是」，「用詞與表現形式以新鮮活潑為貴」，作家要「自出心裁地創作。」〔註28〕他又說，作品的美不美，重要條件是，「排斥

〔註25〕　《創作的前途》，《小說月報》第12卷第7號，1921年7月。
〔註26〕　《新文學研究者的責任與努力》，《小說月報》第12卷第2期，1921年2月10日。
〔註27〕　《自然主義與中國現代小說》，《小說月報》第13卷第7期，1922年7月10日。
〔註28〕　《創作與因襲》，《時事新報·學燈》，1922年1月4日。

因襲而自有創造」,「如果一篇作品的體裁、描寫和意境,都是創造的」,便是「極美的一篇東西。」〔註29〕可見茅盾是很重視作品的藝術性的,即美的因素的。前面已經指出,茅盾很重視作品的思想性,他要求文藝作品要有健康的進步的思想內容,要符合人民的利益,在群眾中能起積極作用,其實,這就是「善」。

總之,關於文學創作的一些原則問題的論述,茅盾吸取了左拉自然主義的一些合理的部分,但更主要的是,他從中國社會的現狀出發,提出了他自己精闢見解,要求把眞、善、美結合起來。這就不同於左拉的自然主義,也不同於高爾基所批判的那種「從技巧上指出事實——給事實『定影』的那種自然主義。」〔註30〕契訶夫認爲,現實主義應該「按生活的本來面目描寫生活,它的任務是無條件的直率的眞實」;〔註31〕高爾基則認爲,現實主義就是「客觀地描寫現實」,〔註32〕他又說:「對於人和人的生活環境作眞實的、不加分析的描寫,謂之現實主義。」〔註33〕顯然,茅盾的上述見解與契訶夫、高爾基等現實主義的解釋,是不謀而合的,和恩格斯提出的要求「對現實關係的眞實描寫」,〔註34〕也是完全一致的。應該肯定,茅盾這個時期所描述的現實主義理論,基本上是屬於革命現實主義範疇的。

如何正確地開展文學批評,是新文學發展過程中提出的一個新問題。

關於文學批評,茅盾說他「最信仰丹納的純客觀的批評法」。〔註35〕丹納的純客觀的批評法,就是實證主義的方法。茅盾在他的批評實踐中,也曾加以運用。比如從人種、自然環境和社會環境、因被損害而產生的特性等方面來介紹「被損害民族的文學」。〔註36〕但在更多的情況下,他並沒有運用這一方法,而是用現實主義的原則。

那麼,鑒賞、評論作品,有沒有標準?什麼樣的作品才算是好作品呢?

〔註29〕《雜感——美不美》,《文學週報》第 105 期,1922 年 1 月 14 日。
〔註30〕《給華·謝·格羅斯曼》(1932.10.17),《文學書簡》(下),人民文學出版社,1965 年版。
〔註31〕《寫給瑪·符·基塞列娃》,汝龍譯《契訶夫論文學》,人民文學出版社,1979 年版。
〔註32〕戈果里:《俄國文學史》第五章,上海譯文出版社,1979 年版。
〔註33〕《論文學·談談我怎樣寫作》,人民文學出版社,1979 年版。
〔註34〕《致敏·考茨基》(1885.11.26),《馬克思恩格斯全集》第 36 卷 385 頁。
〔註35〕《通信——答王晉鑫》,《小說月報》第 13 卷第 4 號,1922 年 4 月。
〔註36〕《「被損害民族文學」背景的縮圖》,《小說月報》第 12 卷第 10 號。

他提出了三條「原則」：「（一）文字的組織愈精密愈好。（二）描寫的方法愈
「獨創」愈好。（三）人物的個性和背景的空氣愈顯明愈好」。他認為凡是好
的作品，藝術上一定符合上面三個條件。〔註37〕怎樣看待批評和批評家呢？
茅盾認為不應把批評看作是「司法官的判決書」，批評家也不是「大主考」，
應該提倡「自由批評」。也就是允許「不同見解互相辯詰」。只有這樣，「文學
批評才會發達進步」。〔註38〕他還指出在文藝批評中應該擺脫感情的因素，運
用科學的觀點。「批評和藝術的進步，相激勵相攻錯而成。苟其完全脫離感情
作用而用文學批評的眼光來批評的，雖其評失當，我們亦應認其評有價值」。
〔註39〕當時，創作還不是很多，批評文章就更少了。在很少的批評文章中又
有門戶之見，感情用事。在這種情況下茅盾發表這些見解，是難能可貴的，
就是在今天亦還是不容易做到的。

　　《春季創作壇漫評》、《評四五六月的創作》、《〈創造〉給我的印象》、《讀
〈吶喊〉》等文章，〔註40〕是茅盾上述批評觀點的具體體現。他認為那些把小
說當作「私人的禮物」和「留聲機」的作品以及專門模仿西洋的小說，根本
就不算創作；他對那些急造粗製的、概念化的、「新式名士風流派頭」、格調
不高的作品，給予嚴肅的批評；對那些比較真實地反映了社會生活的某些方
面描寫比較形象的，就熱情加以肯定，具體分析了它們的特色或缺點；他還
從作品的傾向中分析當時社會狀況和作家狀況。必須著重指出的是：茅盾是
魯迅小說的最早的評論家。他對魯迅五四時期的小說，提出了許多獨到的、
精闢的見解。

　　總之，青年茅盾對文學批評的認識和實踐，都體現了現實主義的精神。

　　這一時期，茅盾介紹翻譯外國文學的認識和實踐，也都同樣體現了現實
主義精神。和魯迅當年譯介外國文學的精神是一致的，給作家、讀者們開闢
了視野、豐富了知識，並且和新文化運動及中國革命的發展方向也是相一致
的。

　　「五四」時期的新文學家中，茅盾是最早的美學研究者之一。不僅在他
的文學評論中有獨特的美學觀點，並且他還寫過幾篇專門談美學的文章。

〔註37〕　《「被損害民族文學」背景的縮圖》，《小說月報》第12卷第10號。
〔註38〕　《「文學批評」管見（一）》，《小說月報》第13卷第8號，1922年8月。
〔註39〕　《通信——致鄭振鐸》，《小說月報》第12卷第2號，1921年2月。
〔註40〕　分別見《小說月報》第12卷4期，8期，《時事新報·文學旬刊》第37～39
　　　　　期。

　　《美學概念》（〔一〕〔二〕）從理論上對美學的幾個基本問題談了他的看法。關於「美」的價值，茅盾認為，「古往今來，人們都相信真善美為三個最大的理想或最高的價值」，「萬人盡得低頭的東西，便是理想，便是價值。理想價值底所在，確有這樣無上的權威，同時也有無限的勇氣。古今來，為善而赴湯蹈火的幾何人？為真而吃苦嘗辛的又是幾何人？語云，『精誠所至，金石為開』。如不穿著價值底鞋，哪克至此呢」？「美」也是這樣，具有「超越的優異的價值性」。這就是說，在茅盾看來，「美」和「真」「善」一樣，具有最高的價值。關於「美」的本質是社會學的呢還是心理學的？茅盾認為，美的研究，「一面須著重社會的觀察和調查，一面也須留意心理的內省和實驗。因為藝術的製作和賞鑒，固然是心理底表現和感受，同時也不能說與社會情狀無關，天地間無亙古如斯之知，也無永劫不變之情，這製作賞鑒的知情因時代而變的樞紐，自然也不能專在心不上尋求。又，此間以為美的，別處或以為醜；這美醜因處所而異的理由，也決不能不在社會方面研究。」〔註41〕這幾個論點，茅盾在他的文章中雖然沒有具體發揮，但就基本觀點來看，基本上是符合辯證唯物主義的。

　　文學是真善美的結晶。有人認為最重要的是「美」字，因為「美」是誘起讀者興味的前提，如果不美，無論「真」、「善」到什麼地步，都是白費。茅盾不同意這一說法。他認為「要兼顧才好」，他說「不真的就不會美，就不算善」。〔註42〕也就是說要把真、善、美統一起來看。

　　那麼，在文藝創作中，什麼樣的作品才「美」呢？他認為美的最重要的條件就是創造性，「是創造的，所以就美」。他說：

　　　　文章的美不美，在乎他所含的創造的原素多不多，創造的原
　　　　素愈多，便越美。如果一篇作品的體裁、描寫法和意境，都是創造
　　　　的，那麼這篇文章不用半個所謂美的詞頭兒，還是一篇極美的東
　　　　西。〔註43〕

他希望愛美的人們，要愛「真美」，不要去愛那些「假美」，要「從創造中得美」。〔註44〕

　　把藝術上的創造看作「美」，把「美」和「真」、「善」看作是「最高價值」。

〔註41〕《民國日報・覺悟》，1922年7月7日，9日。
〔註42〕《通信——答陳靜觀》，《小說月報》第13卷1期，1922年1月。
〔註43〕《雜感——美不美》，《文學週報》第105期，1924年1月14日。
〔註44〕《雜感——美不美》，《文學週報》第105期，1924年1月14日。

這是很有意義的見解。這對於新文學的現實主義的理論建設和創作，都有積極作用。

　　誠然，茅盾這一時期文學評論中的論點，也不可能百分之百的正確。存在著一些偏激之處，乃至一些錯誤，也是可以理解的。比如他說過，西洋文學中「已演過的主義」，「我們也有演一過的必要」，〔註45〕這樣類比的看法，就是不正確的。但這一類論點，只是個別的、次要的，在茅盾這一時期的文藝思想中並不佔主導地位。

　　綜上分析，可見茅盾遠在這個時期，就已成爲給我國新文學現實主義流派的理論建設，奠下初步基礎的文學家之一。田仲濟在談到茅盾早期對新文學的貢獻時說：

　　　　茅盾同志在這一階段，對新文學建設的理論建設功績是巨大的。現在，中國現代文學史的論述中一致認爲現實主義是中國現代文學的主流。我們應該承認，在中國提倡現實主義，茅盾同志是很早的一人，也是提倡最力的一人。〔註46〕

這個論斷是完全正確的。

十三　魯迅小說的第一個「知音」

　　由於主編《小說月報》的關係，茅盾和新文學運動的偉大旗手魯迅取得密切聯繫。《小說月報》也得到魯迅的有力支持。

　　《文學研究會宣言》是周作人起草並經魯迅看過的，可見文學研究會發起，魯迅是知道的，但沒有做發起人，後來也不算是文學研究會會員。這是因爲當時北洋政府的文官法規定，政府官員不得參加各種社團。魯迅那時還是教育部僉事，不能加入文學研究會。但魯迅對《小說月報》還是積極支持的。他以兩篇創作《端午節》、《社戲》給《小說月報》發表（分別發表於第十三卷第九號和第十二號），以後在第十五卷第五號上，還發表《在酒樓上》。魯迅翻譯的阿爾志跋綏夫的小說《工人惠綏略夫》在《小說月報》上發表前，茅盾在第十二卷第六號的《最後一頁》中就愼重地向讀者預告。但這個長篇在第七、八、九、十一、十二五期連載完後，在讀者中沒有像預料的那樣引

〔註45〕《通信——文學作品有主義無主義的討論》，《小說月報》第13卷2期，1922年2月。

〔註46〕《巨星的殞落》，《山東文學》1981年第5期。

起重大反響。茅盾在第十三卷第七號的《最後一頁》中又說：

> 我們去年登過《工人惠綏略夫》的譯本，我們初以爲這本書裡
> 所提出的「愛與憎的糾紛」的問題，將引起中國青年莫大的討論，
> 然而竟寂然！一般青年只在「月光」、「玫瑰」、「酒」上打圈子，我
> 們眞失望極了。難道中國青年眞已疲倦了，莫有餘力注意更嚴重的
> 問題？抑竟是「視而不見」呢？

《小說月報》第十三卷第十二號的《通訊》欄裡，發表了陳哲君的一封
長信，暢談了讀了這個長篇的感受。可見茅盾對魯迅的譯文是極爲重視的。

魯迅還在《小說月報》的第十二卷第十號上發表《瘋姑娘》（芬蘭，明那·
亢德作）、《戰爭中的威爾珂》（保加利亞，跋佐夫作）、《近代捷克文學概況》
（捷克，颯拉綏克作）、《小俄羅斯文學略說》（德國·凱爾沛來斯作）等四篇
譯文，每一篇都有《譯後附記》。這是魯迅對茅盾編輯「被損害民族文學號」
的有力支持。他還譯了一篇阿爾志跋綏夫的《醫生》、寫了一篇《阿爾志跋綏
夫》發表在《小說月報》的《俄國文學研究》上，譯了愛羅先珂的《世界的
火災》發表在第十三卷第一號。

據《魯迅日記》，記載，從一九二一年四月十一日起，茅盾開始與魯迅通
信，到這一年年底止，短短幾個月內，來往函件四十八次，（遺憾的是魯迅日
記一九二二年部分已遺失）。其中魯迅寄茅盾二十五次，收到茅盾來信二十三
次。

魯迅的小說創作，曾得到茅盾的熱情評論。而在茅盾早期的文學評論工
作中，對魯迅小說的評論具有特別重要的意義。

一九二一年五月，茅盾在談到當時的小說創作情況時說：「沒有『寫實』
的精神」是小說界的一大「大毛病」，但魯迅發表在《新青年》上的幾篇小說
（按：指《狂人日記》、《孔乙己》、《藥》等）卻「是『眞氣』撲鼻」的，對
魯迅小說的高度眞實性表示讚賞。〔註47〕

在《評四五六月的創作》裡，茅盾全面分析了一九二一年四、五、六三
個月創作界的情況，強調指出像《風波》那樣，「把農民生活的全體做創作背
景，把他們的思想強烈地表現出來」的作品，在那三個月裡，再也「尋不出
來了」；又說在過去三個有中的創作，他「最佩服的是魯迅的《故鄉》」。他說：

> 我覺得這篇《故鄉》的中心思想是悲哀那人與人中間的不瞭

〔註47〕《換巢鸞鳳·篇末感言》，《小說月報》第 12 卷 5 號，1921 年 5 月。

解、隔膜。造成這不瞭解的原因是歷史遺傳的階級觀念。《故鄉》中的「豆腐西施」對於「迅哥兒」的態度，似乎與「閏土」一定要稱「老爺」的態度，相差很遠；而實則同有那一樣的階級觀念在腦子裡。不過因為兩人生活狀況不同，所以口吻和舉動也大異了。但著者的本意卻是在表現出「人生來是一氣的，後來卻隔離了」這一個根本觀念。

茅盾還認為小說雖然表現了「作者對於『現在』的失望」，但是，「作者對於將來卻不曾絕望」。並且還引用作品中的話，表達評論家自己的信念。他說：「我很盼望這『新生活』的理想也因為『走的人多了，也便成了路』。」〔註48〕

在這裡，我們不僅看到作為評論家的茅盾，對《故鄉》的思想意義有著深刻的理解，並且還清楚地看到評論家和作家在思想感情上的真切的「共鳴」。這是站在同一條戰線上的戰友，也是「知音」在思想感情上的「共鳴」。

魯迅的《阿Ｑ正傳》在《晨報副刊》上以「巴人」的筆名發表了開頭幾章，在社會上就引起廣泛的反響。也有讀者在給《小說月報》編輯的信中從藝術的角度提出批評，認為《阿Ｑ正傳》的「作者一枝筆真是鋒芒得很，但是，又似是太鋒芒了，稍傷真實。諷刺過分，易流入矯柔造作，令人起不真實之感，……」〔註49〕這一批評，顯然是極不正確的。茅盾在回信中批評了這一錯誤的看法。茅盾說：《阿Ｑ正傳》「雖只登到第四章，但以我看來，實是一部傑作」。他還指出：

> 阿Ｑ這人，要在現社會中去實指出來是辦不到的，但是我讀這篇小說的時候，總覺得阿Ｑ這人很是面熟。是呵，他是中國人品性的結晶呀！我讀了這四章，忍不住想起俄國龔伽洛夫的 Oblomov 了（按：現通譯岡察洛夫、奧勃洛莫夫）！〔註50〕

這段評論雖簡單，但卻是從現實主義藝術的典型論出發，回答了讀者的問題，事實上也就批評了當時某些小政客，小官僚把《阿Ｑ正傳》看作是罵人的作品，還自己去「對號入座」的可笑做法。並且充分肯定了阿Ｑ這個人物的典型性，把它與俄羅斯文學中的著名典型奧勃洛莫夫並列。充分體現了作為文學批評家的茅盾的真知灼見！

〔註48〕　《小說月報》第 12 卷 8 號，1921 年 8 月。
〔註49〕　《譚國棠給編者信》，《小說月報》第 13 卷 2 號，1922 年 2 月。
〔註50〕　《通信——答譚國棠》，《小說月報》第 13 卷 2 號，1922 年 2 月。

　　「五四」文學革命的最重要的成果、魯迅的第一個短篇小說集《吶喊》於一九二三年八月出版，兩個月後，茅盾就在《時事新報・學燈》（十月八日）和《文學週報》（第 91 期）上同時發表《讀〈吶喊〉》一文，對魯迅的這一部傑作作了中肯的評論。

　　茅盾首先著重談了他讀到《狂人日記》時的感受是：

> 只覺得受著一種痛快的刺戟，猶如久處黑暗的人們驟然看見了絢麗的陽光。這奇文中的冷雋的句子，挺峭的文調，對照著那含蓄半吐的意義，和淡淡的象徵主義的色彩，便構成了異樣的風格，使人一見就覺得不可言喻的悲哀和愉快。這種快感正像愛吃辣子的人所感到「愈辣愈爽快」的感覺。

這篇小說為什麼能給人這種獨特而又深刻的感受呢？茅盾指出：

> 因為這篇文章，除了古怪而不足為訓的體式外，還頗有些「離經叛道」的思想。傳統的舊禮教，在這裡受著最刻薄的攻擊，蒙上了「吃人」罪名了。
>
> ……
>
> 至於在青年方面，《狂人日記》的最大影響卻在體裁上；因為這分明給青年們一個暗示，使他們拋棄了「舊酒瓶」，努力用新形式，來表現自己的思想。

在這裡，極簡單的幾段話，就把《狂人日記》的內容、形式和藝術風格等各方面的特點及其在讀者中的影響，很中肯的揭示出來了。

　　茅盾還著重評論了《阿Q正傳》。他指出：

> 現在差不多沒有一個愛好文藝的青年口裡不曾說過「阿Q」這兩個字。……我們不斷在在社會的各方面遇見「阿Q相」的人物：我們有時自己反省，常常疑惑自己身中也免不了帶著一些「阿Q相」的分子。但或者是由於「嚇減飾非」的心理，我又覺得「阿Q相」未必全然是中國民族所特具，似乎這也是人類普通弱點的一種。至少，在「色屬內荏」這一點上，作者寫出人性的普遍弱點來了。

茅盾還進一步指出：

> 作者的主意，似乎祇在刻畫出隱伏在中華民族骨髓裡的不長進的性質，——「阿Q相」，我以為這就是《阿Q正傳》之所以可貴、恐怕也就是《阿Q正傳》流傳極廣的主要原因。

「人類普通弱點的一種」、「人性的普通弱點」等提法，在極「左」思潮、教條主義泛濫的時代，曾被認爲是超階級的「人性論」觀點，但在批判了極「左」思潮、教條主義以後，人們注意到，早在二十年代初，茅盾對阿Ｑ的典型性的看法就是非常值得欽佩的。

茅盾還揭示出《阿Ｑ正傳》的思想意義的另一面：

中國歷史上的一件大事，辛亥革命，反映在《阿Ｑ正傳》裡的，是怎樣的叫人短氣呀！樂觀的讀者，或不免要非難作者的形容過甚，近乎輕薄「神聖的革命」，但是誰曾在「縣裡」遇到這大事的，一定覺得《阿Ｑ正傳》裡的描寫是寫實的。我們現在看了這裡的七八兩章，大概會彷彿醒悟似的知道十二年來政亂的根因罷！

茅盾認爲《阿Ｑ正傳》之所以揭示出辛亥革命失敗的那一方面以及辛亥革命後「政亂的根因」，並不是因爲魯迅是個悲觀主義者，而是由於「這正是一幅極忠實的寫照，極準確的依著當時的印象寫出來的」。也就是說，這是現實主義的勝利。

此外，茅盾還確切地指出《孔乙己》是「笑中含淚」的諷刺，《藥》、《明天》、《風波》等等，「都是舊中國的灰色人生的寫照」。這幾篇作品再加《阿Ｑ正傳》，也表現了魯迅小說藝術上的一個特色，愛用「魯鎮和咸亨酒店」做「背景」。

茅盾熱情地肯定了《吶喊》在藝術形式方面的創新，他說：

在中國新文壇上，魯迅君常常是創造「新形式」的先鋒，《吶喊》裡的十多篇小說幾乎一篇有一篇新形式，而這些新形式又莫不給青年作者以極大的影響，欣然有多數人跟上去試驗。

茅盾就這樣運用現實主義的批評原則，把作品的內容和形式結合起來，既充分揭示出《吶喊》的深刻的思想意義，又充分肯定了它在藝術形式方面的創新所取得的成就。同時還肯定了小說在我國現代文學史上的意義。茅盾當時所提出的論點，充分表現了一個青年評論家的藝術鑒賞力。就是在六十年後的今天來看，也仍然是很中肯的，有深刻意義的，並沒有因時間的流逝而有所褪色。

茅盾，是魯迅小說的第一個「知音」。

十四　與創造社的論爭

文學研究會與成立稍晚的、在中國現代文學史上也產生過巨大影響的創

造社之間，曾發生過一場持續了三年之久的論爭。在文學研究會方面，參與這場論爭的主要是茅盾。論爭集中在三個問題上。

第一個問題是文藝創作和文藝批評問題。

一九二二年二月，茅盾在《小說月報》的「通信」欄裡答覆一個讀者的來信中曾說過「主觀的描寫常要流於誇誕，不如客觀的描寫來得妥當」、「歷來成功的文學家並非都是大天才」。〔註51〕在另一則「通信」裡，談到郁達夫的《沉淪》，指出了它的特色，也批評了它的缺點。〔註52〕

一九二二年五月一日，《創造》季刊出版，其中有郁達夫的《藝文私見》和郭沫若的《海外歸鴻》。《藝文私見》中說：「文藝是天才的創造物，不可以規矩來測量的」、「因為天才的作品」、「以常人的眼光來看，終究是不能理解的」。還談到什麼「木斗」、「假批評家」等等。《海外歸鴻》中說我國有些批評家，「他們愛以死板的主義規範活體的人心，甚麼自然主義啦，甚麼人道主義啦，要拿一種主義來整齊天下的作家，簡直可以說是狂妄了」。文章中還有「黨同伐異的劣等精神」、「卑劣的政客者流」之類的話。

郁達夫、郭沫若的文章，雖然沒有點名，但顯然是針對茅盾的上述通信中的論點而發的。茅盾當時認為他們努力提倡新文學，介紹外國進步文藝，開展文藝批評，反對「鴛鴦蝴蝶」派，卻受到這樣的批評和指責，自然不能心服。特別是這種批評和指責竟來自曾力爭與之合作的創造社，更覺得不能接受。就寫了一篇《〈創造〉給我的印象》來回答，並對發表在《創造》季刊創刊號上的作品逐篇進行評論。既肯定了其中一些作品的優點，也批評了一些作品的缺點，態度是實事求是的，對缺點的批評，語氣可能重了一點。文章中還說：「我極表同情於創造社諸君，所以更望他們努力！更望把天才兩字寫在紙上，不要掛在嘴上」。〔註53〕

茅盾的這篇文章，郭沫若認為是「一次酷評」，由此「所謂文學研究會是人生派，創造社是藝術派、頹廢派，便一時甚囂塵上起來」，他們被「逼到了不能忍受的地步」，便進行反擊。〔註54〕首先出馬的是郁達夫，寫了一篇題為

〔註51〕《通信——答子芬》，《小說月報》第 13 卷第 2 號。

〔註52〕《通信——答譚國棠》，《小說月報》第 13 卷第 2 號。

〔註53〕《文學旬刊》第 37、38、39 期；《時事新報》1922 年 5 月 11 日、21 日，6 月 1 日。

〔註54〕《時事新報·學燈》，1922 年 8 月 4 日。後收入《文藝論集》，收入《沫若文學第 10 卷，有較大修改。

《血淚》的小說。郭沫若說這篇小說「嘲弄雁冰和振鐸諸人在當時所鼓吹的『血淚文學』」。〔註55〕

接著郭沫若又寫了《論國內的評壇及我對創作上的態度》〔註56〕一文，對茅盾的批評正面提出反批評，並闡述了他的文藝觀。他認爲「眞正的藝術品當然是由於純粹的主觀產出」。他說他「對於藝術上的功利主義的動機說，是不承認它有成立的可能性的」。他又說：「假使創作家純以功利主義爲前提從事創作，上之藉文藝爲宣傳的利器，下之想藉文藝爲餬口的飯碗，這個我敢斷定一句，都是文藝的墮落，隔離文藝的精神太遠了。這種作家慣會迎合時勢，他在社會上或者容易收穫一時的成功，但他的藝術（？）絕不會有永遠的生命」。郭沫若這樣反對藝術上的功利主義，顯然，這也是針對文學研究會的「爲人生」的文藝觀的，有著明顯地「爲藝術」的傾向。雖然同時他又宣稱他是不承認藝術中有人生派、藝術派的區別的。不久，郭沫若、成仿吾又都強調了文藝的社會作用。爭論就沒有繼續下去了。

一九三二年郭沫若回顧這次論爭時說：「我們當時的主張，在現在看起來自然是錯誤，但在當時的雁冰和振鐸也不見得有正確的認識。文學研究會和創造社並沒有什麼根本不同，所謂人生派與藝術派只是鬥爭上使用的幌子。雁冰在當時雖有些比較進步的思想，他的思想便不見得和振鐸相同。……所以在我們現在看來，那時候的無聊的對立只是在封建社會中培養成的舊式的文人相輕，更具體地說，便是行幫意識的表現而已」〔註57〕（著重點是原有的──引者）。茅盾晚年回憶這次爭論時說，當時他「血氣方剛，受不得委屈」，「貶詞看來用得多了一些」，「冒犯了創造社主要人物的自尊心」。〔註58〕

的確，這場論爭，帶有濃厚的意氣之爭的成分。但「所謂人生派與藝術派」並不僅僅是「鬥爭上使用的幌子」。誠然，文學研究會與創造社在政治方向上是基本一致的，但在文藝思想上分歧也是無庸諱言的。雖然不能說茅盾當時文章中的每一句話都正確。但他主張「爲人生」的文藝，主張現實主義，的確表明他「有些進步的思想」。郭沫若、成仿吾等雖然不能說是純粹的「爲

〔註55〕　《時事新報・學燈》，1922年8月4日。後收入《文藝論集》，收入《沫若文學第10卷，有較大修改。
〔註56〕　《沫若文集》第7卷第126頁。
〔註57〕　《創造十年》，《沫若文集》第7卷第127頁。
〔註58〕　《我走過的道路》（上）第206頁。

藝術而藝術」派，但他們的確也強調過「藝術本身無所謂目的」。〔註59〕反對藝術上的功利主義。可是他們的文藝觀本身也存在顯著的矛盾，不僅「以今日之我反對前日之我」，甚至在同一篇文章中，後半篇的觀點和前半篇也不相同。所以應該說這場論爭本質上是一場文藝思想論爭。

論爭的第二個問題是關於介紹外國文學問題。

在《小說月報》第十三卷第七號的「通信」欄裡，茅盾在回答萬良濬的信中說：「翻譯《浮士德》等書，在我看來，也不是現在切要的事；因為個人研究固能惟真理是求，而介紹給群眾，則應審度事勢，分個緩急」。這個觀點，實際上在《小說月報》上已實行多時了。比如著重介紹十九世紀各國批判現實主義作家的作品，特別是俄國文學和被壓迫民族文學。而對於其他外國古代名著，只作一般介紹。

郭沫若寫了《論文學的研究與介紹》，〔註60〕對茅盾的上述論點，提出了異議。他認為：如果翻譯家在他的譯文裡「寓有創作的精神」，在譯述時有一種「迫不得已的衝動」，那他的譯品，「當然能產生莫大的效果，當然會引起讀者的興味」，「當然能盡他指導讀者的義務，能使讀者有所觀感，更進而激起其研究文學的激切的要求」。他認為這樣的譯品，「無論在甚麼時代都是切要的，無論對於何項讀者都是經濟的」。據此，他認為如果在作品譯出之前，就要判斷那些作品是「切要的」、「經濟的」，那些是「不切要」、「不經濟」的，就是阻遏人的「自由意志」、「是專擅君主的能度」，「這種批評超過批評家的本分太覺遼遠了。」顯然，他不僅反對茅盾的觀點，並且認為茅盾的態度是「專擅君主的態度」。

對郭沫若的意見，茅盾立即寫了《介紹外國文學作品的目的》〔註61〕一文來答覆。

茅盾的文章首先肯定了郭沫若的論點：「人盡可隨一己的自由意志，去研究古今中外的一切文學作品」。後又指出：

> 「研究」既則然矣，介紹何獨不然。人盡可隨一己的自由意志，
> 去介紹古今中外的一切文學作品；並且，人盡可隨一己的自由意志，
> 隨個人所感得是切要的，對第三者說述，或竟宣傳他個人的「介紹
> 外國文學作品」的「目的論」。

〔註59〕《新文學之使命》，《創造週報》第 1 卷第 2 號，1923 年 5 月。
〔註60〕《時事新報‧學燈》1922 年 7 月 27 日。
〔註61〕《文學旬刊》第 45 期，《時事新報》1922 年 8 月 1 日。

接著，茅盾就申述了他的「目的論」。他指出郭沫若解釋「翻譯動機」的「主觀一面」，「誠爲詳盡」。但「是否還有客觀的一面」？他說：

> 我們翻譯一件作品除主觀的強烈的愛好外，是否還有一個「適合一般人需要」，「足救時弊」等觀念做動機？有人專爲個人強烈的愛好心而翻譯，自是他個人自由；有人專爲「足救時弊」而翻譯，也是他個人的自由。但翻譯動機之不單限於主觀的愛好心，豈不顯然呢？況且一個人翻譯一篇外國文學作品，於主觀的愛好心而外，再加上一個「足救時弊」的觀念，亦未始竟是不可能不合理的事。

茅盾在反駁了郭沫若的論點之後，正面申述了自己的見解。他說：

> 我是傾向人生派的。我覺得文學作品除能給人欣賞而外，至少還須含有永存的人性，和對於理想世界的憧憬。我覺得一時代的文學是一時代缺陷與腐敗的抗議或糾正。我覺得創作者若非是全然和他的社會隔離的。若果也有社會的同情的，他的創作自然而然不能不對於社會的腐敗抗議。我覺得翻譯家若果深惡自身所居的社會的腐敗，人心的死寂，而想藉外國文學作品來抗議，來刺激將死的人心，也是極應該而有益的事。我覺得，翻譯者若果本此見解而發表他自己的意見，反對與己不同的主張。也是正當而且合於「自由」的事。

他又說：

> 但如果大部分的其餘的人，對於擾攘的人事得失感著切身的痛苦，要求文學來做詛咒反抗的工具，我想誰也沒有勇氣去非笑他們。處中國現在這政局之下，這社會環境之內，我們有血的，但凡不曾閉了眼，聾了耳，怎能壓住我們的血不沸騰？從自己熱烈地憎惡現實的心境發出呼聲，要求「血與淚」的文學，總該是正當而且合於「自由」的事。各人的性情容或有點不同：我是十二分的憎惡「豬一般的互相吞噬，而又怯弱昏迷，把自己千千萬萬的聰明人趕入桌子底下去」的人類，所以我最喜歡詛咒那些人類的作品，所以我極力主張譯現代的寫實主義作品。

茅盾上述對翻譯介紹外國文學的「目的論」，和他肯定文學的社會性、社會作用的文藝觀是一致的。在這一場論爭中，正確的是茅盾。這畢竟是他較早地接觸到馬克思主義的緣故。

論爭的第三個問題是關於如何對待翻譯外國文學作品的錯譯、誤譯問題。

一九二二年九月，郭沫若在《批判〈意門湖〉譯本及其他》一文中對《意門湖》（德國史托姆著、唐性天譯）譯本中譯錯的地方提出了尖銳的批評，同時也批評了茅盾，並且語多挖苦。接著茅盾發表了《「半斤」ＶＳ「八兩」》（署名「損」，〔註62〕對郭沫若的文章進行反批評，針鋒相對，用詞也尖刻。於是郭沫若又發表了《反響之反響》，〔註63〕其中第二部分《答〈文學旬刊〉》，以書信形式分別答覆了鄭振鐸及茅盾的批評。這篇文章一九五九年收入《沫若文集》第七集，作為史料保存下來，這裡就不引用了。

當時論爭的雙方態度未免偏激了一些，話也說過了頭，已經離開了論爭的中心。

一九二三年二月，成仿吾發表了一篇題為《創造社與文學研究會》〔註64〕的長文，敘述了兩個文藝社團論爭的經過，又尖銳地批評了茅盾。不久他又先後在《創造》季刊、《創造週報》上發表《雅典主義》、《鄭譯〈新月集〉正誤》、《文學界的現形》等文章，批評茅盾、鄭振鐸等譯品中的一些誤譯，而且備加嘲笑。對此，茅盾認為讀者自會衡量輕重，明辨是非，不會因為錯譯了一個字就否定整篇文章的，所以沒有申辯。

一九二四年，《文學週報》發表了梁俊青批評郭沫若《少年維特之煩惱》譯文的錯誤。為此，郭沫若又給《文學週報》編輯部寫了一封長信，指責他們是「借刀殺人」，等等。茅盾和鄭振鐸以編者的名義作了答覆，批評了當時學術界「只尋別人錯頭，忘記自己過失」的現象，並表示：

> 本刊同人與筆墨周旋，素限於學理範圍以內，凡涉事實方面，同人皆不願置辯，待第三者自取正於事實。今後，郭君及成君等如以學理相質，我們自當執筆周旋，但若仍舊羌無佐證謾罵快意，我們敬謝不敏，不再回答。〔註65〕

文學研究會與創造社之間持續了三年的論戰，由於文學研究會一方也掛出了「免戰牌」，並且真正實行停戰，論爭也就結束了。茅盾晚年回顧這一場論戰時寫道：

〔註62〕《文學旬刊》第 48 期，1922 年 9 月 1 日。

〔註63〕《創造》季刊第 1 卷第 3 期，1922 年 12 月。

〔註64〕《創造》季刊第 1 卷第 4 期，1923 年 2 月。

〔註65〕《文學週報》第 131 期，1924 年 7 月 21 日。

　　　　中國用白話文翻譯介紹外國文學作品，始於一九一九年五四運
　　動前後，到論戰發生的一九二二年才只三年。翻譯家們的幼稚，水
　　平不高，經驗不足，自不待言，因而譯品中有錯譯、誤譯、死譯等
　　也不足為奇，善意地交換意見，互相幫助，探討、批評，是完全應
　　該的。而且是提高翻譯質量的重要方法。可是，關於翻譯問題的論
　　戰卻夾進了太多的意氣和成見，以至成了一場護自己之短，揭他人
　　之疵，諷刺，挖苦乃至罵人的混戰，徒傷了感情。〔註66〕

茅盾還指出關於翻譯中的錯誤問題的論爭，是文學研究會與創造社的整個論
爭中最無積極意義的一部分。但在客觀上也起了一點作用。就是促使一些人
去學習外文，努力提高譯品的質量。茅盾當時和商務編譯所的幾個同事，就
發憤自學日、德、法三種外文。並請好教師，每週學習三個晚上。學日文，
是想讀德、日文對照，注釋完備的《茵夢湖》一類的書。學德文、法文，是
想以後譯書能夠從原本譯，不依靠轉譯。

　　　茅盾晚年關於翻譯問題的論爭的評述，是對當年這一論爭的最好的總結。

十五　與「鴛鴦蝴蝶」派、「學衡」派的鬥爭

　　　一九二一年初茅盾接編《小說月報》，從「鴛鴦蝴蝶」派手裡為新文學奪
取了一個重要陣地。「鴛鴦蝴蝶」派（「禮拜六」派）對茅盾恨之入骨，謾罵、
攻擊達半年之久。在《自然主義與中國現代小說》一文中，茅盾尖銳地批判
了中國舊派小說思想和藝術方面的缺點，並且以《禮拜六》一百零八期上的
《留聲機片》為例，作了具體分析。這就直接刺痛了《禮拜六》派。揚言要
控告《小說月報》。此時的商務編譯所所長王雲五，是商務當局中保守派很中
意的人。藉此對茅盾施加壓力，要茅盾寫篇文章，對「禮拜六」派道歉，茅
盾斷然拒絕了。不久，茅盾終於被迫辭職。在辭職前，他還是在《小說月報》
第十三卷十一號上發表了幾篇文章，對「鴛鴦蝴蝶」派（「禮拜六」派）進行
有力的抨擊。

　　　《真有代表舊文化舊文藝的作品麼？》一文嚴肅地指出《禮拜六》這一
類所謂「通俗」刊物在思想上對讀者的毒害，強調說：「要挽救民族的可怕
的命運，就有反抗『禮拜六』派運動之必要」。他還認為儘管「禮拜六」派
「不能夠損害新文學發達的分毫」，但「他們在文學上的惡影響，似乎也不

〔註66〕《我走過的道路》（上）第 215 頁。

能忽視，至少也要使在歷史上有相當價值的中國舊文藝蒙受意外的奇辱！我希望寶愛真正中國舊文學的人們起來辯證」。顯然，茅盾當時是把中國古代文化、文學中的「有相當價值」的部分和那些貌似舊文化、舊文學，其實是有害的、腐朽的東西，譬如「禮拜六」派區別開來的。

同期社評欄內還有一篇《反動？》，指出「污毀一切的縱欲的人生觀」，「是潛伏在中國國民性裡的病菌」。「五四」新文化運動曾抨擊了這個病根，但「未曾把這個病毒連根拔去」。到了外界條件變化了的時候，這病毒就又要「向外發洩」了。所以，我們要治標也要治本。既要揭露「禮拜六」派的「謬誤思想與淺薄技能」，也要「引青年走上人生的正路」。同一期《小說月報》的「社評」欄還有兩篇，都正面評擊了「禮拜六」派。這是茅盾離職前送給王雲五以及商務當權者中間的頑固派的一份「最後的禮物」。

當茅盾正在與「禮拜六」派作鬥爭時，王雲五卻從他的市儈哲學出發，投「禮拜六」派之所好，暗中籌辦一種新的雜誌《小說世界》。卻又玩弄「說真方，賣假藥」的伎倆，欺騙茅盾。他對茅盾、鄭振鐸說，《小說月報》有許多學術性文章，一般讀者看不懂，需要辦一個通俗性刊物。一方面可以爭取愛讀《禮拜六》一類刊物的讀者，一方面也是給《小說月報》做個梯子，使一般想看而又看不懂《小說月報》的讀者可以逐步提高水平。他還請茅盾等為這個刊物寫稿。一般讀者讀《小說月報》有困難，茅盾他們也早已意識到了。他曾在一封給周作人的信中談到：「曾有數友謂如今《月報》雖不能說高深，然已不是對西洋文學一無研究（或可說是嗜好耳）者所能看懂」。「文藝遷就社會，萬不能辦到。先生之論，鄙意正合。仲甫先生謂普通一點，即指程度不妨放低之意，如論文、史傳、創作登載標準，不妨用初步的，淺顯的，以期初學者可以入門；此意弟以為很是」。〔註67〕茅盾聽了王雲五的意見，就沒有加以反對，覺得不妨讓商務一試。不久，茅盾就交給他們兩篇譯稿和王統照的作品《夜談》。一九二三年一月，《小說世界》出版，其中除茅盾的兩篇譯文和王統照的《夜談》外，茅盾接手主編《小說月報》封存的「禮拜六」派的稿件都被用上了。原來這是和《禮拜六》性質一樣的東西。茅盾這才知道上了當。

為了揭露王雲五等的卑劣伎倆，茅盾就把王統照的《答疑古君》和給他的信及他給王統照的覆信，以及原登在北京《晨報》副刊上的疑古的《〈小說

〔註67〕 《沈雁冰致周作人》，1921 年 10 月 22 日。見《魯迅研究資料》第 11 輯。

世界〉與新文學者》（小題為《「出人意表之外」之事》），全部刊登在一九二三年一月十五日的《時事新報》副刊《學燈》上。疑古的這篇文章，不但把在《小說世界》第一期中出現的那些牛鬼蛇神，罵了個狗血噴頭，還把商務當局冷嘲熱諷了一番，說他們剛做了幾件像人做的事，就不舒服了，「天下竟有不敢一心向善，非同時兼做一些惡事不可的人！」茅盾認為，這一手，大概是王雲五他們所想不到的。但事已如此，也無可奈何。

「五四」文學革命提倡白話文、新文學的正面敵人是死捧住文言文不放的復古主義者。繼林紓之後出現的是「學衡」派，主要成員是南京東南大學的教授吳宓、梅光迪、胡先驌等。他們說什麼言文不能合一，文言勝於白話，白話不能代替文言；說什麼文學脫胎於模仿；文言文是白話文的根柢，要寫白話文，必須先學好文言文；提倡復古，反對新文化、新文學運動。

對「學衡」派的鬥爭，進行了兩個回合。

首先站出來反擊這一復古思潮的是魯迅。他在《估〈學衡〉》一文中用「以子之矛，攻子之盾」手法，從《學衡》第一期上的六篇文章中舉出許多具體例證，指出他們自己的文言文就寫得詞句不通，邏輯混亂，鬧了許多笑話，粉碎了他們「學貫中西」，「博古通今」的招牌。這一伙復古派妄想「衡」倒新文化，卻不料被魯迅一「估」就「估」出了自己的斤兩。

鴛鴦蝴蝶派和復古派是臭氣相投的。「學衡」派鼓吹復古時，鴛鴦蝴蝶派也積極與之配合，有些人居然以「國學家」自命，向新文化運動猖狂反撲。魯迅繼續寫了《「一是之學說」》、《所謂「國學」》、《以震其艱深》、《不懂的音譯》、《兒歌的「反動」》〔註68〕等雜文進行反擊。

「學衡」派有一個特點，就是標榜自己「學貫中西」、「博古通今」，喜歡賣弄洋「典故」。梅光迪的《評提倡新文化者》，就是打著英國文學評論家韓立士的幌子的。茅盾與魯迅配合作戰，寫了《評梅光迪之所評》，著重揭露他們對西歐文學的無知和妄說，指出梅光迪之「所評」，是「顛倒系統」，把歷史事實都搞錯了，還企圖「以一人之嗜好，抹煞普天下之真理」。但這種伎倆只能騙騙「幼稚的中小學生」。

儘管魯迅的幾篇文章就使「學衡」派醜態畢露，茅盾配合得也很有力。但作為一股復古思潮，不是幾篇文章就能把它打退的。

對「學衡」派鬥爭的第二個回合發生於一九二四年。當時的復古思潮更

〔註68〕均見《熱風》，《魯迅全集》第 1 卷，人民文學出版社，1981 年版。

爲泛濫，茅盾在《四面八方的反對白話聲》〔註69〕一文中曾對那時的復古思潮作了部分的記錄。

復古思潮雖然十分泛濫，可茅盾認爲它是不會長久的。但是我們也不能「做個旁觀者」，等它們自己消失，「我們要站在凶惡的反動潮流前面，盡力抵抗。」在這方面茅盾曾先後寫過七、八篇文章，如《雜感（一）》《文學界的反動運動》、《進一步退兩步》〔註70〕等，對這股復古思潮作了有力的批判。

茅盾指出，復古派中有一批人雖然「自己也研究西洋文學」，但是，「他們忘記自己所欽仰的英美文學大家原來都是用白話做文章的」。茅盾強調說：「『現代人作文需用現代語』這句話，也和民主主義一樣，是不可抗的了」。

復古派中另一種人，標榜「六經以外無文」。他們於主張文言文之外，再退後一步，要到中國古書──尤其是「經」裡面去尋求文學的意義。這種論調的猖獗，茅盾認爲是和胡適鼓吹「整理國故」有關的。他指出：在「整理國故」論的影響下，一些做白話文的朋友跟了幾個專家的腳跟，埋頭故紙堆中，「結果是上比專家則不足，國故並未能因多數人趨時的『整理』而得了頭緒，社會上卻引起了『亂翻古書』的流行病，攙奪了專家的所事，放棄了自己眼前能做而且必須做的事情」。茅盾還指出，這一復古思潮，「雖然不能阻礙新文學的發展，卻能阻礙一般群眾的正規的文藝欣賞力之養成；在這一點上，他們所做的罪惡，實在不小。」

怎樣對付以「學衡」派爲代表的這一股復古思潮呢？茅盾認爲：

第一，新文學界須成立一個撲滅反動勢力的聯合戰線；第二，新文學界不可忘了自己的歷史的使命──白話運動的普遍的宣傳與根基的鞏固。

毫無疑問，茅盾的這一見解是完全正確的。

「學衡」派的吳宓，在反對白話文時，還反對新文學的寫實主義。他在《寫實小說之流弊》一文中，把歐洲的寫實派小說和中國的《廣陵潮》、《留東外史》等黑幕小說以及「禮拜六」派的小說相提並論，並且說俄國寫實派小說的弊病是「以不健全的人生觀示眾」。茅盾寫了《「寫實小說之流弊」？──請教吳宓君黑幕派與禮拜六派是什麼東西！》加以駁斥。關於前者，茅

────────────

〔註69〕 《文學週報》第 107 期，1924 年 6 月。
〔註70〕 分別見《時事新報‧文學旬刊》第 70 期，1923 年 4 月 12 日；第 121 期，1924 年 5 月 12 日；第 122 期，1924 年 5 月 19 日。

盾認爲吳宓的論調正好證明他自己對西洋寫實派文學的無知。關於後者，茅盾指出：俄國寫實派大家最有名的是果戈理、屠格涅夫、托爾斯泰、陀思妥夫斯基等四人，「他們的作品都含有廣大的愛，高潔的自己犧牲的精神，安得謂爲『不健全的人生觀』？」吳宓還說什麼寫實派「劣下之作，惟以抄襲實境爲能事」。茅盾駁斥說：「寫實派作家所謂『實地視察』本來就不是定取實事做小說材料的意思，中國提倡寫實主義的人，似亦未曾主張過。」吳宓的說法，完全是無的放矢。〔註71〕

茅盾還指出，吳宓「指評『小雜誌』上的小說是『好色而無情，縱欲而忘德』，原極不錯」，但不能把「小雜誌」即那些黑幕派、「禮拜六」派的東西與寫實派的小說混同起來。

這樣，茅盾既批駁了吳宓的謬論，又借用吳宓的話批判了黑幕派、「禮拜六」派。

在這場反對復古思潮的鬥爭中，還接觸到「整理國故」問題。

關於「整理國故」，茅盾認爲「也是新文學運動題內應有之事」，可見他並不一般地加以反對。但他認爲那是「專家」的事；而且新文學運動的第一步，應是白話運動。在白話運動未實現時，「我們必需十分頑固，發誓不看古書」，這和魯迅一九二五年間回答「青年必讀書」時說的：「我以爲要少——或者竟不——看中國書，多看外國書」，〔註72〕是完全一致的。茅盾之所以強調「不看古書」，是要人們相信：「白話是萬能的，無論表現什麼思想，什麼情緒，白話決不至於技窮，決不要文言來幫助」。魯迅勸告青年人不要讀中國書，是希望他們不要鑽故紙堆，要參加現實鬥爭。

顯然，茅盾和魯迅一樣，對「整理國故」的觀點，是符合辯證法的，是從當時的實際情況出發的。

參加對「學衡」派的批判的，還有沈澤民、鄭振鐸等人。沈澤民寫了《文言白話之爭的根本問題及其美醜》，鄭振鐸寫了《新與舊》、《雜談》等，一致對吳宓等復古派的謬論加以駁斥。

對「整理國故」幌子下的復古思潮，創造社的成員也參加了批判，成仿吾寫了《國學運動之我見》、郭沫若寫了《整理國故的評價》，申述了他們對「整理國故」的看法，批判了復古思想。

〔註71〕　《時事新報·文學旬刊》第 54 期，1922 年 11 月 1 日。
〔註72〕　《青年必讀書》，《魯迅全集》第 3 卷第 12 頁，1981 年版。

綜上所述，可見對「學衡」派以及「整理國故」論的鬥爭，實際上正和茅盾所號召的那樣，是一次聯合戰線的行動。共產黨人茅盾、沈澤民和魯迅、鄭振鐸以及創造社的成仿吾、郭沫若等一道，給復古思潮以有力的批判，從而維護並推動了新文學運動的發展。

一九二四年間文化界還有一件重大事件：印度著名詩人泰戈爾應邀來中國訪問，在文化界引起很大的反響，不同立場、不同思想傾向的人，懷抱各種不同的態度和希望來歡迎他。玄學家和「東方文化」論者認為「他一定會替我們指出迷途；中華民族有了出路了」。愛好文學又正在煩悶的青年則認為他「建築了一座宏麗而靜謐的詩的樂園」，他能使人們得到「安慰」、「重新燃起希望的火炬來」，還能給人們「指示出一條信仰的大路」。顯然，這都是錯誤的、不切實際的想法。中國共產黨中央認為需要在報刊上發表文章，表明自己的看法。茅盾就根據黨中央的精神，寫了兩篇文章。

第一篇題為《對於太戈爾的希望》。文章在分析了人們對泰戈爾的幾種不同的態度和希望以後說：

> 我們也是敬重泰戈爾的：我們敬重他是一個人格潔白的詩人；我們敬重他是一個憐憫弱者，同情於被壓迫人們的詩人；我們更敬重他是一個幫助農民的詩人；我們尤其敬重他是一個鼓勵愛國精神，激起英國青年反抗英帝國主義的詩人。
>
> 所以我們也相對地歡迎泰戈爾。但是我們決不歡迎高唱東方文化的泰戈爾；也不歡迎創造了詩的靈的樂園，讓我們底青年到裡面去陶醉去瞑想去慰安的泰戈爾；我們所歡迎的，是實行農民運動（雖然他底農民運動的方法是我們所反對的），高唱「跟隨著光明」的泰戈爾！

文章認為：處在「國外的帝國主義和國內的軍閥專政」兩重壓迫下的中國，「唯一的出路是中華民族的國民革命」，方法是「人家用機關槍打過來，我們也趕鑄了機關槍打回去」，「高談東方文化實等於誦五經退賊兵」！文章又認為我國青年本就太蹈空、太脆弱，因此，「不應把青年思想引到『空靈』一方面，再玩起什麼『無所為而為』的把戲」。這便是我們不歡迎「高唱東方文化」、「專造靈的樂園」的泰戈爾的理由。

文章最後普告全國青年，「應該歡迎的泰戈爾是實行農民運動的泰戈爾，

鼓勵愛國精神激起印度青年反抗英國帝國主義的詩人泰戈爾」！〔註73〕

泰戈爾來到中國後，在上海、杭州、南京、濟南、北京等地作了多次演講，反覆鼓吹所謂的「東方文明」和虛無飄渺的「人類第三期世界」。茅盾的第二篇文章《泰戈爾與東方文化》，就是針對泰戈爾在上海和北京的兩次演講而發的。文章指出泰戈爾在上海的演講，「反覆警告中國人不該捨棄了自己寶貴的文化去接受那無價值的醜惡的西方文化」。但是他既沒有說明中國自己的寶貴文化即東方文化是什麼，也沒有說明西方文化是什麼。但語氣之間，泰戈爾所說的「東方文化」實質上是指中國的封建文化和封建社會的、甚至是原始社會的那一套生活方式，他所說的「西方文化」，則是指，西方資本主義國家的科學技術和生活方式。誠然，中國傳統的民族文化中是存在大量的民主性的精華的，不應加以捨棄，西方資本主義文化自然也不應該無區別地全般接受，但西方民主主義思想和科學技術知識，對中國人民來說還是需要的。但泰戈爾卻要中國人全般繼承古代的甚至是原始性的東西，而對西方文化則完全加以排斥。對此，茅盾質問道：「泰戈爾極力反對西方的組織、方法、能率、速……等等，難道這些東西眞是毒蛇猛獸嗎？難道原始人的粗陋、簡單、弛緩的生活眞是人生的極則麼？」顯然，茅盾是主張對東方文明、對自己民族傳統的東西要批判地加以繼承的，對西方的東西，不把它們一概都看作毒蛇猛獸，而應該有選擇地加以吸收。泰戈爾在北京講的題目是《人類第三期之世界》。茅盾的文章指出：歷史上曾有許多思想家描寫這「人類第三期的世界」，描寫得最動人的，是鼎鼎大名的克魯泡特金，「他所創造的是紙上的『第三期世界』」，總之是美麗到極點了，誘惑人到極點了，只可惜這個世界少了一個大門，我們現在沒法子進去」。而泰戈爾的「第三期的世界」，是在「煙霧裡的」，更「空靈」的。如果說克魯泡特金的理想世界忘了大門，那麼，「泰戈爾簡直不要大門，因爲他並不希望肉體的人類到他的第三期世界裡去，只希望靈魂的人類去，所以無所用其大門」。茅盾還進一步指出：

> 泰戈爾所冥想的人類第三世界，是要我們經過最忍耐的服從，
> ——奴隸式的生活，損失了我們肉體，而後可以達到，所以這第三
> 期的世界，是靈魂的世界，說得「不詩意」些，就是鬼的世界，……
> 與在尚未做鬼的我們，是毫不相干的。

茅盾在文章中還批評了泰戈爾的東方人的體力與智力不及西方人的荒謬說

〔註73〕《民國日報・覺悟》1924 年 4 月 24 日。

法。〔註74〕

茅盾的這兩篇文章，體現了中國共產黨對這一位印度著名詩人、思想家的基本態度：肯定了他思想中的進步的方面，批評其消極的錯誤的方面。這是歷史唯物主義的態度。

當時，有不少人發表文章歡迎作為詩人的泰戈爾，但也反對他的「東方文明」論。郭沫若寫了《泰戈爾來華的我見》。他說「『梵』的現實，『我』的尊嚴，『愛』的福音，這可以說是泰戈爾思想的全部」。他認為：

> 西洋的動亂，病在制度的不良。我們東洋的死滅，也病在私產制度的束縛。病症雖不同，而病因卻是一樣。唯物史觀的見解，我相信是解決世局的唯一的道路。世界不到經濟制度改革之後，一切甚麼梵的現實，我的尊嚴，愛的福音，只可以作為有產有閒階級的嗎啡、椰子酒；無產階級的人只好永流一生的血汗。無原則的非暴力的宣傳是現時代的最大的毒物。那只是有產階級的護符，無產階級的鐵鎖。〔註75〕

郭沫若這時候已初步學習了馬克思主義。他對泰戈爾思想的分析，基本上也是正確的。

茅盾等中國共產黨人和郭沫若等對泰戈爾的評價，對於澄清文化界、特別是青年人對泰戈爾的錯誤理解是有積極作用的，也是對別有動機而邀請泰戈爾來中國「講學」的學者、名流之反擊。

對泰戈爾來華講學的不同態度和由此引起的爭論，是當時文化思想鬥爭的一個組成部分。茅盾當時是以一個共產黨員的身份發揮作用的。

十六　研究外國文學的最初成果

一九二三年間，茅盾在商務編譯所的工作，用他自己的話來說，是「打雜」：除繼續給《小說月報》寫稿外，他自己定了二個選題：一是標點林琴南譯的《薩克遜劫後英雄略》（現通譯《艾凡赫》）和伍光建的《俠隱記》（現通譯《三個火槍手》）、《續俠隱記》，並分別給各書的原作者寫詳細評傳。二是給《國學小叢書》編選《淮南子》、《莊子》和《楚辭》，標點加注，每書各

〔註74〕均見《民國日報‧覺悟》1924 年 5 月 16 日。
〔註75〕《創造週報》第 23 期，1923 年 10 月 14 日。《郭沫若文集》第 10 卷第 145 頁。

寫一篇緒言，總結前人對這些書的研究成果。這個計劃得到商務編譯所領導的同意。

司各特是十九世紀初英國的著名作家。他以寫詩起家（寫了二十四部各種體裁的長詩），又寫了二十二部長篇歷史小說。《艾凡赫》是他的代表作。茅盾認爲司各特的作品，「文筆縱橫馳騁，絢麗多姿，這是他博得廣大讀者神魂顚倒，五體投地的原因。」茅盾要給林琴南翻譯的《薩克遜劫後英雄略》標點加注，是因爲：他覺得「林譯小說中，這是比較好的一本，同原文出入不大，而文筆之跌宕多姿，也得原書風格之二三」，這是第一；第二是他在北京大學預科時，《艾凡赫》是英文課的讀本之一，而且是洋教員直接用英文講解的。所以標點加注的工作，進展很順利，很快就完成了。

茅盾爲寫一篇在中國沒有人寫過的十分詳細的《司各特評傳》，狠下了一番功夫：閱讀了司各特的全部作品，和司格特的女婿洛克哈特寫的三大卷《司各特傳》，還閱讀了法國洛利安的《比較文學史》、英國珊次培爾的《十九世紀文學史》、丹麥布蘭克斯的《十九世紀文學主潮》、法國泰納的《英國文學史》、意大利柯各支的《司各特論》等著作。上述各家，對司各特的評價頗不一致，或極端讚揚，或極端貶責。茅盾在《司各特評傳》中分別加以引用，「意在使讀者對司各特有個全面的瞭解。」這本著作中還有三個附錄：《司各特重要著作解題》、《司各特著作編年錄》、《司各特著作的版本》。這樣全面研究一個外國作家的工作，在我國還是屬於開創性的工作。這一工作，茅盾只花了半年時間。於此可見他的學力和工作效率，都是驚人的。

《司各特評傳》的寫作，充分體現了茅盾的「窮本溯源」的治學精神。

完成了《司各特評傳》以後，茅盾就著手標點伍光建譯的《俠隱記》、《續俠隱記》，撰寫《大仲馬評傳》。

大仲馬是十九世紀法國的著名作家。他的《三個火槍手》（伍光建譯作《俠隱記》）一發表，就使他的名聲越過海洋。《二十年後》（即《續俠隱記》）也是名著。茅盾選擇伍光建的這兩個譯本作爲他標點加注的第二個外國名著譯本，是因爲他認爲伍光建的譯本雖然是據英譯本轉譯的，而且有刪節，但「刪節很有分寸，務求不損傷原著的精彩」，因此，四個主要人物的「不同個性在譯本中非常鮮明」，「甚至說話的腔調也有個性」；譯文既不同於中國的舊小說的文字，也不同於「五四」時期新文學的白話文，「別具一格，樸素而又風趣」。

茅盾的《大仲馬評傳》主要是根據大仲馬自己的《回憶錄》、丹麥布蘭克斯的《十九世紀文學主潮》、法國文學史家法格的《法國文學史》寫成。文學批評家對大仲馬的批評也頗不一致。茅盾認為：

　　大仲馬的小說不僅以冒險而引起讀者的興趣，而更以人物描寫引人入勝。斯蒂文生稱大仲馬的作品「快意與微酸的悲哀兼而有之，常常是勇敢邁往的，決不悵調失神，」可稱是確當公允的批評。

撰寫《大仲馬評傳》時，茅盾的政治活動也很忙。大致上也花了半年的時間，並以此結束了他一九二三年的文學工作。

茅盾繼續為《小說月報》譯寫《海外文壇消息》到一九二四年六月。在這一年半時間裡共譯寫了五十四則，連前兩年的，共二百零六則。這些文壇消息給中國讀者廣泛介紹歐美各國文藝界的動態，使文藝工作者開闊了眼界。

一九二三、二四兩年間，茅盾還撰寫、翻譯了不少介紹外國文學史和作家作品的評論。

一九二三年十月創辦的《中國青年》，是中國社會主義青年團的機關刊物，內容廣泛，無所不談，也關心文學問題。發表過茅盾翻譯的《巨敵》（高爾基作）。惲代英的《八股》、《文學與革命》（通訊）、鄧中夏《貢獻於新詩人之前》、《新詩人的棒喝》等，對當時文學運動中的問題，提出了他們的看法。茅盾先後寫了《讀代英的〈八股〉》、《「大轉變時期」何時來呢？》表示對他們的觀點的支持。

一九二四年間開始研究希臘神話。從這一年九月至一九二五年間，編譯了十篇希臘童話：《普洛米修士偷火的故事》、《何以這世界上有煩惱》、《迷達斯的長耳朵》、《洪水》、《春的復歸》、《番松和太陽神的車子》、《卡特牟司和毒龍》、《勃萊洛封和他的神馬》、《驕傲的阿拉克納怎樣被罰》、《耶松與金羊毛》。

從上面的評述中可以看到，在一九二三、二四年間，茅盾除忙於政治活動外，在文學領域，主要是致力於外國文學的研究、介紹和翻譯，同時仍非常重視文學評論工作，還開拓了新的研究領域——希臘神話。這些工作，正是文學革命戰略勝利的繼續和發展。顯然，茅盾說他這兩年間的工作是「打雜」，完全自謙之辭。

葉聖陶在談到茅盾當時的工作情況時說：

　　　　雁冰兄是自學成功的人。他在商務印書館任事，編譯工作不僅
　　是他的職業，也是他磨煉他自己的課程。在主辦《小説月報》以前，
　　已經有好些著譯問世了……雁冰兄卻專心閱讀外國的文藝書報，注
　　意思潮與流派，又運用他的精審識力，選擇内容與風格都有特點的
　　那些小説翻出來，後來編成的集子如《雪人》、《桃園》等（分別於
　　一九二八年和一九三五年出版──引者），大家認爲是最好的選集。
　　他把許多書堆在床頭，紙筆也常備，半夜醒來，想起些什麼，就捻
　　亮了電燈閱讀，閱讀有所得，惟恐其遺忘，趕緊寫在紙片上。〔註76〕

　　茅盾在「五四」以後幾年間，在文學戰線上所取得的巨大成就，正是和
他這種埋頭苦幹的精神分不開的。

十七　組織「桐鄉青年」社、「民衆戲劇」社

　　一九一九年下半年，茅盾就曾和他的弟弟沈澤民支持故鄉知識青年組織
「桐鄉青年」社，出版不定期油印刊物《新鄉人》，宣傳新思想。一九二二
年間，「桐鄉青年」社擴大，新加入的有金仲華、王會悟、孔另境等，會員
共有五十人左右，出版鉛印刊物《新桐鄉》，茅盾曾在這個刊物上發表了好
幾篇文章。一九二三年暑假，「桐鄉青年」社在桐鄉縣城内舉辦小學教師暑
期講習會，茅盾、沈澤民都到會講演。一九二四年江浙戰爭時停止活動，無
形解散。〔註77〕

　　「桐鄉青年」社是茅盾發起，團結了一批家鄉青年知識分子的社團，在
桐鄉地區宣傳新思想、新文化起了一定作用。

　　一九二一年五月，茅盾又支持汪仲賢和陳大悲、徐豐梅、熊佛西、歐陽
予倩等組織「民衆戲劇」社，出版《戲劇》雜誌。《戲劇》第一期發表的《宣
言》是茅盾授意沈澤民執筆寫成的。第四期上發表了茅盾的《中國舊戲改良
我見》，指出社會生活已經發起了巨大變化，中國舊戲也非改革不可。怎樣改
革，他認爲可以借鑒西洋戲劇，但更重要的是在思想内容方面進行革新。

　　民衆戲劇社的貢獻，主要是通過《戲劇》雜誌，介紹了一些西方的戲劇
理論和演出的知識，對我國新的戲劇，在理論上作了一些探索。茅盾在其中

〔註76〕葉聖陶：《略談雁冰兄的文學工作》，《新文學史料》，1982 年 2 期。
〔註77〕據史明：《茅盾與桐鄉青年社》，《上海師範大學學報》1980 第 1 期；艾揚：
　　　　《茅盾生平事跡小記》，《中國現代文學研究叢刊》1982 年第 3 期。

也起了一定的作用。一九二四年間，茅盾還應邀到洪深主辦的電影演員訓練班去講課。

茅盾不是專業搞戲劇的，但他還是以一個共產黨員的自覺性，熱情支持我國早期的戲劇運動和電影事業，作出了自己的一分貢獻。

一九二三年間，茅盾夫婦有了一個女兒，取名霞，小名亞男。一九二四年間，茅盾夫婦又有了一個男孩子，取名霜，小名阿桑。

第六章　在革命高潮中

十八　參加「五卅」運動

　　一九二四年多，瞿秋白與楊之華結婚，住在閘北順泰里十二號，做了茅盾的鄰居（茅盾住十一號），他們的關係就更密切了。

　　此時，中國共產黨在上海工人中的工作已取得初步成效，成立了滬西工人俱樂部，開辦了工人學校，並在工人中發展了黨員。鄧中夏就常到俱樂部給工人上課，上海大學的許多女學生也參加工廠女工工作。楊之華當時還是上海大學學生。茅盾夫人孔德沚在小學時的同學張琴秋也在「上大」學習，也和楊之華一道參加了女工工筰。通過孔德沚和楊之華的關係，沈澤民認識了張琴秋，不久他們就結婚了。楊之華和張琴秋動員孔德沚和葉聖陶的夫人胡墨林一起去做女工工作，幫助辦女工夜校和選字班，就在這時候，孔德沚由楊之華介紹，加入中國共產黨。這樣茅盾家庭中的主要成員：他夫婦二人、弟弟沈澤民夫婦二人都成為中國共產黨黨員了。

　　由於革命統一戰線的建立，革命形勢迅速發展，工人的罷工鬥爭也進一步高漲。五月十五日，日本人在上海開辦的「內外棉」七廠工人與廠方發生衝突，工會活動分子顧正紅被殺害。全市人民群情激憤，罷工浪潮迅速擴大。五月二十四日，上海工人在潭子灣舉行顧正紅烈士追悼大會。這是上海工人對帝國主義的一次總示威。此後，鬥爭就進一步深入。

　　五月三十日，上海工人、學生二千餘人分頭在公共租界散發傳單，進行講演，高呼「打倒帝國主義」的口號，形成了一股洶湧澎湃的反帝鬥爭的洪流。茅盾也自覺地投入這一偉大的洪流。這一天，茅盾和孔德沚、楊之華等

與上海大學的學生宣傳隊一起，在南京路上進行宣傳活動。巡捕向群眾開槍射擊，當場死傷數十人，造成空前的大慘案。此時，茅盾、孔德沚、楊之華等正走到先施公司門前，聽到前面響起連續不斷的槍聲，人群像潮水般地退下來，前進不得，停留不住，只好走進先施公司，被關在裡面。得到楊之華認識的一個小職員的幫助，才得離開。

第二天（三十一日）上午，茅盾、孔德沚等接到組織通知：「十二點出發，齊集南京路。」此時，住在茅盾隔壁的楊之華也來了。他們三人做好挨帝國主義巡捕用自來水噴射的思想準備，前往南京路。

到了南京路，天正下著雨。人行道上已經攢聚著一堆一堆的青年學生和工人，有的在各店舖內講演、宣傳，孔德沚和楊之華也立刻加入演講隊。信號傳來，分散在各橫街、小巷裡的學生、工人，很快匯集到南京路上，紛紛在各大商店玻璃櫥窗上張貼標語。巡捕果然動用自來水龍頭等對付群眾。還用馬隊衝向群眾隊伍，正在先施公司門前的茅盾、孔德沚、楊之華三人被衝散了。此時又傳來「包圍總商會」的命令。茅盾事先知道這主要是婦女的任務，就一個人先回家了。到傍晚，孔德沚才回到家裡，興高采烈地敘述他們的「戰績」：迫使總商會同意罷市。六月一日，聲勢浩大的「三罷」──罷工、罷課、罷市實現了，上海各階層人民的反帝鬥爭達到新的高潮。英帝國主義的巡捕面對赤手空拳的群眾，連開排槍，死傷二十餘人。造成更嚴重的慘案。以後幾天，罷工鬥爭繼續深入。

上海的廣大教職員工隊伍也被「五卅」運動的怒潮捲進去了。六月二日下午，上海大學等三十五校代表一百餘人集會，籌備成立上海各學校教職員聯合會，但這個聯合會剛成立，就被右派勢力奪取了領導權。黨中央對教育界的這一形勢作了分析，制定了對策：指定茅盾和侯紹裘、楊賢江等三十餘人出面，發起組織上海教職員救國同志會，並發表宣言，宣告上海各學校教職員今後要和學生、和各界一起來救國，不但要爭取當前的事件得到徹底的解決，以後還要永遠做救國運動。

六月六日，茅盾、楊賢江、侯紹裘發表談話，說明組織教職員救國同志會的宗旨和章程，並委婉地批評了上海各學校教職員聯合會。

教職員救國同志會當時還組織了講演團，除應邀赴各學校、團體講演外，還借中華職業學校舉行講演會，舉行了八講，茅盾承擔的是第四講：「五卅」事件的外交背景。

「五卅」事件發生後，租界工部局不僅不准上海各報據實報導，還出版《誠言報》，專門製造謠言，挑撥工商界的團結。中國共產黨中央針對這一現實，決定加強宣傳工作，創辦《熱血日報》，由瞿秋白主編。上海學術團體對外聯合會主編、出版了《公理日報》。這個日報名義上是十一個學術團體聯合主辦，實際的編輯工作卻落在商務編譯所中的文學研究會會員身上，編輯部就設在寶山路寶興西里九號鄭振鐸家裡，茅盾在其中起了重要作用。但由於資金不足，到六月二十四日就宣告停刊。雖然它只存在三個星期，但在宣傳反對帝國主義，教育人民群眾方面，是起了積極作用的。

在「五卅」運動期間，商務印書館也成立了工會，並發動了罷工鬥爭。

六月二十一日上午，商務印書館工會借虹江路廣舞臺召開了成立大會，會上選出執行委員二十三人。這個工會包括商務印書館的總管理處和發行、印刷、編譯三所。

當時商務印書館的黨組織是茅盾和楊賢江負責的。發行、印刷、編譯三所都有共產黨員，而以編譯所爲最多。爲了開展罷工鬥爭，成立了罷工委員會，黨中央派徐梅坤在罷工委員會內組織臨時黨團，實際領導罷工鬥爭，茅盾也參加了臨時黨團。

八月間，商務印書館當局有裁減職員之議而爲職工所知，職工則針鋒相對，提出加薪要求，商務虹口分店的廖陳雲、章郁庵等並密謀罷工。茅盾和鄭振鐸、丁曉先等十二人被推爲職工代表與資方進行談判，又組織了罷工中央執行委員會，以統一事權。茅盾和鄭振鐸、丁曉先代表編譯所參加中央執行委員會。茅盾被委派負責撰稿和發佈消息。

經過多次談判，商務印書館的勞資雙方都作了讓步，簽訂了復工的協議，條件是增加工資；承認工會有代表工人之權，改善待遇，優待女工等等。毫無疑問，職工雖然作了讓步，但這些條件還是有利於職工的。這是商務職工在黨的領導下進行罷工鬥爭所取得的一次重大勝利。

偉大的「五卅」反帝愛國運動，不僅震動全國，在國際上也產生了極大的影響。茅盾這個弄潮兒，自覺地、勇敢地湧入這一反帝鬥爭的浪濤。他不僅直接參加南京路上的示威遊行、宣傳演講、揭露帝國主義暴行的鬥爭；並且直接參與領導了商務印書館內部的鬥爭、上海教育界的反帝和抵制國民黨右翼活動的鬥爭，起到了一個共產黨員應起的作用，並且也得到一次實際鬥爭的鍛煉。「五四」新文學家直接參加「五卅」這一偉大反帝愛國運動，並在

某些方面起了領導作用的，茅盾則是唯一的一人。這些鬥爭經歷，爲茅盾以後從事創作提供豐富的生活素材。

十九　《論無產階級藝術》及其他

一九二三、二四年間，瞿秋白、鄧中夏、惲代英等提出了革命文學的口號之後，茅盾就考慮要寫一篇以蘇聯文學爲借鑒的論述無產階級革命文學的文章，目的是：「一則想對無產階級藝術的各個方面試作一番探討，二則也有清理一番自己過去的文學藝術觀點的意思，以便用『爲無產階級的藝術』來充實和修正『爲人生的藝術』。」當時他翻閱了大量書刊，對十月革命後蘇聯文學藝術的發展情況，作了一番詳細的調查研究。

一九二五年五月二日，藝術師範學院請茅盾去講演，他就講了這個問題，《論無產階級藝術》〔註 1〕就是在藝術師範學院講演的講稿基礎上寫成的。他根據當時蘇聯文學在創作方面已取得的成績，運用馬克思主義的歷史唯物主義觀點和美學觀點，探索了無產階級文學藝術的一些根本問題。

首先，茅盾指出像左拉的《勞動者》那樣寫無產階級生活的作品並不就等於無產階級的藝術，羅曼‧羅蘭所提倡的「民眾藝術」也只是一種烏托邦思想，因爲在階級社會裡是不存在不分階級的「全民眾」的。他認爲只有像高爾基的小說那樣，「把無產階級所受的痛苦眞切地寫出來」，「把無產階級靈魂的偉大無僞飾無誇張的表現出來」，「把無產階級所負的巨大的使命明白地指出來給全世界人看！」才能算是無產階級的藝術。他認爲傑米揚‧勃特納依的詩、綏拉菲摩維支的《鐵流》、富曼諾夫的《恰巴耶夫》、李勃進斯基的《一週間》等也是屬於高爾基這一派的無產階級藝術。但由於蘇聯的無產階級社會主義革命勝利才幾年，無產階級作家的力量還不能盡量發揮，所以無產階級藝術還處在萌芽時期。

其次，他論述了無產階級藝術產生的條件，指出無產階級藝術「是一種完全新的藝術」，他給無產階級藝術產生的條件列了一個方程式：新而活的意象＋自己批評（即個人的選擇）＋社會的選擇＝藝術。「新而活的意象」，就是指爲「合理觀念與審美觀念」所制約的形象；後來他又解釋說：「個人的選擇就是指人生觀問題」，「社會的選擇」「即藝術必須忠實的反映現實，適應時

〔註 1〕發表於《文學週報》第 172，173，175，196 各期，1925 年 5 月 10 日、17 日、31 日和 10 月 24 日。

代的要求」。這個方程式的意思是說無產階級的藝術是美的形象、作家的人生觀和生活眞實相結合的產物。

再次，他論述了無產階級藝術的範疇，也就是性質問題。他指出農民的藝術並不是無產階級的藝術，僅僅表現無產階級反抗、破壞的藝術，也「未必准是無產階級的藝術」，那種表同情於社會主義的所謂的「社會主義文學」，實質上以個人主義思想爲核心，比如把領袖描寫成爲「一個特出的超人，他是牧者，而群眾是羊」，這樣的作品，也不是無產階級藝術。他認爲無產階級藝術「應以無產階級精神爲中心而創造一種適應於新世界（就是無產階級居於治者地位的世界）的藝術」，「無產階級的精神是集體主義的、反家族主義的、非宗教的」。

第四，他論述了無產階級藝術的內容問題。他認爲藝術的內容不是以題材來區分的。把無產階級藝術的題材只限於勞動者的生活，是極錯誤的。他認爲同樣的題材，由於作者的立場觀點不同，處理解決的方法不同，「就能一則成爲無產階級藝術，一則成爲舊藝術」。他認爲「無產階級的理想不是破壞而是建設，建設全新的人類生活。」「無產階級的藝術也應當向此方向努力，以助成無產階級達到終極的理想」。而題材是無限廣闊的，包括「全社會及全自然界的現象」。

第五，他論述了無產階級藝術形式的問題，提出了兩個重要的論點：一是形式與內容相統一的觀點，他說：「形式與內容是一件東西的兩面，不可分離的。無產階級藝術的完成，有待於內容的充實。亦有待於形式的創造」。二是要創造新形式，也要勇於繼承人類的藝術遺產。他說：「形式是技巧堆壘的結果，是過去無數大天才心血的結晶」；「無產階級應該努力發揮他的藝術創作天才，但最好是從前人已走到的一級再往前進」。這種把創新和繼承遺產相結合的觀點，是完全正確的。

就這篇論文本身來看，茅盾當時似乎還沒有直接接受馬克思、恩格斯、列寧關於文藝問題的論著中的觀點，但也沒有受到當時蘇聯的波格丹諾夫等人的教條主義、唯心主義文藝思想的影響，而是運用馬克思列寧主義觀點，分析蘇聯當時那些優秀的無產階級文學創作所總結出來的一些看法。雖然有些個別論點和提法還有些模糊、還不夠確切。但就其基本精神來看，是正確的，是我國早期探索無產階級文學問題的理論文章中最有系統的一篇。並且它還表明茅盾當時「已意識到無產階級藝術的基本原理將會指引中國的文藝

創作走上嶄新的道路。」

《告有志研究文學者》、《文學者的新使命》兩文，可看作是茅盾結合實際情況對《論無產階級藝術》所作一些補充。他指出：

> 文學者目前的使命就是要抓住了被壓迫民族與階級的革命運動的精神，用深刻偉大的文學表現出來，使這種精神普遍到民間，深印入被壓迫者的腦筋，因以保持他們的自求解放運動的高潮，並且感召起更偉大更熱烈的革命運動來！

文學者怎樣來完成這個「新使命」呢？茅盾強調指出：

> 文學者決不能離開了現實的人生，專去謳歌去描寫將來的理想世界，我們心中不可不有一個將來社會的理想，而我們的題材卻離不了現實人生，我們不能拋開現代人的痛苦與需要，不為呼號，而只誇縹緲的空中樓閣，成了空想的浪漫主義者。

上述論點，茅盾又把它概括成為一句話：

> 文學的職務乃在以指示人生向更美善的將來這個目的寓於現實人生的如實表現中。

這真是一語中的，概括而確切地指出了無產階級文學的最根本的原則：無產階級的思想、理想必須與真實地再現現實生活有機地結合起來。

上述這幾篇論文，反映出茅盾這一階段文藝思想的特點是：第一，他不但已克服了泰納和左拉的影響，而且有了質的轉變，達到了一個新的思想高度；第二，他不是從理論出發，而是從蘇聯文學的實際出發，用馬克思主義的觀點來闡明無產階級文學的一些基本問題；而且又結合中國的實際，提出具體要求，因而沒有教條主義的色彩；第三，他始終把握住文學藝術的基本特徵，指出無產階級的文學藝術要把無產階級的思想、理想滲透在對現實生活的真實描寫中，滲透在藝術形象中。因而在這些論文中，雖然沒有提到創作方法問題，沒有用現實主義的詞眼，但它們所闡明的正是革命現實主義，或者說無產階級現實主義的一些基本原則。

一九二五年間，茅盾還另外撰寫了幾篇關係文學理論和作家作品的評論文章。如《人物的研究》、《波蘭的偉大農民小說家萊芒忒》等。

值得特別指出的是：茅盾還把他自己五月三十日、三十一日兩次參加南京路示威遊行的「所見、所聞與所感」寫成《五月三十日的下午》、《暴風雨》、《街角的一幕》、《復活的土撥鼠》，《疲倦》等散文。他說，「五卅」之前，他

只寫評論文章和翻譯，沒有寫過散文，但「五卅」慘案使他突破了「自設的禁忌」，因爲他覺得「政論文已不足宣泄自己的情感和義憤」，這才提筆寫散文的。

這幾篇散文生動地描繪了慘案過後的現場場景，揭露了帝國主義的凶殘，批判了「高等華人」的卑怯無恥和小市民安於現狀的精神狀態，歌頌了「爲自由而戰」的戰士們的英勇精神，預言更大的暴風雨即將來臨，指出只有無產階級和革命知識分子成爲新社會的主人時，老大的中華民族才會重新煥發出青春的光輝。就這幾篇散文的思想內容來看，可見茅盾當時對中國社會狀況的分析和革命前景的估計，是完全正確的。他的思想水平已達到馬克思主義的高度。這幾篇散文，有的是敘事的形式，有的是活報劇形式，有的是寓言體。可見茅盾對於散文的寫作，能夠靈活地運用各種體裁，並且手法也多種多樣，充分顯示了他的藝術才華。所以，茅盾晚年時曾謙遜地說，「這次『試筆』」，和他後來「終於走上創作的道路不無關係」。

二十　選注古籍，研究神話

一九二五年間，商務印書館計劃出版一套《學生國學叢書》，茅盾承擔了選注《淮南子》、《莊子》和《楚辭》的任務。

我國古代豐富的文化典籍，由於種種條件的限制，在編集、傳抄、翻刻的過程中，難免出現眞僞、異文、錯亂等情況。至於各家注釋，不僅歧異很多，以訛傳訛的情況就更難免了。因此，用科學的觀點和方法，加以系統的整理、校勘、注釋和研究，使之成爲今天的讀者可讀的、並有可信的版本，就是非常必要的了。茅盾的《淮南子》、《莊子》、《楚辭》三個選注本，雖然看來只是「選注」，其實是一項學術研究工作。每一個選本，他都收集各種版本和大量的第一手材料，用歷史唯物主義的觀點和方法，加以對照、校勘、研究、剖析，並加上必要的注釋，以區別其眞僞、分析其歧異，肯定其精華，去除其糟粕，肯定其歷史價值。茅盾的研究用力甚劬，提出了許多個人獨到的見解。使這些民族文化遺產成爲哺育民族新文化的養料，是有極爲重要的意義的。茅盾所取得的這些成就，不僅可以看出他對中國古代學術文化有深湛的修養，並且也可以看出他謹嚴的、一絲不苟的、踏踏實實的治學態度。而且這些成就又是在「五卅」前後政治活動極爲緊張的情況下取得的，就更加難能可貴了。

在這一時期，茅盾還開始研究、介紹了中外古代的神話。

一九二四年九月到一九二五年一月，茅盾就在《兒童世界》上發表編譯的《普洛米修士偷火的故事》等十篇希臘神話。前已述及。一九二五年二月到四月，茅盾又編譯《喜芙的金黃頭髮》等北歐神話六篇。

他還論述了神話的起源及其美學價值。

茅盾認為，在古代人類的祖先還過著原始生活的時候，因為沒有科學知識，對於下雨打雷等可喜或可怖的自然現象，覺得詫異，竭力求得一個解釋，便編造出一個個故事來。「這種故事，說得極美麗巧妙，原始人民都喜歡，便一直流傳下來。到人類知識大進，已有了歷史的時候，還是流行在民間，有許多人說著，於是就有文學家用來做詩歌戲曲的材料，一直傳到今日。這種解釋自然現象的故事，我們現在叫做『神話』」。茅盾指出，古代的希臘神話，是有高度的美學意義的。他說：

> 希臘神話極豐富優美，是希臘古代文學裡最可寶貴的一部材
> 料。我們現在讀著，不但可藉此知道古代希臘人（有史以前的希臘）
> 的社會狀況，並且可以感發我們優美的情緒和高貴的思想。我們藉
> 此可以知道古代希臘人的起居服用，雖然還不及我們文明，然而他
> 們那偉大高貴的品性，恐怕我們還不及他們呢？〔註2〕

茅盾還論述了北歐神話和南歐神話的不同特點。同時，茅盾還著手研究中國神話，撰寫了一篇題為《中國神話研究》〔註3〕的長篇論文。

論文首先探索了神話是怎樣發生的。他認為神話是原始人民的信仰和生活經驗的反映。「各民族在原始時期的思想信仰大致相同，所以他們的神話都有相同處。但又因各民族環境不同，而有其各自不同的生活經驗，所以他們的神話又復同中有異。對於一民族所處的環境以及他們有過的生活經驗，我們可以猜到他們的神話的主要面目。」但是，「我們現在所見各民族的神話都已經過修改」。因為神話最初只在口頭上流傳，後來文學家用文字加以記載或在自己的作品中引用時加以修改，一民族後起的思潮或是外來思潮的影響，也常使原來的神話發生變化。

茅盾指出：排除後代修改和外來影響，「表現中華民族的原始信仰與生活狀況」的神話，可以歸納以下幾類。

〔註2〕 茅盾編譯《普洛米修士偷火的故事》正文前編譯者的說明。
〔註3〕 《小說月報》第16卷1月號，1925年1月。

一、天地開闢的神話——如盤古氏開天闢地、女媧氏煉石補天。

二、日月風雨及其他自然現象的神話——如羲和馭日、羿妻奔月。

三、萬物來源的神話——這一類很少，只有關於蠶的神話比較完全。

四、記述神或民族英雄的武功的神話——如黃帝征蚩尤、顓頊伐共工等。

五、幽冥世界的神話——古書中很少見，後代書中的記載已道教化或佛教化。

六、人物變形的神話——此類獨多，且後代有新作增加。

　　茅盾著重論述了中國神話與古史的關係。對古籍中的有關記載，如盤古開天闢地、女媧補天、羲和馭日、姮娥奔月、蠶的由來等，作了整理和解釋。

　　論文最後批評了騰尼斯的《中國民族學》和威納的《中國神話與傳說》兩本英文的關於中國神話的書，指出了它們的不當或錯誤之處。

　　馬克思曾經指出：「任何神話都是用想像和藉助想像以征服自然力，支配自然力，把自然力加以形象化。」神話是「人民的幻想用一種不自覺的方式加工過的自然和社會形式本身」。〔註4〕毛澤東也指出，神話中的千變萬化的故事，「因為它們想像出人們征服自然力等等，而能夠吸引人們的喜歡，並且最好的神話具有『永久的魅力』（馬克思）。」〔註5〕茅盾對希臘神話、北歐神話和中國神話的產生、特點、及其美學意義所作的解釋，是完全符合馬克思主義觀點的。

　　對希臘神話、北歐神話的研究與介紹，以及撰寫《中國神話研究》是茅盾研究古代神話的開端，在對中國古代文學研究領域內，也具有開創性的意義。

二十一　廣州之行前後

　　一九二五年底，國民黨內的右派集團召開西山會議後，又在上海成立了偽中央黨部，宣布開除加入國民黨的共產黨員，被開除的就有茅盾、惲代英等。中國共產黨中央為了反擊國民黨右派的進攻，指令惲代英、茅盾等籌建兩黨合作的國民黨上海特別市黨部執行委員會，惲代英任主任委員兼組織部長，茅盾為宣傳部長。

〔註4〕　馬克思：《政治經濟學批判·導言》，《馬克思恩格斯全集》第46卷（上）第47～50頁。

〔註5〕　毛澤東：《矛盾論》。

一九二六年初，茅盾、惲代英等五人當選為國民黨第二次全國代表大會的代表，去廣州開會。這次大會，由於代表中中國共產黨黨員和國民黨左派佔了很大優勢，有力地回擊了西山會議派的破壞活動。大會閉幕後，中共廣東區委書記陳延年通知茅盾和惲代英留在廣州工作。惲代英到黃浦軍官學校任政治教官，茅盾則被分派到國民黨中央宣傳部工作。

當時國民黨中央宣傳部長是汪精衛，但沒有到職，由毛澤東任代理部長。茅盾報到後，被任命為秘書，蕭楚女做他的助手。茅盾和蕭楚女一道，制訂了工作制度，添置了設備，預定了報刊，使宣傳工作逐步走上正規。茅盾還根據毛澤東的指示，起草了一個宣傳大綱，經國民黨中常委通過後，用中央名義公佈。

茅盾在宣傳部的主要任務是編輯毛澤東已經編了四期的《政治週報》。這時，中國共產黨正在與以曾琦、左舜生等為代表的國家主義派就中國革命問題作原則性的爭論。茅盾在他編輯的《政治週報》第五期上發表了《國家主義者的「左排」與「右排」》、《國家主義——帝國主義最新式的工具》、《國家主義與革命不革命》等三篇文章，有力地駁斥了國家主義派誣蔑中國共產黨的種種謬論，同時也批評了西山會議派，宣傳了中國共產黨的反帝反封建的政治主張。當時中國共產黨對國家主義派的鬥爭，極有成效，作為共產黨員的茅盾，在這一鬥爭中起了重要作用。

二月間，毛澤東因秘密去韶關視察那裡的農民運動情況請病假兩星期，由茅盾代理宣傳部的部務。

在這期間，茅盾還應邀到何香凝主辦的婦女運動講習所講課，對廣州市的中學生作報告，還會見文學研究會廣州分會的負責人劉思慕、梁宗岱等人。劉思慕寫了一篇《訪問沈雁冰記》，發表在文學研究會廣州分會辦的《廣州文學》上。

三月十八日，蔣介石陰謀策劃製造了反共的「中山艦事件」，毛澤東決定不擔任代理宣傳部長，這時上海方面正好來電要茅盾返回上海，陳延年、毛澤東都同意了，毛澤東還要他回上海後創辦一份黨報。因等待去上海的輪船，茅盾得到幾天的休息時間，這才有工夫遊覽了廣州的名勝古蹟。

三月底，茅盾回到上海。這次廣州之行，連在船上的來回時間，正好三個月。

茅盾在廣州的時候，香港報紙就宣傳茅盾是「赤化分子」。在上海引起北洋軍閥孫傳芳的注意，派人到商務編譯所查詢幾次。商務老闆怕引起麻煩，有意讓茅盾辭職。茅盾從廣州回到上海的第二天，鄭振鐸去訪問他，告訴他這些情況。茅盾當即表示：他本來也不想在編譯所工作了，就立即辭職。

茅盾於一九一六年八月進商務編譯所，到一九二六年四月離開，將近十年。在這將近十年的時間裡，茅盾充分發揮了他的才能，爲商務本身業務的發展，作出了重要貢獻。他還利用商務編譯所的有利條件，爲發展新文化、新文學作出了重要貢獻，爲黨、爲中國革命作出了重要貢獻。

茅盾離開商務以後，就忙於政治活動。他代理國民黨上海特別市黨部主任委員的職務，召開了國民黨上海特別市代表大會，傳達了國民黨「二大」精神。同時又代理國民黨中宣部在上海的秘密機關——交通局局長。負責翻印、轉寄《政治週報》及其他宣傳文件。

在廣州時，毛澤東就囑咐茅盾在上海籌辦一個國民黨中執委領導下的黨報。茅盾回到上海後就著手進行，準備盤下將要停刊的《中華新報》，改名爲《國民日報》，制定了計劃，配備了編輯班子，得到仍代國民黨支撐宣傳部局面的毛澤東的同意。但因爲沒有得到法租界當局的批准，只得告吹。

茅盾還根據毛澤東任代表宣傳部長時的計劃，編輯一套《國民運動叢書》。這套叢書有幾十本小冊子，內容包括馬克思列寧主義的基本知識、中國國民黨黨史和中國革命史、蘇聯的和現代世界各國的革命運動的基本知識等各方面。這一套內容廣泛的叢書，在當時無論是對國民黨人和共產黨人來說，都是有重大教育意義的。毛澤東把這一任務委託茅盾去完成，也表明茅盾當時是很得毛澤東的器重和信任的。但由於革命形勢的變化，這套叢書的編輯、出版、沒有按計劃完成。

從廣州回到上海以後的那幾個月，茅盾實際上還是繼續從事宣傳部的工作，只是換了一個地方而已。

在這幾個月間，茅盾白天忙於政治活動，但晚上仍擠出時間來讀書寫作和翻譯外國文學作品。所以孔德沚笑他白天和晚上是兩個人。茅盾後來回憶說，他當時身體比較好，「往往奔波竟日之後，還不覺得疲倦，還想做一點自己興味所在的事。」於是他就研究神話，就和他白天之所忙，「好像有天淵之

隔」，但是他認為「這也是調換心力之一法。」〔註6〕

在這期間，孔德沚的社會活動也很多，結交了不少女朋友。這些人，有的茅盾本來就認識，也有的是孔德沚介紹的，她們常到茅盾家中閒談。這些「新女性」的思想意識、生活作風、聲音笑貌，各有特點，茅盾覺得是寫小說的極好材料，於是便產生了創作小說的強烈願望。但由於革命形勢的發展，他又有了新的工作任務，寫小說的設想只好暫時擱了起來。

二十二 革命緊急關頭在武漢

一九二七年上半年，中國革命處在從勝利到失敗的轉折關頭，茅盾就在革命的漩渦中心──武漢工作。

一九二六年七月間，廣東革命政府出師北代，進展順利，九、十月間就打敗吳佩孚，佔領武漢，北代軍乘勝東下。黨中央估計浙江省長夏超到時必將反對孫傳芳，計劃請沈鈞儒到杭州組織省政府，內定由茅盾擔任省府秘書長。但事情發展出乎意料，夏超突然被孫傳芳趕出了杭州，沈鈞儒去組織省政府已不可能。這時已是一九二六年十二月了，武漢來電上海要人，黨中央改變計劃，派茅盾到中央軍事政治學校武漢分校工作。

十二月中旬，武漢方面又來電要茅盾在上海為中央軍事政治學校武漢分校招收一批學生，並聘請一些政治教官。茅盾花了兩個星期完成這一任務：招考了二百多名學生。又請了商務編譯所的陶希聖、吳文祺、樊仲雲三人（都是共產黨員）去擔任政治教官。其時茅盾的母親身體健康，能照管兩個孩子，茅盾都把他們留在上海，自己和孔德沚乘輪船去武漢（新招學生和三位教官已先走了）。到了武漢，武漢分校辦事人員已替他們在武昌學校附近找好了房子。這時已是一九二七年一月初了。

這時候武漢軍分校主持日常工作的是惲代英。他是軍校的校務委員，又是總教官。茅盾到校後也任政治教官。他講課的題目有：什麼叫帝國主義，什麼叫封建主義，國民革命軍的政治目的是什麼，婦女解放運動，等等。這後一題目是專門給女生隊講的。

茅盾對自己所教課程都是熟悉的，不用費力準備，也就想再弄弄文學。和《中央日報》編副刊的孫伏園商量，找幾個人、組織個文學團體，出版一個文學刊物。孫伏園同意了。就聯絡了十個人：除茅盾、孫伏園外，有陳石

〔註6〕 《創作的經驗·兒句舊話》。

孚、吳文祺、樊仲雲、郭紹虞、傅東華、梅思平、顧仲起、陶希聖。十人中有五人是中央軍事政治學校的政治教官，有些人原來是文學研究會會員。茅盾說，他們都是從長江下游（上海）來的，現在到了上游，就叫「上游」社吧。出版的週刊也就叫《上游》，附在孫伏園編的《中央副刊》上，每逢星期日出版，又叫《中央副刊星期日特別號》。創刊號出版於三月二十七日。茅盾先後在這個刊物上發表了三篇文章：爲顧仲起的詩集《紅光》寫的序，《蘇聯的工業和農業》、和《楚辭選釋・序》。但上游社成立不久，茅盾就被調去編《漢口民國日報》去了，《上游》週刊就完全由孫伏園負責。它一共出了十六期，最後一期出版於七月十七日。

北伐軍揮戈東向，革命形勢迅猛發展。一、二月間先後收回漢口、九江的英租界。群眾情緒高漲，到處熱騰騰亂鬧鬧。蔣介石在攻下南昌後，積極進行反革命的陰謀反動，雖遭到共產黨和國民黨左派的有力反擊，但並沒有收斂。其他各種反動勢力也蠢蠢欲動。所以形勢十分複雜。

四月初，中央決定讓茅盾去擔任《漢口民國日報》的總主筆。此時，武漢的報紙很多，但大型報只有兩家：一是《中央日報》，是國民黨中央宣傳部的機關報，國民黨右派的喉舌，另一家是《漢口民國日報》，名義上是國民黨湖北省黨部的機關報，但報紙的實權卻掌握在共產黨手中：社長是董必武，總經理是毛澤民，總主筆是茅盾，編輯大都是共產黨員。報紙的編輯方針、宣傳內容也是由中共中央宣傳部確定的。總主筆茅盾在工作中遇到問題，也是向中共中央宣傳部請示的。所以，當時的《漢口民國日報》也可以說是共產黨辦的一張大型日報。

那時中共中央宣傳部長是彭述之，他人在上海。武漢宣傳工作是由瞿秋白分管的。作爲《漢口民國日報》總主筆的茅盾向中央宣傳部請示，實際上就是找瞿秋白。瞿秋白正確地分析當時的形勢，指出報紙宣傳應該注意的問題。

《漢口民國日報》每天出十版，報社編輯部只有十幾個人，沒有記者。消息來源主要靠黨政機關及工、農、青、婦等群眾團體供給，而且材料很豐富，編輯部只要派兩個人到有關單位去走走就行了。此外，還有共產黨領導的通訊社——血光社以及其他兩家通訊社也常給報紙提供消息。作爲總主筆的茅盾的工作就是把編輯們編好的稿件加以選擇、審定、加上標題，確定版面，然後再寫一篇社論。「緊要新聞」版的消息常常要等待，幾乎每天都要等

到夜間一兩點鐘才能把稿子發完。報社印刷所工人不多,排字工人技術又很差,茅盾差不多每晚都要到排字房去指導工人排版。所以就經常整夜不能睡覺。此時茅盾的家已從武昌搬到了漢口,就住在歆生路安德里一號報社編輯部的樓上。孔德沚這時也到農政部去工作了。

茅盾編輯《漢口民國日報》沒有幾天,就傳來蔣介石背叛革命的消息。南京、廣州也先後發生了血腥的大屠殺。茅盾的一些同志和朋友就在這次大屠殺中獻出了寶貴的生命,其中就有在南京的侯紹裘和在廣州的蕭楚女。

「四‧一二」事件以後,武漢這個大熔爐,捲起了一個個更大的漩渦,形勢十分尖銳複雜。擔任武漢國民政府主席的汪精衛還打著國民黨左派的旗號,真面目尚未暴露。中國共產黨內陳獨秀的右傾已發展爲投降主義,但陳獨秀暫時還在中央領導崗位上。《漢口民國日報》雖然實際上是共產黨人在主持工作,但名義上是國民黨的報紙,因此,它的編輯工作當然要受到國民黨的制約,同時又要受到黨內陳獨秀右傾機會主義的壓力。所以要正確報導當時的政治形勢,宣傳黨的正確方針,是相當困難的。

從四月三十日到七月九日,作爲《漢口民國日報》總主筆的茅盾,撰寫了三十多篇社論,在政治宣傳戰線上進行了有效的工作,中心內容就是:支持農民運動,聲討土豪劣紳、封建勢力的暴行;揭露蔣介石和帝國主義的反動面目;宣傳加強工農大眾與工商業者的同盟,建立鞏固的民主政權;號召革命者要樹立共產主義的理想和解放全人類的崇高目標,發揚堅毅精神,把革命進行到底。

茅盾當時所寫的那些社論,不可能每一個論點都是正確的。由於歷史條件的限制,存在某些片面性或不妥當的論點,倒是符合客觀規律的。但大體說來,他在對敵鬥爭和黨內兩條戰線鬥爭中的基本觀點是正確的。表明他當時政治思想方面所達到的高度。

在武漢期間,茅盾還曾一度兼任武昌中山大學文學院的教授。他的教學工作,「極得學生的佩服,敬愛」。當時武昌中山大學的一些教授,爲了促進中蘇兩國文化上的聯繫曾著手籌備「中蘇文化協會」,茅盾也是發起人之一,成爲「溝通中蘇文化艱巨工作始終有力的一個分子」〔註7〕但由於時局突變,「協會」沒有正式成立。

〔註7〕 張西曼:《我們在武漢時代的共同努力》,《新華日報》1954 年 6 月 25 日。

二十三　人生征途上的重大轉折

　　七月十五日，汪精衛宣布和共產黨決裂，公開背叛革命，在武漢地區進行血腥大屠殺，中國革命發生了重大轉折。茅盾也受到了通緝。幸而他根據黨組織的安排，已經先期隱蔽起來了，孔德沚因爲快要分娩，已於六月底返回上海。

　　茅盾在一家棧房裡隱蔽了半個月，大約七月二十三日，接到黨組織的通知，要他到九江去，然後再轉往南昌。茅盾設法買到一張日本輪船「襄陽丸」的船票。同行的還有《漢口民國日報》編輯部的宋雲彬等人。第二天清早船就到了九江。茅盾便按約定的地點去找接頭人。遇見的卻是董必武和譚平山。董必武告訴茅盾，去南昌的火車可能已經不通，先去火車站買票試一試，萬一南昌去不成，就回上海。果然去南昌的客車已不賣票，但傳說從牯嶺再翻山下去可到南昌，第二天一早，茅盾就和宋雲彬等動身上廬山。在牯嶺大街上無意中遇見夏曦。夏曦告訴茅盾，翻山下去的路也已不通，要他回九江再說。

　　就在這天夜裡，茅盾突然患了腹瀉，來勢洶猛，又請不到醫生，只好吃八卦丹，在床上躺了三、四天。聽說南昌出事了。此時宋雲彬等已下山經九江回上海去了。茅盾只得一人走出旅館去打聽消息。在牯嶺大街上碰見原來在漢口市黨部海外部任職的范志超。范志超告訴茅盾：八月一日南昌發生了暴動。葉挺、賀龍的部隊已佔領南昌，把國民黨右派朱培德的兵繳了械。范志超還告訴茅盾，汪精衛等要上廬山開會。認識他的人很多，千萬不要出門走動。當時茅盾是以教員身份住旅館的，說是利用暑假來玩玩，不巧病了，只得多住幾天，沒有引起別人的懷疑。住在旅館裡無事消遣，正好身邊帶有一本西班牙作家柴瑪薩斯的中篇小說《他們的兒子》英文本，就把它翻譯了出來。

　　八月中旬的一天，茅盾在范志超的幫助下買到去上海的船票。第二天下午，船到鎮江。茅盾考慮到在上海下船，碼頭上容易碰到認識的人，不如在鎮江下船，再換乘火車，茅盾在鎮江上火車時，看到車廂內有已經投靠蔣介石的吳開先等人，他就不進車廂，車抵無錫就下車，在無錫旅館過了一夜。茅盾回到上海家裡時，只見母親在家，德沚卻住在醫院裡（因爲在家裡摔了一跤，小產了）。

　　這也許是命運的安排罷！一場病，使茅盾錯過了參加「南昌起義」的機

會。在人生征途上發生了重大轉折，回到上海時，身上背著國民黨反動政府
的「通緝令」，失去了行動自由。

第七章 「停下來思索」

二十四 蟄居上海，開始創作生涯

一九二七年八月底，茅盾從牯嶺潛回上海。此時的上海（華界）已經是在蔣介石集團統治下，與他半年多以前離開時的情況相比，可以說是兩個完全不同的世界。

由於受到蔣介石政府的「通緝」，所以在茅盾回到上海前，他的夫人孔德沚已經放出「沈雁冰已去日本」的空氣。茅盾回到上海時，他的家已搬到閘北東橫濱路景雲里十九號半，他的夫人則因小產住在醫院裡。他們商量以後，決定仍然用「已經去日本」的說法，暫時隱居下來再說。這樣，茅盾就蟄居在自己寓所的三樓上，足不出門，也不見人。因為景雲裡的住戶，大多數是商務編譯所的職員，他們都認識茅盾。假使一露面，就難保消息不傳到蔣介石的特務那裡去。

大革命失敗以後，中國革命暫時處於低潮時期。茅盾的生活道路，也發生了重大轉折——和中國共產黨失去了組織聯繫，從政治鬥爭的第一線撤退下來。他的思想情緒也同樣處於低潮時期。

一九二八年間，他回顧當時的思想情緒時說：

> 我是真實地去生活，經驗了動亂中國的最複雜的人生的一幕，終於感得了幻滅的悲哀，人生的矛盾，在消沉的心情下，孤寂的生活中，而尚受生活執著的支配，想要以生命力的餘燼從別方面在這樣迷亂灰色的人生內發一星微光，於是我就開始創作了。〔註1〕

〔註 1〕 《從牯嶺到東京》，《小說月報》第 19 卷第 10 期，1928 年 10 月。

這一段話，真實地反映了他當時的心情：大革命失敗的衝擊，一度使他感到消沉、悲觀。但他對革命並沒有幻滅、動搖，他還是想有所作為的。

　　茅盾晚年在他的《回憶錄》中對他這個時期的思想情緒，再一次作了分析。他寫道：

　　　　那時，我對大革命失敗後的形勢感到迷茫，我需要時間思考、觀察和分析。自從離開家庭進入社會以來，我逐漸養成了這樣一種習慣，遇事好尋根究底，好獨立思考，不願意隨聲附和。……但是這個習慣在我身上也有副作用，就是當形勢突變時，我往往停下來思考，而不像有些人那樣緊緊跟上。一九二七年大革命的失敗，使我痛心，也使我悲觀，它使我停下來思索：革命究竟往何處去？共產主義的理論我深信不移，蘇聯的榜樣也無可非議，但是中國革命的道路該怎樣走？在以前我自己以為已經清楚了，然而在一九二七年夏季，我發現自己並沒有弄清楚！在大革命中我看到敵人的種種表演──從偽裝極左面貌到對革命人民的血腥屠殺；也看到自己陣營內的形形色色──右的從動搖、妥協到逃跑，左的從幼稚、狂熱到盲動。在革命的核心我看到和聽到的是無休止的爭論，以及國際代表的權威──我既欽佩他們對馬列主義的熟悉，一開口就滔滔不絕，也懷疑他們對中國這樣複雜的社會真能瞭如指掌。我震驚於聲勢浩大的兩湖農民運動竟如此輕易地被白色恐怖所摧毀，也為南昌暴動的迅速失敗而失望。在經歷了如此激盪的生活之後，我需要停下來獨自思考一番。〔註2〕

這一段文字，把上面引用到的一九二八年的那一段話具體化了。實事求是地說明了他當時的思想情緒：大革命失敗的衝擊使他痛心、消沉、悲觀，但他對社會主義，共產主義的信仰並沒有動搖；黨中央在糾正了右傾投降的錯誤以後又發生了「左」傾盲動的錯誤，「中國革命的道路應該怎樣走」，這個以前以為已經清楚的問題，事實上並沒有完全弄清楚。需要重新思考。「停下來思索」──這就是處在低潮時期的茅盾的思想情緒的實質。

　　茅盾在上海隱居下來後，面臨的實際問題是怎樣維持生活。他本來在上海已經有很高的聲望，在廣州和武漢時期又都是政治宣傳方面的重要人物。再加上當時身上背著蔣介石政府的「通緝令」，因此要找公開的職業是不可能

〔註2〕　《創作生涯的開始──回憶錄（十）》，《新文學史料》1981 年第 1 期。

的，只有拿起筆來，走賣文爲生的這一條路了。

八月下旬開始寫作。他選擇自己所熟悉的青年知識分子作題材，寫他們在大革命洪流中的浮沉，打算從一個側面反映這個大時代。這是他第一次寫小說，覺得寫長篇沒有把握，就決定寫三個連續性的中篇。第一個就是《幻滅》，用了不到兩個星期就寫完了前半部，從此開始了他的創作生涯。此時《小說月報》的主編鄭振鐸因躲避白色恐怖出國去了，正由葉聖陶代編。茅盾把《幻滅》的前半部稿子交給他。茅盾隱居下來，雖然是保密的，不見人，但與住在隔壁的葉聖陶以及住在葉聖陶隔壁的周建人卻是有聯繫的。

茅盾把《幻滅》的前半部交給葉聖陶時，順手寫上「矛盾」兩字作爲筆名。他爲什麼要用「矛盾」作爲筆名呢？後來他加以解釋說：

> 「五四」以後，我接觸的人和事一天一天多而且複雜，同時逐漸理解到那時漸成爲流行語的「矛盾」一詞的實際；一九二七年上半年我在武漢又經歷了較前更深更廣的生活，不但看到更多的革命與反革命的矛盾，也看到了革命陣營內部的矛盾，尤其清楚地認識到小資產階級知識分子在這大變動時代的矛盾，而且，自然也不會不看到我自己生活上、思想中也有很大的矛盾。但是，那時候，我又看到有不少人們思想上實在有矛盾，甚至言行也有矛盾，卻又總以爲自己沒有矛盾，常常侃侃而談，教訓別人，——我對這樣的人就不大能夠理解，也有點覺得這也是「掩耳盜鈴」之一種表現。大概是帶點諷刺別人也嘲笑自己的文人積習罷，於是我取了「矛盾」二字作爲筆名。〔註3〕

葉聖陶看了原稿，第二天就去找他，對他說，稿子寫得很好，《小說月報》正缺這樣的作品，就準備登在九月號上，當天就發稿。還沒有寫好的那部分準備登在十月號。至於「矛盾」這個筆名，葉聖陶認爲一看就知道是一個假名，如果國民黨方面查問起來，依然會惹麻煩。假使在「矛」字加上一個「草」頭，成爲「茅」字，《百家姓》中有此一姓，可以蒙混過去。他同意了。於是「茅盾」這個筆名，以後也就成爲沈雁冰用得最多的一個筆名，並且成爲一個全世界知名的偉大文學家的筆名。

九月中旬，茅盾寫完《幻滅》，正準備構思第二部《動搖》的時候，葉聖陶又來找他，要他寫一篇《魯迅論》，說《小說月報》缺這方面的稿件，而他

〔註3〕《寫在新版〈蝕〉的後面》，《茅盾文集》第1卷。

正是「此中老手」。茅盾覺得全面評論一個作家，這對他來說，也是第一次。特別是對魯迅這樣有名望的作家，而且評論界還有截然相反的意見，更必須深思熟慮，使自己的論點站得住。寫評論王魯彥的文章，比較容易一點。這樣，他就先寫了《王魯彥論》，第二篇才寫《魯迅論》。但葉聖陶從編輯的角度考慮，《小說月報》計劃連續發幾篇作家論文章，還是用魯迅來打頭炮比較好；並且知道魯迅即將來上海，也表示歡迎的意思。這樣一九二七年十一月號的《小說月報》上首先刊登出來的還是《魯迅論》，《王魯彥論》則到一九二八年一月號的《小說月報》才發表。

《魯迅論》深刻地闡述了魯迅小說的現實主義特色和魯迅雜文的意義，並且把魯迅小說和雜文結合起來進行研究。這樣做，在魯迅研究史上，茅盾是第一人。《王魯彥論》具體分析了王魯彥小說創作的成就與不足，給作家指出了努力方向。茅盾認為文學批評有兩種職能：「一為抉出藝術的真相而加以疏解，使人知道怎樣去鑑賞；一為指出藝術的趨向與範疇，使作家從無意的創造進至有意的創造。」〔註4〕《魯迅論》和《王魯彥論》是發揮文藝批評的這兩種職能的典範，在我國現代文學批評史上有著開創性的意義。

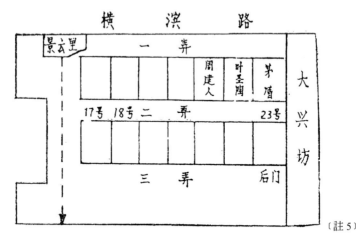

〔註5〕

十月初，魯迅從廣州到上海，先寓共和旅館，不久即搬入景雲里二弄 23 號。（一九二八年九月，魯迅和周建人都搬入 18 號，不久，魯迅又搬入 17 號，仍從 18 號出入）23 號的前門正對著茅盾家後門（附示意圖）。過了兩天，魯迅新在周建人陪同下看望茅盾。這是茅盾與魯迅第二次會面。第一次是一九

〔註4〕 《論無產階級藝術》。
〔註5〕 許廣平：《景雲深處是吾家》，《文匯報》1962 年 11 月 21 日。

二六年八月，魯迅從北京去廈門大學路過上海的時候，鄭振鐸於八月三十日在消閒別墅宴請魯迅，茅盾曾應邀作陪。這次見面，茅盾首先向魯迅表示歉意：因「通緝令」在身，雖然知道魯迅已來上海，並且同住在景雲里，卻未能去拜會。魯迅笑著說，所以我和三弟到府上來，免得走漏風聲。魯迅在廣州目擊了「四・一五」血腥屠殺，茅盾則在武漢經歷了「七・一五」反革命事件，兩人談了各自的見聞，感慨很多。都感覺得革命是處於低潮了。對於當時流行的革命仍在不斷高漲的論調表示不理解。他們還交談了今後的打算。

十一月初到十二月間，茅盾用了約一個半月的時間，完成了第二個中篇《動搖》。

一九二七年底，蔣光慈、錢杏邨等組織了太陽社，出版了《太陽月刊》。茅盾當時不認識錢杏邨，和蔣光慈曾在上海大學同事過，是相當熟悉的。對於《太陽月刊》的出版，茅盾寫了一篇《歡迎太陽》表示歡迎，對其中一些理論批評文章中的觀點，提出了不同的看法。

一九二八年初，茅盾開始寫作短篇小說，第一篇是《創造》。又用象徵手法寫了一篇散文《嚴霜下的夢》。同時繼續研究神話，寫作評論文章。

從四月開始，茅盾繼續寫他的第三個中篇《追求》，到六月間脫稿。《動搖》和《追求》都陸續發表於《小說月報》。

茅盾當時躲在家裡小樓上寫小說，基本上是足不出戶的。除了偶爾接見幾位來訪的親友外，沒有任何社會活動。但景雲里的環境並不很安靜；天熱時，里內住戶，晚飯後都在門外乘涼，男女老少，哭聲笑聲，鬧成一片。一牆之隔的大興坊的住戶，晚飯後則經常在戶外打牌。嘈雜之聲，兩面夾攻，要到深夜才停止。生活在這樣的環境裡，茅盾心情卻很沉悶。所以有時候就下樓來看母親和德沚燒飯燒菜，間或也好奇地執鏟執勺，這樣就學會了燒菜。

寫完《追求》以後，有一天陳望道來看望茅盾，他發現茅盾久困斗室，足不出戶，身體精神都不好。夏天悶居小樓，還可能弄出病來。勸他到日本去走走，換換環境，呼吸點新鮮空氣。陳望道還告訴茅盾，他的女友吳庶五已在東京半年，茅盾如果去了。生活上可以得到她的照顧。那時中國人去日本，日本人來中國，都不用護照，來去自由。茅盾覺得陳望道說得有理，就接受他的建議，七月間離滬去日本。

上海蟄居十個月，茅盾「停下來思索」的結果，關於中國革命的出路問題，他暫時還沒有找到正確的答案。他的消沉、悲觀的思想情緒，也沒有完

全得到克服；革命過程中的一些意外事件，還使他的思想情緒，發生了新的波動。

二十五　知識分子心靈的歷程——《蝕》

《幻滅》、《動搖》、《追求》三個中篇，一九二七、二八年間，陸續發表於《小說月報》，先後印了單行本。一九三○年五月合併在一起出版，題名爲《蝕》，人們通常稱之爲「三部曲」。茅盾晚年解釋題名爲《蝕》的寓意說：「這表明書中寫的人和事，正像月蝕日蝕一樣，是暫時的，而光明則是長久的，革命也是這樣，挫折是暫時的，最後勝利是必然的。」〔註6〕

茅盾曾經引用英國一位批評家的話說，左拉是因爲要做小說，才去經驗人生的；托爾斯泰是經驗了人生以後才來做小說的。他又說他並不是狂妄到自擬於托爾斯泰，但他確實是經驗了人生以後才來做小說的。的確，《幻滅》中所描寫的生活，是作家經歷過的生活，《動搖》中描寫的生活，雖然沒有直接經歷過，但由於當時他主編《漢口民國日報》的關係，也可說是很熟悉的。《追求》在很大程度上可說是作家自己心情的寫照。所以《蝕》三部曲可說是有真實的生活經歷、真切思想感情做基礎的，並且正是他自己過去所熟悉的人和事，促使他產生了強烈的創作衝動。

開始創作時，茅盾已經想到《動搖》和《追求》的大意。曾經有種設想：一是寫成一部二十多萬字的長篇，二是寫成七萬字左右的三個中篇，其中的人物基本相同。由於這是第一次從事小說創作，覺得寫長篇沒有把握，決定還是分作三篇來寫。但在完成了《幻滅》，開始構思《動搖》的時候，就覺得這個設想不能實現，因爲《動搖》的全部時間正是《幻滅》的後半部時間，主要人物不得不重新構思。結果，《幻滅》中的人物只有個別的在《動搖》中出現，也只有個別的在《追求》中出現。這樣就成爲有著一定的聯繫，但又是各自獨立的「三部曲」了。

《蝕》三部曲的創作意圖，茅盾說：

> 我那時早已決定要寫現代青年在革命壯潮中所經過的三個時期：（1）革命前夕的亢昂興奮和革命既到面前時的幻滅；（2）革命鬥爭劇烈時的動搖；（3）幻滅動搖後不甘寂寞尚思作最後之追求。〔註7〕

〔註6〕《我走過的道路》（中）第11頁。
〔註7〕《從牯嶺到東京》。

可以說，作家要寫的就是「現代青年」在「革命壯潮」中心靈的歷程。茅盾又說，他是喜歡拈住題目做文章的，《幻滅》寫的就是「幻滅」，《動搖》和《追求》寫的也就是「動搖」和「追求」。這一想法是否得到藝術上的體現，當然應當由作品本身來檢驗。

《幻滅》中寫的靜女士，心地單純，感情脆弱，耽於幻想，要求進步，但政治上缺乏自覺。她頑強地追求人生的眞諦，但現實生活卻與她羅曼蒂克的幻想很不一致，不可能不一次又一次的失望，最後她懷著一種渺茫的希望準備回到家鄉去等待上前線的愛人。她雖然沒有鍛煉成眞正的革命者，但也沒有幻滅。靜女士，是一個青年女性知識分子中的追求者的典型形象。這個形象本身提出了「什麼是人生的眞諦？又怎樣去找到它」這樣一個帶哲理性的，又是現實性的問題。這是「五四」以後開始覺醒的青年一代知識分子所面臨的一個普遍性的問題。

《動搖》中的方羅蘭，不僅在愛情上動搖，在政治上也是動搖的。方羅蘭政治上的動搖，就其主觀原因來說，是由於他脫離實際，對形勢缺乏正確的分析：既不懂得群眾革命行動的意義，也不瞭解反動勢力的本質。就客觀原因說是整個縣黨部的動搖，武漢國民政府的動搖，因而給投機份子造成可乘之機，使革命遭受重大損失。方羅蘭，正是一個動搖者的形象。

革命高潮到來的時候，大批要求進步的青年知識分子投身革命隊伍，他們中的許多人在革命的熔爐中經受考驗，成爲眞正的革命者。也有一些人在革命遭受挫折的時候便從革命隊伍中游離出來，在白色恐怖統治下，苦悶、彷徨，但仍不甘消沉，還要繼續追求，希圖對社會有所貢獻。但又因爲他們的追求沒有正確思想的指引，所以他們的追求就帶有很大的盲目性，不可能不到處碰壁，成爲人生道路上的迷路者，等待他們的必然是可悲的命運：或者是消沉厭世，或者是盲目亂闖，或者是任性放蕩，或者是自甘墮落，演出一幕又一幕「幻滅」的悲劇。《追求》中的張曼青、王仲昭、曹志方、章秋柳就是這樣一批迷路者的形象。

三部曲中對投機份子胡國光這個形象的描繪也是很成功的。此外還描繪了革命者的形象，如李克。不過這一類形象不夠鮮明豐滿。

《蝕》三部曲的主要成就就是塑造了追求者、動搖者、迷路者的形象。這一系列形象所體現的思想傾向顯然不是幻滅——動搖——追求，而是追求——動搖——幻滅。這是大革命時期一部分青年知識分子的心靈的歷程。同

時也反映了當時社會生活的某些側面。當然，這些在當時的社會生活中並不是主導方面，但卻是非常眞實的，帶有本質意義的，並且是洋溢著作家最眞切的感情的。生動的人物形象，反映了生活的某些本質方面和強烈的感情色彩，這就是《蝕》三部曲的認識價值和美學價值之所在。

當然，作品的情調比較低沉，特別是《追求》更是這樣，因而缺乏積極的鼓舞人心的力量，是這部作品的不足之處。至於批評作品沒有描繪出正面英雄人物形象，沒有反映出生活的主流，這只能說是一種苛求。因爲有沒有塑造出英雄人物形象，有沒有反映出生活的主流，是不應作爲評價作品的標準的。

在小說創作方面體現現代文學史第一個十年間創作成就的是以魯迅的《吶喊》、《彷徨》爲代表的短篇，至於中長篇，雖然也已經有二、三十部，但稱得上優秀作品的並不多，即使是其中的佼佼者，也往往形象不夠鮮明，對生活的反映比較膚淺，內容比較單薄，藝術比較粗糙。而《蝕》三部曲無論在那一方面，都大地超過了那些作品。雖然《蝕》三部曲是茅盾的第一部小說，但它的出現卻標誌著新文學的中、長篇作品，已經發展到一個新的歷史時期，因而在中國現代文學史上有著重要意義。

二十六　亡命日本，潛心著作

一九二八年七月初，在陳望道的幫助下，茅盾上了開往日本的輪船，順利到達神戶，用了「方保宗」這個化名，開始他在日本的亡命生活。

茅盾在從神戶去東京的火車上，就被日本警視廳特高科的便衣跟上了。茅盾到了東京，陳望道的女友吳庶五帶了幾位女友來接，被安排住在一家中等旅館裡。那個便衣又和茅盾攀談。住在同一旅館的還有武漢時期《中央日報》總編輯陳啓修。陳啓修到日本已有半年，情況比較熟悉了。他告訴茅盾，如果來日本只是避難，不從事政治活動，日本警視廳還是比較客氣的。

在陳啓修的幫助下，茅盾學會了日常生活中常用日語。

陳啓修，原來也是共產黨員，後來投降國民黨。但在國民黨方面，仍然把他看作共產黨。他覺得說不定哪一天蔣介石就會對他下毒手，在半年多以前就辭掉《中央日報》總編輯的職務，到日本來作亡命客。

從陳啓修的思想變化，茅盾想到「五四」時期覺醒的青年們以後所走的人生道路，各自不同。像嫻嫻（《創造》中的人物）那樣剛強的女性，只是少

數，性格軟弱的還是多數。他覺得「寫這些『平凡』者的悲劇或暗淡的結局，使大家猛省，也不是無意義的。」於是又陸續寫了都以女性作主角的兩個短篇小說《自殺》、《一個女性》。

《幻滅》等三部小說發表後，曾受到創造社、太陽社的不公正的批評。茅盾認爲創造社、太陽社關於「革命文學」的理論和實踐都是有問題的，於是便寫了一篇長文《從牯嶺到東京》，申述了自己創作《幻滅》等三部小說時的思想狀況和創作意圖，對某些批判作了答辯，並對當時文學理論和創作實踐中的問題，提出了自己的看法。這樣，茅盾也就在實際上參與了「革命文學」問題的論爭。

茅盾在東京住了五個月，知道楊賢江夫婦也在日本，住在京都，便和他們聯繫。楊賢江勸茅盾也住到京都去，因爲京都生活費用比東京便宜，他們住的高原町遠離塵囂，且尚有餘屋可租。茅盾便於一九二八年十二月初離開東京去京都。

東京的那個便衣也跟茅盾到了京都，把茅盾「移交」給京都的另一個便衣。這個京都的便衣後來常到茅盾寓所「拜訪」，而且楊賢江夫婦也是這個便衣常去「拜訪」的對象。

茅盾的寓所離楊賢江的寓所有一箭之遙。是四間平房，面臨一個小池，池邊有一排櫻花樹，如在春季，坐在屋中便可欣賞有名的櫻花。從屋子的後窗，看得見遠處的山峰。這裡，環境確實很安靜，而且富有詩意，對寫作十分有利。當時這裡是京都的郊區，只有稱爲田中高原町的一條街，房屋不多，周圍全是農田。現在這裡已成爲住宅區了。〔註8〕

在京都，茅盾繼續從事創作，寫下了《霧》等十多篇散文，《詩與散文》等三個短篇小說和長篇小說《虹》。

在東京和京都，茅盾繼續從事學術研究，編集撰寫了十部文學論著（後面將具體介紹）。

此外，茅盾還撰寫了一些長篇論文，如《讀〈倪煥之〉》和《關於高爾基》，前者細緻地評論了葉紹鈞的長篇小說《倪煥之》，後者系統地論述了高爾基創作的思想和藝術成就，是他在日本時寫的最後一篇論文。這兩篇論文雖然研究的內容不同，但作者都借題發揮，再次申述了他對「革命文學」問題的看

〔註8〕　松井博光：《黎明的文學——中國現實主義作家茅盾》，高鵬譯，浙江人民出版社。

法。

在京都時，茅盾曾去遊覽嵐山。嵐山是名勝地，嵐山觀花，是日本有名的遊覽節目。早在一九一九年，青年周恩來也曾遊過春天的嵐山，並且寫下了《雨後嵐山》、《雨中嵐山——日本京都》兩首詩。茅盾在一九二九年的櫻花初放時節遊覽了嵐山，也寫下了一篇散文《櫻花》，紀念此遊。

一九三〇年三月，茅盾應錢青的邀請，去遊覽奈良。錢青是孔德沚在石灣振華女校讀書時的同學，當時在奈良女子高等師範讀書，她從楊賢江夫人處得知茅盾在京都。以後錢青又和一些同學去京都看望茅盾。茅盾當時生活簡樸。每日寫作很忙，但飲食起居，有時也自己料理。錢青等去看望他時，還自己燒菜，請他們吃飯。在閒談中，茅盾總是勉勵他們這些在日本留學的青年，要熱愛祖國，勤奮攻讀，為祖國爭氣。〔註9〕

茅盾在日本的一年九個月裡，和在上海蟄居一樣，沒有參加什麼社會活動（事實上他是在日本警視廳特高科的監視之下）。他只是潛心從事創作和學術研究。但是儘管如此，他還是在深刻地思考中國革命的出路問題，並努力改變自己的情緒的。在到日本不久寫的《從牯嶺到東京》一文中，他就表示：「《追求》中間的悲觀苦悶是被海風吹得乾乾淨淨了。現在是北歐的勇敢的命運女神」做他「精神上的前導」，他決心要「堅定的勇敢的看定了現實，大踏步往前走。」一九二九年五月，他在《寫在〈野薔薇〉的前面》中再次表達這一心情，並且強調說要從事「真的有效的工作，使人們透過現實的醜惡而自己去認識人類偉大的將來。」而《虹》的創作更表明他對中國革命的出路和知識分子的道路，已經獲得更為明確的認識了。

在日本時，茅盾曾與同時流亡日本的秦德君同居。秦德君熱情地照顧茅盾的生活，並幫他抄寫稿子。一九三〇年四月茅盾回國後，他們才告分手。

茅盾到日本不久，思想情緒很快就發生變化，是有主客觀原因的：就客觀原因來說，在經歷了陳獨秀的右傾投降主義和瞿秋白的盲動主義以後，工農紅軍的武裝鬥爭正在發展，星星之火到處出現，中國革命重新向前發展了。就茅盾的主觀原因來說，他畢竟早就學習了馬克思主義，又經歷了多年革命鬥爭的實際鍛煉。所以在「停下來思考一番」後，能夠很快地堅定信心向前走。

茅盾在日本期間，孔德沚找到了工作——在一所與地下黨有關的「弄堂

〔註9〕 錢青：《茅盾在日本京都》，《桐鄉文藝》第 15 期，1983 年 3 月。

女子中學擔任教導主任，同時兼做地下工作（辦工人夜校等）。家裡沒有請女佣人，管理家務和照料孩子的擔子，都由他母親擔負了。兩個孩子已長大，都在商務印書館的附屬小學──尙公小學讀書。

二十七　《野薔薇》及其他

　　茅盾蟄居上海景雲里時寫的《創造》是他的第一個短篇小說。在日本時又寫了《自殺》、《一個女性》、《色盲》、《曇》、《泥濘》、《詩與散文》、《陀螺》等七篇。一九二九年七月出版了第一個短篇小說集《野薔薇》，收入《創造》、《自殺》、《一個女性》、《詩與散文》、《曇》等五篇。另外三個短篇（《色盲》、《泥濘》、《陀螺》）後來收入《宿莽》。這八個短篇就其思想傾向來看，可以分做四種類型。

　　《創造》是一種類型。描寫一個原來帶有名士氣的婦女，在進步思想的影響下，離家出走。茅盾說他寫這篇小說，是要暗示這樣的思想：「革命既已發動，就會一發而不可收，它要一往直前，儘管中間要經過許多挫折，但它的前進是任何力量阻攔不住的。被壓迫者的覺醒也是如此。」〔註10〕儘管作品的情緒是積極的，沒有悲觀消沉的色彩，但是作者的意圖並沒有得到形象的體現。這篇小說在技巧上用歐洲古典主義「三一律」來寫，故事發生於早晨一小時內，地點始終在臥室，人物只有兩個。作品對環境和人物內心世界描寫得極爲細膩，具有獨特的風格。

　　《自殺》、《一個女性》、《曇》、《詩與散文》、《陀螺》等五篇是一種類型。

　　這一類作品中的人物，都是女性，他們或者在某種程度上接受新思潮的影響，或者直接參加過革命鬥爭。但都沒有找到正確的人生道路，在那個黑暗沉悶的社會裡，她們各人的際遇雖然不同，但都逃脫不了悲劇的命運。這些作品的情調都是低沉的。但描寫這些婦女的悲劇命運，也是對舊社會的罪惡的揭露和控訴。

　　《色盲》是又一種類型，是對某些以「革命者」自居的人的一種諷刺：他所看到的「赤色」，並不是象徵革命的紅色，只不過是一個色盲眼光的錯覺罷了。

　　《泥濘》是另一種類型，是茅盾聽說國內農村中共產黨部隊與反動軍隊還有小規模戰鬥的消息後寫的。這是茅盾第一次寫農村。他打算反映游擊隊

〔註10〕《我走過的道路》（中）第11頁。

和農民的鬥爭生活，用意是積極的。但由於沒有直接的生活經驗，人物形象模糊，心理描寫不夠真實。與那些描寫知識分子的作品比較起來，就顯得粗糙、膚淺。應該說這是一篇失敗的作品。

茅盾的這些短篇小說（除《創造》、《泥濘》外），情緒都比較低沉，人物大抵都是人生道路上的迷路者（即使是「出走」的嫻嫻，也不能說她已找到正確的人生道路），他（她）們雖然接受了新思潮的影響，有的還在革命浪濤中翻滾過，然而在那個急遽變化的時代，他們沒有能夠緊緊跟上時代的潮流，而是被時代的潮流所排抉，都扮演著悲劇的角色。這些小說所反映的生活，可以說是《追求》的補充；作家滲透在這些小說中的思想情緒，與滲透在《追求》中的思想情緒基本上是一致的。茅盾在編集好《野薔薇》之後寫道：

> 自然，這混濁的社會裡也有些大勇者，真正的革命者，但更多的是這些不很勇敢，不很徹悟的人物；在我看來，寫一個無可疵議的人物給大家做榜樣，自然很好，但如果寫一些「平凡者」的悲劇或闇澹的結局，使大家猛省，也不是無意義的。〔註11〕

這一說法是正確的。魯迅筆下的知識分子，大都是五四前後人生道路上的迷路者。他（她）們的悲劇命運，就都寓有深刻的社會意義。茅盾筆下的這些知識分子，處在一個新的歷史時期。革命雖然遭受了挫折，但歷史畢竟已前進了一步。他（她）們的經歷和心理狀態與魯迅筆下的知識分子自然也有所不同，明顯地有著時代的烙印。然而他（她）們仍然避免不了悲劇的命運。這一方面是因為知識分子本身的弱點，另一方面也是因為社會仍然是那樣的黑暗，魔鬼橫行。清醒地看到並揭示知識分子的弱點，揭露並控訴舊社會的黑暗，這就具有促使人們「猛省」的作用。

在這一段時期裡，茅盾還寫了十多篇散文。茅盾在「五卅」時期寫的那幾篇散文，已表明他是善於運用多種形式和手法寫作散文的高手。在這個時期的十多篇散文中，抒情散文取得突出成就。

《嚴霜下的夢》是在上海時完成了《動搖》後所寫。主要由幾個片斷的夢境組成。通過象徵手法表達了這樣幾層意思：革命勝利發展時的熱烈氣氛；大革命失敗時的恐怖景象；大革命失敗後盲動主義帶來新的災難。文章最後寫道：「什麼時候天才亮呀？什麼時候，Aurora（按：英語「曙光女神」）的可愛的手指來趕走凶殘的噩夢的統治呀？」表達了希望白色恐怖統治的黑暗時

〔註11〕　《寫在〈野薔薇〉的前面》，《野薔薇》，大江書舖，1929 年版。

代早些過去，革命重新走上正確軌道的迫切心情。

　　《叩門》、《霧》、《賣豆腐的哨子》、《虹》這些散文，所包含的思想感情是極爲複雜的，既有悵惘、苦悶、失望、悲觀的方面，也有期待暴風雨和太陽的方面，表明作家正在努力克服悲觀、失望情緒而尙未獲得勝利的內心鬥爭。這正是作家自己當時「心靈的歷程」的眞實的記錄。同時也是那個特定時代的部分知識分子精神面貌的寫照。就以苦悶情緒來說，也是有鮮明的時代烙印的。阿英曾經指出：「茅盾的《叩門》、《霧》一類的小品，當然是還不夠那麼精湛偉大，但這些小品，正象徵了一個時代的苦悶。」〔註12〕這是說得很中肯的。

　　茅盾的這些散文，篇幅短小，手法多樣，語言冷峻，敘事、狀物、抒情，融成一體，詩意盎然。雖然情調比較低沉，但在藝術上是成熟的。可以與魯迅的《野草》媲美。

二十八　參與「革命文學」論爭

　　一九二八──二九年間，中國革命文藝界內部發生了一場以創造社（後期）、太陽社爲一方，以魯迅、茅盾爲另一方的關於「革命文學」問題的論戰。

　　一九二八年開始，創造社、太陽社倡導「革命文學」（即「無產階級文學」）。在理論上，他們強調文學的階級性、文學在階級鬥爭中的武器作用，認爲作家應該把握無產階級的世界觀──戰鬥的唯物論、唯物的辯證法，主張用「新寫實主義」的方法進行創作。在創作實踐方面，他們都有意識地以工農大眾的鬥爭生活爲題材，宣傳階級鬥爭觀念，歌頌革命。在當時客觀上是起了一定的積極影響的。但在理論上他們卻明顯地存在著教條主義的和主觀主義的傾向，特別是在文學評論中更爲突出，錯誤地把魯迅作爲「革命文學」的對立面；在創作上他們一般又缺乏眞實感，有概念化的毛病。

　　魯迅對創造社、太陽社的批評，進行了嚴肅的反批評。對革命文學問題，提出了許多精闢的見解。他肯定革命可以利用文藝作爲「一種」宣傳的工具，但反對片面地誇大文藝的作用；肯定先進的世界觀對創作的重要性，同時又強調文藝創作必須注意文藝的特徵；他還嘲諷了那些空嚷理論和脫離中國實際情況的做法和拙劣的「革命文學」作品。歷史已經證明，魯迅是正確的。

　　一九二八年一月，《太陽月刊》創刊號出版，茅盾就寫了一篇題爲《歡

〔註12〕阿英：《現代十六家小品・茅盾小序》。

迎〈太陽〉》〔註13〕的文章。祝願「《太陽》時時上昇，四射它的輝光」。同時對蔣光慈在《現代中國文學與社會生活》一文中的某些論點提出不同看法。這可以說是茅盾參與「革命文學」論爭的序幕。

《幻滅》、《動搖》等陸續發表後，引起很強烈的反響，有各種各樣的評論。茅盾寫了一篇《從牯嶺到東京》作爲答辯。申述了自己創作這三部作品時的處境、心情和創作意圖，對當時正在發展的「革命文學」運動（無產階級文學運動）正面表明了自己的見解。

他認爲太陽社、創造社提倡「革命文學」，「主張是無可非議的」。但對那些打著「革命文學」旗號的「標語口號文學」作了嚴肅的批評。他認爲：「有革命熱情而忽略於文藝的本質，或把文藝也視爲宣傳工具——狹義的——或雖無此忽略與成見而缺乏文藝素養的人們」，是會不知不覺的走上「標語口號文學的絕路」的。

茅盾指出太陽社、創造社提倡「革命文學」，是以「被壓迫的勞苦群眾」爲讀者對象的。但事實上勞苦群眾並不能讀。「六七年來的『新文藝』運動雖然產生了若干作品，卻只有『不勞苦』的小資產階級知識分子來閱讀」。「現在的『革命文藝』則地盤更小，只成爲一部分青年學生的讀物，離群眾更遠」。茅盾認爲：「所以然的緣故，即在新文藝忘記了它的天然的讀者對象。」他強調指出，爲「革命文藝」的前途計，「第一要務在使它從青年學生中間出來走入小資產階級群眾，在這小資產階級群眾中植立了腳跟。而要達到此點，應該先把題材轉移到小商人、中小農等等的生活」。

茅盾還認爲當時正在提倡的「新寫實主義」，是「文藝技巧上的一種新型」，但有待試驗。「要使新文藝走到小資產階級市民的隊伍中去」，在藝術技巧上當時就能做到的是：「不要太歐化，不要多用新術語，不要太多了象徵色彩，不要從正面說教似的宣傳新思想」；「只要質樸有力的抓住了小資產階級生活的核心的描寫」。

此外，茅盾在承認自己當時的情緒是悲觀、失望的同時，還申明說：「說這是我的思想落伍了罷，我就不懂爲什像蒼蠅那樣向玻璃片盲撞便算是不落伍？說我只是消極，不給人家一條出路麼，我也承認的；我就不能自信做了留聲機吆喝著：『這是出路，往這邊來！』是有什麼價值並在良心上自安的。我不能使我的小說中人有一條出路，就因爲我既不願昧著良心說自己不以

〔註13〕《文學週報》第 5 卷第 23 期，1928 年 1 月。

爲然的話，而又不是大天才能夠發現一條自信得過的出路來指引給大家。……我想來我倒並沒有動搖過，我實在是自始就不讚成一年來許多人所呼號吶喊的『出路』。這『出路』之差不多成爲『絕路』，現在不是已經證明得很明白？」這一段話所包含的意義，就不僅僅是「革命文藝」問題，而牽涉到對中國革命出路問題的理解了。

茅盾的這些論點，有正確的一面，但也不無偏頗之處。至於「出路」「絕路」的說法，既是對創造社的一些人說話和行動不一致的諷刺，又是對當時正在滋長起來的「左」傾情緒和「左」傾盲動主義的憤慨心情的發泄；同時又是茅盾自己在大革命失敗後「停下來思索」中國革命的出路問題尙未得到正確答案的一種苦悶情緒的流露。

《從牯嶺到東京》發表後，招來了創造社、太陽社更尖銳的批評。他們甚至認爲茅盾是在提倡「小資產階級革命文學」來反對無產階級革命文學，所以是無產階級的「直接的鬥爭對象。」

一九二九年五月，茅盾又發表了《讀〈倪煥之〉》。文章除熱情肯定《倪煥之》以外，還對《從牯嶺到東京》發表後所受到的批評作一總的答辯。文章著重談了文藝的時代性，他認爲「在表現時代空氣而外，還應該有兩個要義：一是時代給與人們以怎樣的影響，二是人們集團的活力又怎樣地將時代推進了新方向，……換一句話說，即是怎樣地由於人們的集團的活動而及早實現了歷史的必然。在這樣的意義下，方是現代的新寫實派文學所要表現的時代性。」在這裡，茅盾對「新寫實派」，即「新現實主義」作出了新的解釋。茅盾認爲太陽社、創造社的作家自從提倡無產階級文學以來，並未能創作出一篇表現「時代性」的作品來，相反，寫出了這樣的作品的，正是他們斥之爲「厭世家」的葉聖陶。而且，《倪煥之》寫的，偏偏又是小資產階級，這就支持了他的論點：以小資產階級生活爲描寫對象的作品，也能成爲表現「時代性」的鉅著，這樣的作品對千千萬萬「尙能跟上時代的小資產階級群衆」是有積極作用的。至於要使新文學取得「燦爛的成績」，茅盾認爲：

　　必然地須先求內容與外形——即思想與技巧，兩方面之均衡的發展與成熟。作家們應該覺悟到一點點耳食來的社會科學常識是不夠的，也應該覺悟到僅僅用群衆大會時煽動的熱情的口吻來做小說是不行的。準備獻身於新文藝的人須先準備好一個有組織力，判斷力，能夠觀察分析的頭腦，而不是僅僅準備好一個被動的傳聲的喇

叭；他須先的確能夠自己去分析群眾的噪音，靜聆地下泉的滴響，
然後組織成小說中人物的意識；他應該刻苦地磨練他的技術，應該
揀自己最熟悉的事來描寫。

在這裡，茅盾強調了進步世界觀的作用，並且要求在創作時把進步的世界觀、
歷史發展的必然趨勢溶進小說裡的人物意識中去。這是一個很重要的新的論
點。同時，茅盾還對「寫小資產階級」的論點作了新的解釋。他說：《從牯嶺
到東京》寫得太隨便，有許多話都沒有說完全，以至很能引起人們的誤解。「寫
小資產階級」這句話是和「應該揀自己最熟悉的事來描寫」是同樣的意義。
所以他勸告那些有志者與其寫那種「既不能表現無產階級的意識，也不能讓
無產階級看得懂，只是『賣膏藥式』的十八句江湖口訣那樣的標語口號式或
廣告式的無產文藝」，「還不如揀他們自己最熟習的環境而又合於廣大的讀者
對象之小資產階級來描寫。」他認為即使「只描寫了些『落伍』的小資產階
級」，「也有它反面的積極性。」因為「這一類的黑暗描寫」，「在感人」這一
點上，「要比那些超過真實的空想的樂觀的描寫」，「深刻得多」。

在《讀〈倪煥之〉》中，茅盾對太陽社、創造社的批評所作的答辯，是有
說服力的，他所作的反批評是中肯的。同時對他自己《從牯嶺到東京》一文
中的某些論點也作了一些修改和補充。這些修改和補充，使他對「革命文學」
的見解與《論無產階級藝術》等文章中的論點一致起來了。這些理論見解上
的變化，反映了從一九二八年七月到一九二九年五月這一年不到的時間裡，
茅盾的思想情緒已發生了很大的變化。

創造社、太陽社與魯迅、茅盾之間的這一場論爭，最後是在黨中央的干預
下停止的。夏衍回憶說，一直到一九二九年夏秋之交，黨中央作出決定，要黨
員作家和黨外革命作家停止論爭，共同對敵，並由當時中宣部負責文化、出版、
文藝界聯絡統戰工作的潘漢年出面，寫了一篇緩和這場論爭的文章。這就是一
九二九年十月發表在《現代小說》三卷一期上的《文藝通訊》。其中說：

與其把我們沒有經驗的生活來做普羅文學的題材，何如憑各自
所身受與熟悉的一切事物來做題材呢？至於是不是普羅文學，不應
當狹隘的只認定是否以普羅生活為題材而決定，應當就各種材料的
作品所表示的觀念形態是否屬於無產階級來決定。

這一段文字除了強調無產階級的意識形態外，在題材問題上，完全同意茅盾
的意見。同年十月，潘漢年又代表中宣部召開了一個包括創造社、太陽社、

馮雪峰、夏衍和黨外的鄭伯奇等在內的座談會，傳達了中央對這場論爭的意見，「認爲主要的錯誤是教條主義和宗派主義，要求立即停止對魯迅和茅盾的批評（茅盾當時還在日本），但創造社、太陽社對他的《從牯嶺到東京》也批評得很厲害了……」。〔註14〕

論爭這才停止了下來，並籌備組織「左翼作家聯盟」。

二十九　「思索」已得到初步答案的標誌——《虹》

長篇小說《虹》寫於一九二九年四月到七月。連載於《小說月報》第二十卷第六號至第八號，一九三〇年三月開明書店出單行本。

茅盾「思索」後決心重新「大踏步的向前走」了。他「思索」所得到的「答案」以及當時的情緒就形象地體現在《虹》這部作品中。

茅盾說他創作《虹》的意圖是：「欲爲中國近十年之壯劇，留一印痕」。〔註15〕即反映從「五四」以後十年間中國現代革命史的某些偉大歷史場景。但只從「五四」寫到「五卅」，沒有按計劃寫完。儘管這樣，這部小說仍然有獨立存在的價值。

作家運用他所擅長的描寫知識分子，特別是女性知識分子的複雜心理狀態的筆法，在《虹》中塑造了一個在「五四」新思潮影響下，經過曲折的道路成長起來的知識分子梅行素的生動形象。通過這個形象，揭示了現代知識分子的必由之路。小說題名爲《虹》，取了「希臘神話中墨耳庫里駕虹橋從冥國索回春之女神的意義」。〔註16〕所以小說的思想意義是積極的。「肯定了知識分子在革命鬥爭中自我改造的可能性及其積極意義，肯定了已經成爲現實中一種巨大力量的革命勢力對於這種自我改造的重大保證作用。梅女士的形象體現出來的是茅盾對於知識分子正確道路的認識和肯定。這表示他的思想是向前發展了。」〔註17〕這是《虹》的主要成就。

圍繞著梅行素的經歷，小說眞實地反映了從「五四」到「五卅」這一時期中國現代歷史「壯劇」的一些側面和一些場景，革命的傾向性就潛藏在「對現實關係的眞實描寫」中。因而作品就具有較高的認識價值。這是《虹》的

〔註14〕《紀念潘漢年同志》，《人民日報》1982年11月23日。
〔註15〕《虹·跋》，《茅盾全集》第2卷第271頁。
〔註16〕《我走過的道路》（中）第36頁。
〔註17〕樊駿：《茅盾的〈蝕〉和〈虹〉》，《文學研究集刊》第4冊。

又一成就。

上述兩個方面的成就是融合在一起的。既反映了「時代給與人們以怎樣的影響」，又反映了「人們的集團的活力又怎樣地將時代推進了新方向」。所以，就創作方法來看，這是一部革命現實主義小說。

《虹》取得顯著的成就，但也存在明顯的缺陷；前半部對人物的性格特徵、心理狀態的描寫，是深刻而細膩的，後半部好像是粗線條式的勾勒，給人一種跳躍式的感覺，形象也就沒有前半部飽滿和生動。作品寫的是四川的生活，「四川味」似乎不夠一些。這只要和《家》比較一下就可以明顯地看出來。顯然，這是和作家當時還沒有四川生活的真接經驗有關的。

至於作家之所以沒有按計劃完成這部小說，原因也是多方面的。作家最初說當時「因移居擱筆，爾後人事倥匆，遂不能復續。」〔註18〕這當然是可信的。後來他又說是因「病後」，「神經衰弱，常常失眠」，因而「無力續成」；同時又因為再寫下去就要寫到一九二七年前後的、已經在《幻滅》、《動搖》、《追求》中描寫過的那種「舊題材」了。他自己認為那時候他「對於那些『舊題材』的從新估定價值還沒有把握」，「寫出來時大概仍是『老調』，還不如不寫。」〔註19〕這一說法我們認為更為重要。

總之，寫《虹》的時候，茅盾的思想情緒已有了顯著的變化，「停下來思索」中國革命的出路問題，已取得初步的但也是明確的答案，也就是重新確立了馬克思主義的世界觀，擺脫了悲觀、消沉的思想情緒。但是要成熟地、充分地掌握馬克思主義世界觀，並在創作中「組織成人物的意識」，自然還要有一個過程。茅盾晚年說：《虹》「在題材上，在思想上都是『三部曲』以後將轉移到新方向的過渡；所謂新方向，便是那擬思甚久而終於不敢貿然下筆的《霞》」。〔註20〕

《霞》是茅盾當時計劃寫的《虹》的姐妹篇。計劃中的《霞》將寫一些什麼呢？茅盾說：

> 在《霞》中，梅女士還要經過各種考驗，例如在白色恐怖下在南方從事黨的地下工作，被捕之日，某權勢人物見其貌美，即以為妾或坐牢任梅女士二者擇一，梅女士寧願坐牢。在牢中受盡磨折，

〔註18〕 《虹·跋》。
〔註19〕 《我的回顧》，見《茅盾自選集》。
〔註20〕 《我走過的道路》（中）第 36 頁。

後來爲黨設法救出，轉移到西北某省仍做地下工作。霞有朝霞，繼
朝霞而來的將是陽光燦爛，亦即梅女士通過了上述各種考驗。有晚
霞，繼晚霞而來，將是黃昏的黑夜，此在梅女士則爲通不過那些考
驗，也即是她的思想改造似是而非，仍是「幻美」而已。

關於《霞》我們只知道這麼一個梗概。

三十　學術研究的豐碩成果

茅盾在日本不到兩年時間，除了創作外，還從事學術研究，編寫、出版
了十部文學譯著。這十本譯著可分爲四類。

一種是過去發表的著譯編集而成的：

《近代文學面面觀》，一九二九年五月世界書局出版。本書主要介紹丹
麥、挪威、南斯拉夫、希伯來等歐洲弱小國家、弱小民族的文學，也介紹了
第一次世界大戰戰敗後的德、奧文學。《序》中說：「介紹弱小民族文學是個
人的癖性。此冊內所述，除德、奧外，皆爲小民族。但德、奧在戰後亦不復
能廁身於威焰逼人的列強之列，則亦幾已可視爲小民族了。」

《六個歐洲文學家》，一九二九年六月世界書局出版。本書論述了匈牙利
的裴都菲、俄國的陀斯妥以夫斯基、瑞典的赫滕斯頓、腦威的包以爾、德國
的霍普德曼、西班牙的巴洛哈等作家的思想和創作。

《歐州大戰與文學》，曾發表於《小說月報》第十五卷第八期（一九二四
年），一九二八年十一月開明書店出版單行本。書中論述了第一次世界大戰時
歐洲各國作家對於戰爭的不同態度以及戰爭對各國文學的影響。作家在《自
序》中說：「原爲紀念歐戰十週年而作的」，「現在又過了四年，幾乎滅絕人類
的大戰已成爲漸就模糊的舊夢，現在這老歐洲正在慶幸傷痍的平復，光榮的
歐洲踏過了血泊回到原來的地方了，巴爾幹依舊是世界的火藥庫，地中海沿
岸的外交風濤依舊那樣險惡。雖然地圖上小小的換了些色彩，但是如同沒有
那次大戰一樣，老調子又在唱，歷史又復演了。」因此，作家「有點覺得這
篇論文的再印也不是無意義的了。」

一種是在國內時已寫好稿子，是日本後才交書局出版的：

《小說研究 A.B.C》，一九二八年八月世界書局出版。作者編著本書的目
的有二：「一是研究近代小說發達的經過，二是研究一篇小說內所應包含的技
術上的要素。」前者屬於歷史考察，包括古埃及的故事、古希臘的愛情故事、

中世紀的傳奇、歐洲近代小說之先驅等內容。後者屬於理論探討，作者不同意近代批評家以結構，人物，環境，動機，情緒，作風等六者為要素的主張，而贊成以人物、結構、環境三者為要素的說法。

《中國神話研究 A.B.C》，一九二八年十月寫了《序》，一九二九年一月世界書局出版。

本書評論了中國和西方學者對神話的見解，並提出了自己的看法；考證了《山海經》、《楚辭》、《五藏山經》、《淮南子》、《神異經》等，保存了中國古代神話的典籍的作者及成書年代；論述了神話的產生、演化和散軼的原因，神話中的原始思想與後代方士派神仙之談的區分；具體分析了各民族開闢的神話（盤古氏、女媧補天和造人的神話等），關於自然現象的神話（羲和、姮娥奔月、吳剛伐桂、河伯與洛妃、湘君湘夫人、精衛、刑天、山鬼、四方神、醫藥之神等），巨人族及幽冥世界的神話（夸父、蚩尤、大人國、后土冥王等），古代歷史的神話（伏羲、黃帝、帝俊、舜、羿、禹等）。把分散在古籍中的中國古代神話材料作了系統的整理研究，提出了許多獨創性的意見，從而使中國古代神話呈現出比較清楚的面目。這在中國，還沒有這樣的著作，在國外，有過一本英文的《中國神話及傳說》，但材料不全，錯誤很多，荒謬得很。所以茅盾的這本著作，在我國學術界具有開創的意義。

一種是已有部分舊稿（或已發表過）再加上是在日本時新寫的一部分匯編而成。

《神話雜論》，一九二九年六月世界書局出版。本書對各民族的開闢的神話、自然界的神話、中國神話、希臘神話與北歐神話作了概括的論述。

《現代文學雜論》，一九二九年五月世界書局出版。書中匯集舊稿五篇，新作九篇（茅盾《回憶錄》誤作七篇），及《序》一篇。

這本書主要是評述歐洲大戰後十年間歐美各國文學發展情況的。作者在《序》中說，在這十年間的文藝界，「新主義像狂飆似的起來，然後又沒落。沒有一個民族的文學不受著歐戰的影響。戰爭已經在人類的思想情緒之表現上，劃了一道鴻溝。世界的文學決不能再跨過大戰的血泊，回到老路上去了。」

還有一種，即到了日本後撰寫的，有三本：

《騎士文學 A.B.C》，一九二九年四月出版。本書包括兩個方面的內容：一為騎士文學之史的敘述，論述了騎士文學的發展及流派；一為騎士文學之大概面目，介紹了騎士文學的重要作品的內容。

《西洋文學通論》，一九三〇年八月世界書局出版，封面題作《西洋文學》。

這是一本研究歐洲文藝思潮史的專著。茅盾認爲文藝思潮的變革，不是文學家個人想要怎樣改變就能改變的，而是「推動人類生活向前進展的那個『生產方法』的大磐石使得文學家不得不這樣跑」。他說這是研究文藝史者應有的「一個基本觀念」。從這個「基本觀念」出發，他具體論述了歐洲文藝思潮的發展過程，批判了文學上的「超然」說和「自我表現」說。

茅盾指出：「社會的意識形態，時時刻刻在影響一個文學家，不過他自己或者不覺得罷了」。他認爲十九世紀末以來歐洲文壇上那些可以列入「超」字排行的象徵主義、神秘主義、想像主義、新古典主義等等，「實在就是表現了社會不安中文學家的躲避和彷徨」。

關於「自我表現」說，茅盾指出，「文學家的作品都是通過了『自我』而出現，即使是客觀的描寫也是通過了『自我』的產物」。但是，他還強調指出：這個「自我」不是獨立的、游離的，而是「那個構成社會的『大我』中間的一份子，是分有了『大我』的情緒與意識的」。那些標榜「自我表現」的作家，只是「錯誤地不肯相信自己實在是從屬於社會中的某一個階級」。

茅盾認爲文學史的研究者應該「拔去」「超然」說和「自我表現」說，「從深底裡去探索無數的作家們無數傾向之不得不然的規律」。

在《又是寫實主義》這一章中，茅盾分析了十月革命前後的俄國文學思潮，對高爾基之出現於俄國文壇，更給予高度重視，認爲「其意義不下於革命」。他指出高爾基「把被人攻擊到體無完膚的寫實主義在新的基礎上加以復活了」。在《結論》這一章的最後，作者指出：「將來的世界文壇多半是要由這個受難過的新面目的寫實主義來發皇光大」的。

茅盾對歐洲文學史上各種思潮的演變及其發展趨向的分析，完全符合歷史唯物主義的觀點，對「超然說」和「自我表現」說的批評，在今天看來，仍然還有現實意義。

《北歐神話 A.B.C》，一九三〇年十月世界書局出版。本書專門論述了北歐神話產生的環境、演化及其對後世歐洲文學的影響，還把它與中國神話作了比較研究。

這些文學譯著都是十分寶貴的文學財富。

第八章　與魯迅並肩戰鬥（上）

三十一　參加「左聯」，連戰皆捷

一九三○年四月五日，茅盾回到上海。

茅盾回到上海後，暫住法租界楊賢江家中，以避人耳目。當天他就到景雲里家中去看母親、妻子和孩子們。同時會見了馮雪峰。這是他們第一次見面，此時馮雪峰正借住在他家中。從馮雪峰口中，茅盾知道魯迅已經和創造社、太陽社聯合了，不久前，成立了中國左翼作家聯盟。這天晚上，茅盾和夫人孔德沚到隔壁去看望了葉聖陶，感謝他兩年來對自己親人的悉心照顧。葉聖陶又陪茅盾到後弄堂去拜訪了魯迅。

回到上海的茅盾，行動仍是不自由的，不可能找公開的職業，只好蟄居租界。因此，必須把家搬出景雲里，換一個不為人知的地方。母親表示：上海開銷大，為了減少住房面積，她可以回烏鎮去。兩個孩子德沚可以自己帶了。後來在愚園路口的樹德里找到房子，仍用方保宗這個假名租了下來。

住在楊賢江家中的時候，有一天，擔任「左聯」黨團書記的馮乃超訪問了茅盾，向他介紹了「左聯」成立的經過和情況，徵求他參加「左聯」的意見。於是，茅盾就成為「左聯」的成員。

「左聯」是在中國共產黨的領導下成立並進行活動的。它在繼承「五四」文學革命的光榮傳統，倡導無產階級革命文學，介紹馬克思主義文藝理論、抗擊國民黨反革命的文化「圍剿」，批判各種反動文藝思潮，培養青年作家等各方面，都取得巨大的功績。但在「左聯」存在期間，黨受到幾次「左」傾路線的危害：「一九二九年下半年到一九三○年上半年，還在黨內存在著『左

傾思想和『左』傾政策，又有了某些發展」。〔註1〕「左聯」就是在這個時候開始籌備和成立的。不久，李立三和王明的「左」傾機會主義路線先後在黨中央佔了統治地位，一直到一九三五年一月遵義會議。這些都不可能不影響到「左聯」的綱領、決議和經常活動。

茅盾參加了「左聯」以後，就「和魯迅成了親密的戰友，共用戰鬥在三十年代左翼的文壇上，爲中國現代文學作出了光輝的成績」。〔註2〕

茅盾在「左聯」中所起的作用，和魯迅所起的作用，極爲相似。

茅盾參加「左聯」以後，曾參加兩次全體會議，開始感覺到：「左聯」與其說是文學團體，不如說更像一個政黨。「左聯」成員像共產黨那樣編成小組，要上街頭去參加示威遊行，貼標語、撒傳單，或到工廠去辦夜校。茅盾當時不贊成這些做法，又加身體不好：神經衰弱、胃病和眼疾同時並作，所以很少參加「左聯」的活動。寫作也不多，到一九三〇年十月，只寫了《豹子頭林冲》、《石碣》、《大澤鄉》三個短篇。十一月間開始寫中篇小說《路》。第二年二月完稿。

一九三〇年八月，瞿秋白夫婦從莫斯科回到上海。茅盾和瞿秋白是一九二七年七月在武漢分手的，三年後重新會見，自然有許多感慨。瞿秋白支持茅盾寫小說，還看了他正在寫的《路》的頭幾章，提了一些修改意見。不久，茅盾的弟弟沈澤民和弟媳張琴秋也先後回國。沈澤民是一九二六年間隨同劉少奇去蘇聯的，參加在莫斯科召開的國聯職工（赤色）代表大會，擔任代表團的英文翻譯。會後就留在莫斯科學習。至於張琴秋，一九二五年秋就被派往蘇聯學習了。沈澤民回來後在中央宣傳部工作，張琴秋仍搞女工運動。這年冬天，茅盾把母親從烏鎮接到上海來，全家在一道過了一個愉快的舊曆年。一九三一年四月，沈澤民、張琴秋夫婦根據組織安排，去鄂豫皖蘇區工作。

「左聯」成立後，曾出過多種刊物，但差不多都只出幾期就被禁止了。一九三〇年底，「左聯」執委會決定繼續辦一個秘密刊物，由魯迅、馮雪峰和茅盾三人擔任編輯。在刊物的籌備過程中，發生了柔石等五位青年作家被國民黨反動派逮捕、殺害事件。於是就把第一期改爲紀念五烈士專號，這就是有名的「左聯」機關刊物《前哨》（正式出版是一九三一年七月）。這一期「專號」內容有《中國左翼作家聯盟爲國民黨屠殺大批革命作家宣言》（這篇宣言

〔註1〕 《關於若干歷史問題的決議》，《毛澤東選集》一卷本第961頁。
〔註2〕 周建人：《悼雁冰》，《解放軍報》1981年4月7日。

的英譯稿，係由茅盾口譯，史沫特萊加以潤色，然後再由茅盾對照原文校勘，而後定稿的）、魯迅的《中國無產階級革命文學和前驅的血》（署名 LS）及五烈士的遺作等。這一期刊物係秘密發行，有力地揭露和控訴了蔣介石大批屠殺革命作家的血腥罪行，又經史沫特萊傳到國外。所以在國內外產生了很大的影響，國民黨當局大爲震驚，嚴加禁止。但已經印出的二、三千份，很快就銷售完了（第二期起改名《文學導報》）。

　　《前哨》出版，標誌著茅盾在「左聯」中與魯迅、馮雪峰等並肩戰鬥，首戰告捷。

　　一九三〇年六月，國民黨文化特務潘公展，糾集了反動文人傅彦長、王平陵、黃震遐打出了「民族主義文學」的旗號，假藉「民族主義」的名義，反對無產階級革命文學，拋出了不少反共反人民的所謂「作品」，爲蔣介石的投降賣國政策效勞。黃震遐的《隴海線上》、《黃人之血》、萬國安的《國門之戰》等，是其「代表作」。於是，「民族主義文學」也曾一度甚囂塵上。「左聯」以《前哨‧文學導報》爲陣地，集中火力，對他們進行了堅決的鬥爭。

　　「左聯」的《中國左翼作家聯盟爲國民黨屠殺大批革命作家宣言》、《告無產階級作家革命作家及一切愛好文藝的青年》、《中國無產階級革命文學的新任務》〔註3〕等文件，在揭露和控訴國民黨反動派屠殺革命作家的血腥罪行的同時，都指出了必須對「民族主義文學」進行鬥爭。魯迅的《民族主義文學的任務和運命》、《中國文壇上的鬼魅》，瞿秋白的《菲洲鬼話》、《狗樣的英雄》、《青年的九月》等文章，都嚴正地揭露、批判了「民族主義文學」的反動性。茅盾與魯迅、瞿秋白密切配合，在《前哨‧文學導報》上連續發表了三篇文章：《「民族主義文藝」的現形》、《〈黃人之血〉及其他》、《評所謂「文藝救國」的新現象》，〔註4〕給「民族主義文學」以有力的抨擊。

　　茅盾著重指出：民族主義文學的理論，是東抄西襲拼湊起來的「雜拌兒」，它剽竊、篡改泰納的文藝理論，混淆了十八世紀後隨著資本主義的發展各民族國家的形成與十九世紀後期起直至現代的被壓迫民族的民族革命運動的概念，再加上歐洲大戰後資本主義國家文藝上的各種新奇的「主義」，所以是既荒謬又反動的。

　　茅盾還對「民族主義文學」的「代表作」《隴海線上》、《國門之戰》、《黃

〔註3〕　分別見《前哨‧文學導報》第 1 期、第 6、7 期合刊及第 8 期。
〔註4〕　分別見《前哨‧文學導報》第 4、5 期和 6、7 期合刊。

人之血》作了具體的分析批判，指出所謂「民族主義文學」就是反共反革命文學，為國民黨反動派投降日本帝國主義鳴鑼開道的文學。

對「民族主義文學」的鬥爭，不只是文藝思想鬥爭，實質上也是一場政治鬥爭。在這一場政治鬥爭中，茅盾與魯迅、瞿秋白互相配合，協同作戰，剝去了「民族主義文學」者的偽裝，揭露了他們的反動本質，又一次取得了巨大的勝利。

一九三一年五月，「左聯」黨團書記馮雪峰推薦茅盾擔任「左聯」的行政書記。行政書記與宣傳部主任、組織部主任共三人組成秘書處，負責「左聯」的日常工作。茅盾擔任行政書記不久，瞿秋白參加了「左聯」的領導工作。六屆四中全會後，瞿秋白遭到王明的打擊，被排擠出中央領導崗位，有半年沒有工作，就改行稿文學了。他向茅盾提出建議，《前哨・文學導報》作為「左聯」的理論指導刊物，繼續出版；另外再辦一個文學刊物，專登創作，並且公開發行。這些想法，茅盾與魯迅、馮雪峰也已研究過。得到瞿秋白的支持，就積極進行。九月這個公開發行的刊物創刊，定名為《北斗》，由丁玲主編。《北斗》是「左聯」為擴大左翼文藝運動，克服關門主義和宗派主義而作的一次重大努力。瞿秋白還提議對「五四」以來的新文學運動，以及一九二八年以來的無產階級文學運動進行研究和總結，吸取經驗教訓。他並且建議茅盾作為「左聯」的行政書記先寫一兩篇文章來帶個頭。

遵照瞿秋白的建議，茅盾接連寫了兩篇論文：《「五四」運動的檢討》、《關於「創作」》分別發表在《前哨・文學導報》第二期和《北斗》創刊號上。不久，又寫了《中國蘇維埃革命與普羅文學的建設》，發表於《文學導報》第四期。

擔任了「左聯」的行政書後，活動多了，會議也多了，經常出入左翼人士的活動場所，這就引起了國民黨特務的注意。有一次在北四川路附近某中學開完了「左聯」的執委會出來，和馮雪峰上了電車，就被國民黨特務盯上了。幸好他警惕性比較高，及時注意到了。想法多轉了幾次車，兜了許多圈子，才把尾巴甩掉。

一九三一年十一月，「左聯」執委會通過了《中國無產階級革命文學的新任務》的決議。決議是馮雪峰起草的。瞿秋白花了不少心血，執委會也研究了多次。這個決議分析了形勢，明確了任務，並就文藝大眾化問題、創作問題、理論鬥爭和批評問題，提出了一些新的意見，特別是一反過去忽視創作

的傾向，強調了創作問題的重要性，就題材、方法、形式等方面作了詳細的論述。儘管仍然還有某些「左」的東西，但基本上是正確的。茅盾晚年時指出：瞿秋白參加了「左聯」的領導工作，加之他對魯迅的充分信賴和支持，「就使得魯迅如虎添翼。魯迅和秋白的親密合作，產生了這樣一種奇特的現象：在王明「左傾」路線在全黨佔統治的情況下，以上海爲中心的左翼文藝運動，卻高舉了馬列主義的旗幟，在日益嚴重的白色恐怖下（一九三二年以後上海的白色恐怖比之三〇、三一年是更猖獗了）。開闢了無產階級革命文學的道路，並且取得了輝煌成就！」〔註5〕茅盾認爲這些成就的取得，除了魯迅、瞿秋白的領導作用外，和馮雪峰、夏衍、丁玲等的支持也是分不開的。其實，這和茅盾的努力也是分不開的。

一九三一年間，茅盾曾通過瞿秋白向黨中央提出要求恢復組織生活。沒有得到當時黨的「左」傾領導的答覆。瞿秋白自己這時也正在受到王明路線的排擠，無能爲力，他勸告茅盾安心從事創作，並以魯迅爲例。由於「左」傾領導，孔德沚也於一九三〇年間失去了組織關係。

爲了集中精力創作《子夜》，茅盾於十月間向馮雪峰提出辭去「左聯」行政書記的職務。但馮雪峰沒有同意他辭職，只同意他請長假，有些重要會議仍要他參加。上面提到的「左聯」的那個重要決議的擬訂茅盾就自始至終都參加了。同年底，「左聯」的年度報告也仍由茅盾來做。這個年度報告的內容就以決議爲依據，再加上若干實例。

茅盾請准了長假以後，和馮雪峰約定了一個下午去向魯迅匯報。魯迅熱情地接待了他們，並請他們吃大閘蟹，同座的有周建人。他們談了「左聯」的工作，談了中央紅軍粉碎了蔣介石第三次「圍剿」勝利的消息。茅盾告訴魯迅自己請長假寫小說的事。魯迅對茅盾擺脫雜務專寫小說十分贊同。他認爲左翼文藝只靠發宣言是壓不倒敵人的，要靠左翼作家實實在在的寫出東西來。

一九三一年下半年，茅盾除了忙於參加「左聯」的各種會議，寫了幾篇論文外，還寫了一部中篇小說《三人行》和一篇短篇小說《喜劇》。《喜劇》是爲了支持丁玲主編的《北斗》趕寫出來的。

一九三二年一年間，茅盾主要從事長篇小說《子夜》的寫作，至年底，全部脫稿。

〔註5〕《我走過的道路》（中）第 87 頁。

　　日本帝國主義發動了「九一八」事變，佔領了我國東北以後，又於一九三二年發動「一二八」事變，進攻上海。二月四日，茅盾與魯迅等四十三位知名作家發表《告世界人民書》，控訴並抗議日本帝國主義佔領東北和進攻上海的血腥暴行，抨擊國民黨政府屈膝投降的賣國政策。二月七日，茅盾又和魯迅等一百二十七位作家發表了《爲日軍進攻上海屠殺民眾宣言》，進一步揭露日本帝國主義的罪行。

　　一九三三年一月，《子夜》由開明書店出版。在這段時期，又寫了《林家舖子》、《春蠶》等短篇小說。

　　一九三三年二月到十月，茅盾第二次擔任「左聯」的行政書記，主要搞組織工作、工農通信員工作等。此時馮雪峰已調任「文委」書記，「左聯」黨團書記由陽翰笙繼任。茅盾與馮雪峰、陽翰笙「私交甚篤」。〔註6〕

　　茅盾第二次擔任「左聯」行政書記時所搞的工作都不內行，而那時候「左聯」沒有出版刊物。所以他已把主要精力放在「左聯」以外了。

　　茅盾參加了「左聯」以後，在「左聯」內外，與魯迅、瞿秋白、馮雪峰等並肩戰鬥，團結了廣大的文藝工作者，用實際行動，衝破國民黨反動派的反革命文化「圍剿」。茅盾以他的長篇鉅製《子夜》和傑出的短篇小說《春蠶》、《林家舖子》等，和魯迅的那些卓越的雜文一道，使左翼文藝立於不敗之地，把「五四」新文學的發展，推進到一個新的歷史時期。

　　茅盾參加「左聯」以後，可以說是連戰皆捷。

　　當時茅盾還和魯迅一道，爲「左聯」提供活動經費。魯迅每月二十元，茅盾每月十元。〔註7〕「左聯」就是依靠這一點錢開展工作的。困難不小，但卻做出了巨大成績。

　　茅盾雖然身在黨外，但心在黨內。他在「左聯」時的思想作風，陽翰笙有一段很生動的描述：

　　　　一九三一、一九三二年，我當了兩年「左聯」黨團書記，對茅盾同志的思想、作風，不斷加深了瞭解。除了他爲人正直、胸懷坦蕩、對人誠懇、嚴於律己……這些爲同志們、朋友們所敬服的優良品質之外，我印象最深的是他在政治上對黨的忠誠和尊重，他把黨

〔註6〕據韋韜給本書作者信（1983年12月8日）。
〔註7〕胡風：《關於「左聯」及與魯迅關係的若干回憶》，《魯迅研究動態》，1981年1期。

的事業當作自己的事業，不僅滿腔熱情，而且認眞負責。那時，他雖然失去了黨的組織上的關係，但總是以黨員的標準來要求自己。他知道我是黨團的負責人，因而，當我們和他談論工作或問題的時候，他都是鄭重其事地聽，嚴肅認眞地想。對，他就接受；不對，他出於對左翼文藝事業的責任感，就提出意見，決不苟同。但對他不同意的事，也不輕易大聲爭吵，而是點上煙，慢吞吞地想一想，心平氣和地再同你商量，討論……。

那時，我是二十多歲的青年，他已經是三十多歲很有名的作家了，從「左聯」工作來說，他又是領導，但是，他的民主作風很好，從不擺架子，從來不認爲自己最高明，他經常通知我到他那裡去，跟我商量事情，徵求我的意見。〔註8〕

三十二　新的探索

茅盾在「左聯」除了參與領導工作外，還在創作方面和理論批評方面作了一些新的探索。

在創作方面他「想改換題材和描寫方法的意志」很強烈。這時候，他要進行創作，並不「缺乏新題材」，可是他「從來不把一眼看見的題材『帶熱地』使用」，他要「多看些，多咀嚼一會兒，要等到消化了，這才拿出來應用」。同時，又因爲「抨擊現實的作品受制太多，也想繞開去試試以古喻今的路」。〔註9〕這樣，在一九三〇年間，他就接連寫了《豹子頭林沖》、《石碣》、《大澤鄉》等三篇以傳說和歷史事件爲題材的小說。

《豹子頭林沖》這篇作品，用的《水滸》中的現成故事，但作家用現代小說的結構手法重新加以剪裁、安排，就顯得非常緊湊、嚴密。被改造過的林沖的性格，也寫得栩栩如生。小說最後描寫林沖想到：「被壓迫者的『聖地』的梁山泊」，一定要有一位「有膽略、有見識」的豪傑，才配作這個「山寨之主」，他並且相信這樣的「豪傑」，一定會出現的。借古喻今，抨擊反動統治，歌頌了農民群眾的反抗精神，明顯地針對現實的。在《石碣》裡，茅盾通過對玉臂匠金大堅一面刻石碑，一面與聖手書生蕭讓的對話，把天降「石碣」

〔註8〕　陽翰笙：《時過子夜燈猶明》，《人民日報》1981 年 6 月 13 日。又見《憶茅公》，文化藝術出版社，1982 年版。
〔註9〕　《我的回顧》，見《茅盾論創作》。

的眞相——吳用所玩弄的手法揭穿了。作品寫得輕鬆、幽默。但所揭露的絕不僅僅是梁山英雄排座次的「機密」。其筆鋒也是針對現實生活的。

《大澤鄉》寫秦朝末年陳勝、吳廣在大澤鄉起義的故事。由「閭左貧民」組成隊伍相信「掙斷身上的鐐索」的日子已經到了，相信「始皇帝死去地分」的傳說，勇敢地奪取押送軍官的武器起義。小說寫的雖然是古人古事，實質上正是革命根據地人民，進行轟轟烈烈的土地革命的寫照。它的最後三個小段，不僅是對大澤鄉的起義者的頌歌，同時也是對革命根據地人民的熱情的頌歌！

茅盾說：「一個已經發表過若干作品的作家的困難問題也就是怎樣使自己不致於粘滯在自己所鑄成的既定的模型中；他的苦心不得不是繼續地探求著更合於時代節奏的新的表現方法」。〔註10〕《豹子頭林沖》等三篇小說正體現了作家認眞探索新的題材、探索「新的表現方法」，突破「既定模型」的可貴的努力和初步成果。

一九三一年二月，茅盾把這三篇作品與在日本時寫的《色盲》、《泥濘》、《陀螺》等三篇小說及《叩門》等七篇散文，匯編成《宿莽》出版。

一九三〇年十一月起，茅盾又回過頭來寫他所熟悉的知識分子。一九三一年二月完成了中篇小說《路》。在寫作過程中和初版出書後，茅盾曾聽取瞿秋白的意見作了修改。小說寫一個沒落的士大夫家庭出身的大學生火薪傳在學生運動中、在地下革命工作者的影響下，怎樣找到「路」的。但火薪傳將要走怎樣的「路」，作品中沒有明確指出，留待讀者去思考。

《路》的思想傾向是完全正確的，但人物形象有些模糊，小說寫得不怎麼成功。

《三人行》寫於一九三一年六月到十一月。是茅盾認識到寫作《蝕》三部曲時「悲觀失望情緒」的「錯誤」，承認「一個作家的思想情緒對於他從生活經驗中選取怎樣的題材和人物常常是有決定性的」這一道理，並且「打算補救這過去的錯誤這樣的動機之下，有意地寫作的」。〔註11〕

《論語·述而篇》說：「三人行，必有我師焉，擇其善者而從之，其不善者而改之。」小說中了三個主要人物，都是青年學生：一個是出身於破產的書香人家的青年許，一個是出身於沒落的小商人家庭的惠，一個是農家子雲。作家寫了這樣三個青年人，是企圖批判俠義主義、虛無主義，指出小資

<hr>

〔註10〕 《宿莽·弁言》。
〔註11〕 《茅盾選集·自序》，開明書店，1952年版。

產階級知識分子在生活中碰了不少釘子以後有所覺悟，走向革命的道路。也就是用許和惠這兩個否定人物來陪襯一個肯定的正面人物雲，並暗示小資產階級知識分子只有參加革命，才是正確的出路。所以題名為《三人行》，意思是說其中必有可以為「師」的。從作品的思想傾向來看，作者的悲觀失望的情緒已經完全擺脫了，政治立場是正確的。但藝術上是不成功的。瞿秋白在小說出版後不久就撰文加是批評，指出：「作者的革命的政治立場，沒有能夠在藝術上表現出來。反而是小資產階級的市儈主義佔勝利。很自然的，對於虛無主義無意中做了極大的讓步。只有反對個人英雄的俠義主義的鬥爭，得了部分的勝利。」所以結果是：「三人行，而無我師焉！」〔註12〕這個評論，應該說是正確的。茅盾自己後來也承認，《三人行》是一部失敗的作品。他說：「《三人行》寫的是青年學生，而我在當時，實在沒有到學校去體驗生活的可能，也很少接觸青年學生；既沒有『體驗』，也缺乏『觀察』，因而這一個作品是沒有生活經驗的基礎的。這一作品的故事不現實，人物概念化，構思過程也不是胸有成竹，一氣呵成，而是零星補綴」。結果是「三人個人物都不是有血有肉的活人」〔註13〕作家的這一自我分析和自我批評，也是正確的。

同時，在理論批評方面茅盾也開始作新的探索。

一九三一年六月，茅盾開始擔任「左聯」的行政書記時，接受瞿秋白的建議，連續寫了《「五四」運動的檢討》、《關於「創作」》、《中國蘇維埃革命與普羅文學的建設》〔註14〕等三篇理論文章，總結「五四」以來新文學運動的經驗教訓，探索創造無產階級文學途徑和方法。

新文學運動從「五四」時期《新青年》倡導文學革命開始，到「左聯」倡導無產階級革命文學，已經有了十多年的歷史，因此，作一番歷史的回顧，總結十多年來的經驗教訓，探討促使新文學進一步發展的道路、方法，是十分必要的。

茅盾的這三篇論文，對「五四」新文化運動的社會基礎，「五四」新文化運動和新文學運動的歷史評價，對中國早期的無產階級文學運動的評價，對怎樣創作中國的無產階級文學，等等問題，都作了具體分析，提出了自己的

〔註12〕易嘉：《談談〈三人行〉》，《現代》創刊號，1932 年 3 月。
〔註13〕《茅盾選集·自序》。
〔註14〕分別見《前哨·文學導報》第 2、8 期，《北斗》創刊號。

看法。現在看來，茅盾的論點，是瑕瑜互見的。存在一些明顯的錯誤和片面性，但對某些具體問題的分析，還是有獨到的見解的，對於認識新文學運動的歷史，是有參考價值的，特別是對如何汲取太陽社、創造社（後期）提倡無產階級文學的經驗教訓，創造適應中國革命要求的「新時代的文學」問題所提出的見解，更是非常寶貴的。至於那些錯誤的和片面性論點，固然和茅盾自己當時的認識水平有關，實質上乃是一種時代的局限，即當時「左」的思潮的影響。

總之，茅盾一九三〇年到一九三一年間在文學創作和理論批評兩方面所進行的探索表明：他對中國革命出路問題的思索已經得到初步的結論；中國共產黨領導下的工農紅軍的武裝鬥爭和國民黨統治區廣大群眾的革命運動、包括革命文藝運動的密切配合，才是中國革命的唯一出路；並由此樹立了中國革命必勝的堅強信念。因而就重新忘我地投入反對國民黨反動統治的英勇鬥爭，為發展中國的革命文藝而辛勤勞作。但在創作上和文藝觀點上，都不可避免地受到「左」的思潮的某些影響。

三十三　支持《文學月報》，參加文藝大眾化討論

一九三二年六月，「左聯」出版了一個大型文藝刊物《文學月報》。茅盾以編委身份給予極大的支持。

《文學月報》的創刊號上發表了瞿秋白的《論文學的大眾化》，對他發表在《文學》半月刊上的《普洛大眾文藝的現實問題》一文中的論點作了補充和發揮。《文學月報》的編者認為瞿秋白提出的問題很重要，準備在刊物上進一步展開討論，約請一些作家寫稿，茅盾應約寫了一篇《問題中的大眾文藝》，用止敬的筆名發表在《文學月報》第二期上。

瞿秋白的兩篇論文，對大眾文藝的內容、形式、語言、創作方法，以及當時的具體任務等等，都談論到了，提出了許多獨到的見解，但未免有些偏激，茅盾在自己的文章中提出了一些不同的看法。

瞿秋白認為「五四」新文學作品的語言，是中國文言文、歐洲文法，日本文法的混合體，是「非驢非馬的『騾子話』」，是一種「新式文言」。用這種語言寫作，是「士大夫的專利」，勞動大眾是讀不出、看不懂的。茅盾表示他反對這樣的「論斷」，他認為瞿秋白所謂的用「新文言」寫的小說，只要是讀過幾年小學的人，還是能夠接受的，並且這樣的小說「已經有了」。

　　瞿秋白認爲，創造革命的大眾文藝，用什麼話寫的問題，是「一切問題的先決問題。」茅盾不同意這種說法。他認爲，「大眾文藝既是文藝，所以在讀得出聽得懂的起碼條件而外，還有一個主要條件，就是必須能夠使聽者或讀者感動」。舊小說之所以能夠接近大眾，不在「文字本身」，即讀得出聽得懂，而在於能用描寫技術去描寫人物的「動作」，「又連接許多動作來襯托出人物的悲歡憤怒的境遇，刻畫出人物的性格。」所以創造革命的大眾文藝，「技術是主，『文字本身』是末」。當時的革命文藝不受工農大眾歡迎，「語言」本身「不能獨負其罪」，主要還是技術問題沒有解決，沒有藝術性。

　　瞿秋白認爲革命的大眾文藝應該用「現代中國的普通話」來寫。什麼是「現代中國的普通話」？他認爲是：「大都市裡，各省人用來互相談話演講說書的普通話，才是眞正的中國話」，也就是「新興階級的普通話」，「不是官僚的所謂國語」，茅盾不同意這一說法。他認爲瞿秋白所說的這種「眞正的現代中國話」並不存在，存在的是一種以當地方言做基礎的「普通話」，而這種「普通話」，「還不夠文學描寫上的使用」。

　　那麼，革命的大眾文藝到底應該用什麼語言來寫呢？茅盾認爲「還不能不用通行的『白話文』」，即瞿秋白所說的「新文言」。但是他認爲從事創作的人要多下功夫修煉，肅清歐化的句法，日本化的句法，以及一些抽象的不常見於口頭的名詞，還有文言裡的形容詞和動詞等等。而要做到這一點，作家就必須走出書房，「和各種南腔北調的人多接觸，先使他自己的嘴巴練好。」

　　文藝大眾問題，是一個極爲複雜的問題。在對「五四」新文學作品的語言的估價和大眾文藝用什麼「話」（語言）寫作的問題上，顯然瞿秋白的見解存在「左」的、主觀主義的傾向，而茅盾的見解則是符合現實主義原則和馬克思主義觀點的。中國現代文學發展的歷史已經證明他是完全正確的。

　　茅盾的文章發表後，瞿秋白立即寫了答辯文章，《再論大眾文藝答止敬》，在《文學月報》第三期上發表。茅盾沒有再與瞿秋白進行爭論。因爲他發現他們爭論的前提不同，很難再爭論下去。

　　茅盾和瞿秋白交誼甚篤。瞿秋白曾看過《路》、《子夜》原稿，提了修改意見，茅盾虛心接受他的意見，修改原稿。但在理論問題上（文藝大眾化問題主要是實踐問題，但在當時卻基本上只能在理論上討論），茅盾卻對瞿秋白的見解，提出了尖銳的批評，這正是革命情誼的體現。

　　在「文藝大眾化」問題的討論過程中，還牽涉到連環圖畫問題。有些人

在反對文藝大眾化的同時，也極力貶低連環圖畫的作用。魯迅在《文學月報》
上發表了《「連環圖畫」辯護》，用中外藝術史上的許多事例來證明，「連環圖
畫不但可以成爲藝術，並且已經坐在『藝術之宮』裡面了。」他希望藝術家
們認眞去研究中外的連環圖畫和畫報的插圖進而創作出這一類作品。他認
爲，「對於這，大眾是要看的，大眾是感激的！」〔註15〕茅盾也發表了《連環
圖畫小說》一文，支持魯迅的論點。他在分析了當時遍及上海大街小巷的小
書攤上的連環圖畫的特點，以及這些連環圖畫擁有大量讀者這一事實後指
出：連環畫「這一種形式，如果很巧妙地應用起來，一定將成爲大眾文藝的
最有力的作品。無論在那圖畫方面，在那文字的說明方面」，「都可以演進成
爲『藝術品』！而且不妨說比之德國的連續版畫還要好些。」〔註16〕

三十年代初「左聯」推進「文藝大眾化」運動，成效不很顯著，正如魯
迅所指出的，「若是大規模的設施，就必須政治之力的幫助，一條腿是走不成
路的。」〔註17〕在白色恐怖統治下，提倡革命的大眾文藝，自然阻力重重，
但對進步作家們努力使自己的作品減少歐化的或文言的句法，盡力採用民眾
的口語方面，還是起了促進作用的。

爲了支持《文學月報》，茅盾還在創刊號的「中國現代作家自傳」這一專
欄裡發表《我的小傳》。這是茅盾自己寫的第一篇傳記。他還把正在創作的長
篇小說《子夜》的第二章和第四章，分別題爲《火山上》、《騷動》在創刊號
和第二期上先行發表，還發表了散文《第二天》和雜文《九一八週年》，寫了
評論《〈法律外的航線〉》。這篇評論，熱情讚譽沙汀的第一個短篇小說集《法
律外的航線》「是一本好書」，充分肯定它的現實主義特色和個人風格，也指
出了其中一些作品的缺陷。鼓勵沙汀寫出更多更好的作品。茅盾這一熱情的
評論和指點，給剛開始從事創作的沙汀以莫大的鼓舞。茅盾逝世以後，沙汀
在他的悼念文章中說：「是他」，「充分肯定了我的成績，以及稍稍露頭的個人
創作風格，並熱情而中肯的指出了我的缺點」，「這是我國現代文學巨匠的眞
知灼見，也是我國老一輩革命作家對文學新兵的探切關懷！他的評介，使我
有勇氣把創作堅持下去。」〔註18〕

經過茅盾的審閱和推薦，《文學月報》還發表了艾蕪的成名作、第一個短

〔註15〕 《「連環圖畫」辯護》，《文學月報》第 4 期，1932 年 11 月。
〔註16〕 《連環圖畫小說》，《文學月報》第 5、6 期合刊，1932 年 12 月。
〔註17〕 《文藝的大眾化》，《魯迅全集》第 7 卷第 349 頁。
〔註18〕 《沉痛的悼會》，《光明日報》1981 年 4 月 3 日。

篇小說《人生哲學的一課》。

　　獎掖文學青年，是茅盾最經常的工作之一。

三十四　重大的突破〔一〕——革命現實主義鉅著《子夜》

　　一九三二年間，茅盾在文學創作上取得了一項重大的突破：這就是長篇小說、革命現實主義鉅著《子夜》脫稿，一九三三年一月上海開明書店正式出版。《子夜》的出版，無論是在茅盾本人的文學道路上或是在我國現代文學發展史上都有著里程碑的意義。

《子夜》的構思過程與創作意圖

　　《子夜》的構思，是從一九三〇年夏秋之間開始的。

　　前面已經談到，一九三〇年夏秋之間，茅盾健康情況不佳，遵醫囑多休息，經常在他的表叔盧學溥（交通銀行董事長）家。盧公館中的常客有開工廠的，有銀行家，有公務員，有商人，也有正在交易所中投機的人物。那時，正是蔣介石與馮玉祥、閻錫山在津浦線上大戰，而世界經濟危機又波及到上海的時候。中國民族工業在外資的壓迫和農村動亂、經濟破產的影響下，正面臨絕境。盧公館中的閒談，使他對中國的社會現象看得更清楚了。那時，他又經常從朋友處得知南方各省蘇維埃紅色政權正蓬勃發展，紅軍粉碎了蔣介石的多次軍事「圍剿」，聲威日增的好消息。茅盾就產生了積累材料，寫一部「白色的都市和赤色的農村的交響曲的小說」〔註19〕的想法。

　　當時中國學術界正在展開關於中國現代社會性質問題的論戰。一派認爲，當時中國的社會仍舊是半封建半殖民地的社會。所以中國革命仍舊是反對帝國主義和封建主義的民族民主革命，領導這一革命運動的是無產階級。這是馬克思主義者的觀點。一派則把大革命失敗後國民黨建立了反動政權看作是資產階級民主革命的勝利，認爲無產階級只能去搞合法鬥爭，等將來條件成熟時，再去搞所謂的社會主義革命。這是托陳取消派的觀點。此外，還有一些資產階級學者認爲中國的民族資產階級可以在既反對共產黨，又反對帝國主義和官僚買辦階級的夾縫中求得生存和發展，建立歐美式的資產階級政權。這一場論戰，促使茅盾進一步去思考中國的出路問題，並參加這一場論戰，用藝術形象來表述自己的看法。

〔註19〕《我走過的道路》（中）第91頁，人民文學出版社，1984年版。

這樣他就決定寫一部小說,「大規模地描寫中國社會現象」,〔註 20〕並回答托派:「中國並沒有走向資本主義發展的道路,中國在帝國主義的壓迫下,是更加殖民地化了。」〔註 21〕

顯然,《子夜》的題材是從中國的現實生活中獲得的,小說的主題思想是作家在馬克思主義指導下從觀察分析現實生活中孕育出來的。

茅盾最初設想,「這部都市——農村交響曲將分為城市部分和農村部分」,都市部分寫成《棉紗》、《證券》、《標金》三部曲。並擬出了初步提綱,設想了主要人物和基本情節,以後,覺得這種形式不理想。農村部分是否也寫成三部曲,怎樣配合,不好處理。於是就擱下了這個計劃。幾個月後決定改變計劃,只寫以城市為中心的長篇。重新構思出了一個《提要》和一個簡單的提綱,又據此提綱寫出了若干冊的詳細的分章大綱。這個計劃還是雄心勃勃的,到執筆寫作時,感到還是規模太大,再次考慮縮小計劃。

在創作過程中,茅盾曾帶了已經寫好的頭幾章原稿和整個寫作大綱,和孔德沚一道去看望瞿秋白。瞿秋白向他介紹了工人運動情況、紅軍和蘇區發展情況,以及黨的有關政策。不久黨的機關被破壞,瞿秋白又曾一度避居愚園路樹德里茅盾家中,住了一兩個星期。那時,他們天天談《子夜》,瞿秋白提了許多建議。比如吳蓀甫與趙伯韜的鬥爭結局,原來構思是握手言和的,後來改為一勝一敗,就是考慮了瞿秋白的意見修改的。但關於農民暴動和紅軍活動,茅盾沒有按照瞿秋白的意見寫下去。因為他覺得沒有直接的生活體驗,僅憑耳食材料,是寫不好的。並且又一次改變原定計劃,重新寫了分章大綱。成書後就是現在所看到的《子夜》。

《子夜》所描寫的故事發生在一九三〇年的上海。在寫作過程中一再改變計劃,作品所描繪的社會生活面一再縮小,但作品所反映的社會矛盾和鬥爭卻是多方面的、複雜的,作者所要解答的問題表現的主題思想卻始終只是一個。他說:

> 我那時打算用小說的形式寫出以下三方面:一、民族工業在帝國主義經濟侵略的壓迫下,在世界經濟恐慌的影響下,在農村破產的情況下,為要自保,使用更加殘酷的手段加緊對工人階級的剝削;二、因此引起工人階級的經濟的政治的鬥爭;三、當時的南北大戰,

〔註20〕 《子夜·後記》,《茅盾全集》第 3 卷,人民文學出版社,1984 年版。
〔註21〕 《茅盾論創作》第 58 頁,上海文藝出版社,1980 年版。

農村經濟破產以及農民暴動又加深了民族工業的恐慌。

　　這三者是互爲因果的。我打算從這裡下手，給以形象的表現，這樣一部小說，當然提出了許多問題，但我所要回答的，只是一個問題，即是回答了托派，中國並沒有走向資本主義發展的道路，中國在帝國主義的壓迫下，是更加殖民地化了。〔註22〕

後來他又進一步加以說明：

　　原來的計劃是打算通過農村（那是革命力量正在蓬勃發展的）與城市（那是敵人力量比較集中因而也是比較強大的）兩者的情況對比，反映出那時候的中國革命的整個面貌，加深革命的樂觀主義。〔註23〕

由此可見，茅盾的創作《子夜》，就是意圖通過藝術形象，大規模地反映一九三〇年那一時期中國的社會現象，一方面回答托派，「中國並沒有走向資本主義發展的道路，中國在帝國主義的壓迫下，是更加殖民地化了。」一方面顯示一九三〇年那一時期中國革命的歷史特點，暗示中國革命正處在一個新的高潮前面。子夜，是黎明前最黑暗的時候，可是雖然黑暗，黎明的到來卻已不遠。作者把他的小說題名「子夜」，正是有這樣一個用意的：中國人民即將經過子夜時的黑暗走向黎明。

　　《子夜》的題名，也有過幾次變化。最初想到三個：夕陽、燎原、野火。寫好一半以後，答應《小說月報》主編鄭振鐸的要求，由《小說月報》於一九三二年一月起連載，決定題爲《夕陽》。前人詩句：「夕陽無限好，只是近黃昏。」藉以喻蔣政權已是「近黃昏」，即在走下坡路了。署名爲逃墨館主，只是一時好奇，讓人家猜猜；自新文學運動以來，還沒有人寫資本家和交易所這樣的題材的。現在有人寫了，這人是誰呢？孟子說過，天下之人，不歸於陽，即歸於墨。陽即陽朱，先秦諸子中的一派，主張「爲我」。茅盾用「逃墨館主」作新的筆名，不是說要信仰陽朱的「爲我」學說，而是用陽字下面的朱字，朱者赤也，表示他是主張「赤化」的。不料突然發生了「一二八」上海戰爭，商務印書館總廠被日本侵略者的炮火所毀，茅盾的那份稿子也被毀了。幸而稿子是他的夫人孔德沚抄的副本，自己還留有原稿。商務印書館被毀，《小說月報》停刊，連載計劃自然打消。於是乃決定全書寫完後出單行

〔註22〕　《〈子夜〉是怎樣寫成的》，《新疆日報・綠洲》1939年6月1日。
〔註23〕　《茅盾選集・自序》，《茅盾文集》第2卷，人民文學出版社，1958年版。

本。到一九三二年十二月五日脫稿,一九三三年一月,由上海開明書店以《子夜》的題名出版。仍署「茅盾」這個筆名。書名及署名均係葉聖陶題簽。在內封,用英語 The Twilight:A Romance of China in 1930(意思是,黃昏,1930年發生在中國的故事。即原來擬用書名《夕陽》的意譯)。連續重複排印成一長方形作爲襯底,再印上書名及署名,別具一格。在這以前,它的第二章和第四章曾分別以《火山上》、《騷動》爲題,刊載於左聯刊物《文學月報》創刊號和第二期上。

吳蓀甫—— 一個民族資本家的典型形象

《子夜》的全部故事是圍繞著工業資本家吳蓀甫爲了發展民族工業而進行的鬥爭這條主線展開的。在這條主線上,作家描寫了民族資產階級與買辦資產階級的聯合和鬥爭,民族資產階級內部的聯合和鬥爭,資本家與工人群眾的矛盾鬥爭,公債市場上的投機活動,工人的罷工運動和農民的武裝暴動等等生活場景。在這些互相交織著的矛盾和鬥爭中,作家創造了吳蓀甫、趙伯韜等典型形象。特別是吳蓀甫這個典型形象,是可以與阿Q相媲美的。正是由於吳蓀甫這個典型形象塑造得很成功,從而使《子夜》像巍巍高峰,屹立在中國現代文學史上。

吳蓀甫,這二十世紀三十年代初期的中國工業資本家,裕華絲廠的老闆。是一個有著十八世紀法國資產階級性格的人。他有手腕,有魄力,善用人,能把「中材調弄成上駟之選」;他有比較雄厚的資金,去過歐美,有一套比較進步的管理企業的方式;他更富有冒險精神和發展民族工業的宏大志願。對於自己,他從來不肯妄自菲薄,對那些沒有見識、沒有膽量、沒有手段、把企業弄得半死不活的庸才,他就毫無憐憫地要將他們打倒。把他們手裡的企業,拿到自己的「鐵腕」裡面來。事實也正是這樣,當他的同業有困難的時候,他就用非常狠毒的手段去併吞他們。朱吟秋的絲廠和陳君宜的綢廠,就這樣變成了他的企業。他又和太平洋輪船公司總經理孫吉人、大興煤礦公司總經理王和甫、金融界鉅頭杜竹齋等組織益中信託公司,以五六萬元的廉價收盤了價值三十萬元的八個小廠。這八個廠,都是日用品製造廠,如熱水瓶廠、肥皂廠、陽傘廠等,又準備擴充這八個廠,要使它們的產品走遍全中國的窮鄉僻壤,並且使從日本遷移到上海來的同部門的小廠都受到致命的打擊。不僅這樣,他還想得更遠:「高大的煙囪如林,在吐著黑煙,輪船在乘風破浪,汽車在駛過原野。」

作爲一個資本家的吳蓀甫，他是循著資本主義的發展規律在前進的，不管他自己是不是意識到這一點。

作爲一個資本家的吳蓀甫，他的這些所作所爲，充分體現了資產階級唯利是圖、貪婪成性的階級本質；而資產階級的階級本質又是通過吳蓀甫「這一個」資本家的獨特的個性——精明強幹、剛愎自用、巧於計謀、心狠手辣得到體現的。

吳蓀甫作爲一個「中國的」民族資本家，他的所作所爲，還有著一定的民族觀念和愛國思想。就以他辦絲廠的指導思想來看吧：當「詩人」范博文問他：「你爲什麼要辦絲廠？發財的門路豈不是很多？」他的回答是：「中國實業能夠挽回金錢外溢的，就只有絲！」他認爲，「中國民族工業只剩下屈指可數的幾項了！絲業關係中國民族的前途尤大！」可見吳蓀甫在追求利潤的同時，並沒有忘記民族利益。在籌辦益中公司時，吳蓀甫就主張把「救濟」朱吟秋等人的企業作爲辦益中公司的「宗旨」。他認爲：「他們的企業到底是中國人的工業，現在他們維持不下，難免要弄到關門大吉，那也是中國工業的損失，如果他們竟盤給外國人，那麼外國工業在中國的勢力便增加一分，對於中國工業更不利了。所以爲中國工業前途計，我們還是『救濟』他們！」這一番「義形於色」的話，固然是資產階級大魚吃小魚的一種藉口，他的合夥人王和甫把它說成是「救國名言」，自然是言過其實了，但也不能不承認其中確實包含有一定的民族觀念。

吳蓀甫使他們的工廠出產的日用品走遍全國窮鄉僻壤，使日本資本家開在上海的生產同樣產品的工廠都受到致命的打擊，還要讓中國人自己的「輪船在乘風破浪，汽車在駛過原野」，固然也是從個人的利益出發的（否則就不是資本家，就不是吳蓀甫了）。但是，他這種在經濟上，強烈要求發展民族工業的想法和做法，在當時的中國來說，是有積極作用的。因爲這符合廣大人民群眾的要求，符合中國社會發展的要求，並且在政治上具有反帝的意義。

一九二七年的大革命失敗以後，民族資產階級作爲一個階級來說，「也附和了大資產階級」，「轉到了帝國主義和封建勢力的反革命營壘」，[註24]「但是他們基本上還沒有掌握過政權，而受當政的大地主大資產階級的反動政策所限制」，[註25]因此他們在政治上是反動的，但又不滿國民黨新軍閥的反動

[註24] 毛澤東：《新民主主義論》。
[註25] 毛澤東：《中國革命與中國共產黨》。

統治。作爲「中國的」民族資本家的吳蓀甫，正是這樣，他希望「國家像個國家，政府像個政府」。這樣他的企業才會有出路，才能順利發展。然而，他又希望內戰能夠拖延下去，在內戰的炮火聲中混水摸魚。所以他一方面參與趙伯韜以鉅款賄買西北軍「打敗仗」的陰謀，以便在公債市場上掀風作浪，獲取暴利，另一方面又勾結汪派政客唐雲山，販賣軍火，支持西北軍來延長內戰。

吳蓀甫作爲一個「中國的」民族資本家，與買辦金融資本家趙伯韜之間是既聯合又鬥爭的。但聯合是暫時性的，爲了眼前的利益；而鬥爭是不可調和的，你死我活的。他不僅看到日本人在上海辦工廠是自己當面的敵人，更明確地意識到趙伯韜是自己「背後的敵人」，所以他要把益中公司辦成「反趙的大本營」。這表明了民族資產階級的革命性的一面。

吳蓀甫的這種種所作所爲，固然爲他的社會階級地位所決定，同時也由於他的那種敢作敢爲的魄力和冒險精神。中國民族資產階級的兩面性，通過吳蓀甫這一個資本家的矛盾性格，得到生動的表現。

吳蓀甫出身於「世家」，後來投身工業界，成爲「二十世紀機械工業時代的英雄騎士和王子」，可是他並沒有忘記他的家鄉——雙橋鎮。除了以全部精力來經營他的企業外，他又用另一隻眼睛看著農村。他打算以一個發電廠爲基礎，建築起「雙橋王國」來。在開辦了發電廠後的幾年內，相繼開辦了米廠、油坊、當舖、錢莊。不管他自己是不是意識到這一點，吳蓀甫是在一步步地按資本主義的方式來改造中國的農村，在客觀上這對中國社會的發展也是有積極作用的。但他這樣做的時候，並沒有忘記用封建高利貸的方式來剝削農民，用剝削農民所得來支持他的事業和投機活動。顯然，吳蓀甫的建築「雙橋王國」的理想，並不是爲了農村，而是爲了發展他的資本主義企業。這就反映了中國民族資產階級的另一特徵：和中國封建主義的血緣關係。

當吳蓀甫在企業活動或在公債投機市場上告急的時候，便自然的回到企業內部，進一步的壓榨工人：延長工時，削減工資，剋扣工人米貼。爲了達到自己的目的，不惜開除工人，收買工賊破壞工人團結，雇用流氓，利用反動軍警等毒辣手段來鎮壓工人運動。

吳蓀甫和工人階級之間的矛盾，正是資產階級與工人階級之間不可調和的矛盾的反映。它集中地反映出一九三○年那一時期中國民族資產階級的本質特徵。

　　吳蓀甫雖然精明能幹，可是他的事業並不是一帆風順的。他不得不用他全部的精力在三條火線的圍攻下進行掙扎。

　　在對付工人運動這條戰線上，吳蓀甫是獲得一些勝利的，這些勝利是他付出了一筆不小的秘密費和花了許多精力以後得來的。可是這些勝利並沒有挽救他的厄運。

　　爲了要保衛他的「雙橋王國」，吳蓀甫必須鎮壓農民起義。當他得到武裝起義的農民佔領了雙橋鎮的消息時，他是那樣的憤怒。特別是當他感覺到當權者的無能而自己的權力又不能直接去鎮壓起義者時，他的憤怒更甚。在對付農民起義這一條火線上，吳蓀甫有著鞭長莫及之感。

　　給予吳蓀甫壓力最大的還是以趙伯韜爲代表的以美國金融資本爲後臺的買辦資產階級勢力。吳蓀甫爲了在公債投機市場上獲得暴利，參與了趙伯韜收買西北軍打敗仗的陰謀。可是吳蓀甫雖然精明，還是上了趙伯韜的當。八萬銀子「報效了軍餉」。可是這次小小的打擊並沒有挫敗吳蓀甫的銳氣，他一方面準備獨資併吞朱吟秋的絲廠，一方面合夥辦益中信託公司，進行大規模的活動。當他一步步實行他的計劃的時候，趙伯韜又加以阻撓破壞。朱吟秋的絲廠和陳君宜的綢廠變成「吳蓀記」了，益中公司的攤子也攤開了，而趙伯韜的經濟封鎖也跟著來了。又由於軍閥混戰的影響，益中公司所屬八個廠的產品找不到銷售市場，而散在「雙橋王國」的資金又因農民起義的影響調動不起來，這樣不僅使他無力擴充他的企業，就是資金周轉也不靈了。儘管他頑強掙扎，最後還是失敗在趙伯韜手裡。益中公司所屬的八個廠出盤給日本和英國的商人，自己的絲廠和住宅也都抵押了出去。

　　吳蓀甫，這個工業資本家，有他自己獨有的社會地位，有他自己獨有的生活處境和命運，有他自己獨有的思想、作風，是一個具體的、獨特的存在，是一個第二次國內革命戰爭時期的中國民族資本家的典型形象。

　　吳蓀甫這一形象之所以完整飽滿，具有高度的典型性，首先就因爲作家是把吳蓀甫這一形象放在尖銳的鬥爭中來描繪的。爲了實現它的發展民族工業的雄圖，吳蓀甫不得不在三條火線的圍攻中進行戰鬥。通過吳蓀甫在雙橋鎮的活動以及他對軍閥混戰、農村革命的態度的描寫，反映了中國民族資產階級與中國封建主義的聯繫和矛盾；通過吳蓀甫在企業活動中和投機市場上與趙伯韜的關係的描寫，反映了中國民族資產階級與買辦資產階級的聯繫和矛盾；通過吳蓀甫對待工人的態度的描寫，反映了中國民族資產階級與工人

階級的不可調和的矛盾。而這一切，又是通過作為一個中國民族資本家的吳
蓀甫的獨特的際遇表現出來的。

在作家對吳蓀甫的性格的描寫中，並沒有僅僅局限在主要的鬥爭中，而
是注意到在不同的生活場景中，通過不同的細節描寫，來加以刻畫。如吳蓀
甫對自己弟妹的岸然道貌與浦江夜遊中的縱情戲謔；對自己太太的冷淡與在
極端苦悶中的奸淫女僕；反映妻子林佩瑤苦悶憂鬱心情的「枯萎的白玫瑰」，
雖然出現三次，可是一次都沒有引起他的注意，而對投機市場上的活動又是
那樣的敏感等生活場景與細節的描寫，更有力地揭露了吳蓀甫的「生命最深
處的東西」。

吳蓀甫，這個具有「十八世紀法國資產階級性格」的中國工業資本家，
在雄心勃勃地走著資本主義的道路，就他的主觀條件來說，是完全有可能壓
倒任何對手，使自己處於勝利者的地位的。然而，事與願違，他卻是到處碰
壁，不斷失敗，在三十年代初的中國社會舞臺上，演了一齣悲劇。

吳蓀甫的悲劇，並不是像某些評論家說的那樣，是「個人的悲劇」，〔註26〕
而是中國民族資產階級的悲劇。

吳蓀甫之所以演了悲劇，並不是偶然的、個人的原因，而是歷史的必然。
因為吳蓀甫不是活動在資本主義上昇的時代，而是活動在資本主義已經發展
到帝國主義的時代，不是活動在資本主義國家，而是活動在半封建半殖民地
的中國，在帝國主義和官僚資產階級統治下的中國。就中國的民族資產階級
來說，先天不足，後天失調。一直走著坎坷的道路，在第一次國內革命戰爭
時期，他們要參加革命統一戰線，表現了一定程度的反帝反封建的革命積極
性。大革命失敗後，他們跟隨大地主、大資產階級轉向反動派營壘，但是，
他們並沒有從國民黨政府那裡得到什麼好處。相反，國民黨新軍閥各個派系
之間的混戰，致使民不聊生，市場萎縮，民族工業更加毫無出路，又由於資
本主義世界經濟危機的發展，資本主義國家為了轉嫁困難，更加緊了對包括
中國在內的殖民地、半殖民地的經濟侵略。因此，中國的民族資產階級要在
中國發展民族工業，發展資本主義，是不可能的，要在中國實行資產階級的
民主政治，也同樣是不可能的。但是，他們卻仍然仇恨工農，敵視中國共產
黨，反對中國共產黨所領導的反帝反封建的革命。所以這個時期的中國民族
資產階級，是處在一條死胡同中，找不到出路，只能扮演悲劇的角色。恩格

〔註26〕侍桁：《〈子夜〉的藝術思想及人物》，《現代》第 4 卷第 1 期。

斯在談到《弗蘭茨・馮・濟金根》這個劇本對幾個人物的處理時指出：「這就構成了歷史的必然要求和這個要求的實際上不可能實現之間的悲劇性衝突」，〔註27〕中國民族資產階級想要求民族工業、發展資本主義與買辦資產階級之間的衝突，實質上也就是「歷史的必然要求和這個要求的實際上不可能實現之間的悲劇性衝突。」而吳蓀甫，就是這一悲劇的主角。

　　吳蓀甫，這個有血有肉、栩栩如生、富有立體感的典型形象，正是由於藝術上的成功和蘊含著的深刻的思想意義，而具有了不朽的意義。

舊上海十里洋場上的眾生相

　　舊上海，是中國最大的城市。舉行過震驚中外的「五卅」運動和三次武裝起義的上海人民，有著光榮的革命傳統。但是在三十年代初，工人運動在逐步恢復的同時，卻又受到「左」傾路線的干擾，工人群眾在困難中進行著鬥爭。

　　作家用他那一支如椽大筆和強烈的色彩，以廣闊的中國社會作背景，描繪了一幅十里洋場（旁及農村）上的眾生相的巨幅畫卷。在這一幅畫卷中活動的人物有八、九十個，吳蓀甫這個民族資本家是這幅畫卷的中心人物。有不同程度典型意義的人物也可以數到三十來個，現分作九組來加以研究。

　　第一組只有一個人，就是吳蓀甫的對立面，買辦金融資本家趙伯韜。

　　趙伯韜，這個公債市場的魔王，他扒進各式各樣的公債，也「扒進」各式各樣的女人。他不需要任何偽裝，以荒淫無恥的生活作誇耀。他和吳蓀甫等組織秘密公司在公債市場上興風作浪，又反轉來計算吳蓀甫，使吳蓀甫在這次投機中失敗。趙伯韜一開始就是站在主動者的地位上出現的。

　　在吳蓀甫準備併吞朱吟秋的時候，趙伯韜又插足進去加以阻撓，在吳蓀甫等籌組益中公司的時候，他又企圖介紹國民黨反動政客尙仲禮做經理，以便從中控制益中公司，同時，他依靠美國金融資本的撐腰，進行一個陰謀計劃，企圖使美國金融資本控制中國工業資本，把吳蓀甫這樣的一些民族企業的老闆，變成在美國金融資本支配下的管事。在益中公司的業務開展以後，他又用經濟封鎖的辦法來破壞。

　　在政治上，他是站在蔣介石一邊的，在公債市場上，他也有著特殊的「魔術」。他可以命令交易所和國民黨政府的財政部制訂種種辦法，以便他操縱控

〔註27〕《馬克思、恩格斯全集》第29卷第581～587頁。

制來打倒自己的對手。就這樣使得吳蓀甫在投機市場的陷阱裡，越陷越深，終於徹底破產。

趙伯韜，美國金融資本的捐客，中國民族資產階級的死敵，是一個買辦金融資本家的典型。

如果說，作家對吳蓀甫的描寫，用的是精雕細刻的手法，那麼，對趙的描寫，卻是用粗線條勾勒。作家從與吳蓀甫對立而又站在主動者的位上這一角度來描寫趙伯韜，所以就直接用他的特徵性的語言來揭示他的狂傲、盛氣凌人、荒淫、粗俗的性格。這顯示茅盾在人物描寫上的精煉、經濟的手法。所花筆墨不多，性格卻是很鮮明的。

第二組是與吳蓀甫合作的或同命運的幾個資本家：有杜竹齋、孫吉人、王和甫、周仲偉、朱吟秋、陳君宜等。

孫吉人、王和甫和杜竹齋是吳蓀甫的三位合作者。杜竹齋，這位吳府至親，好利而多疑的金融鉅頭，最早退出了益中公司，並且又是他，在最緊急的關頭，給予吳蓀甫以最沉重的一擊。由於他的穩扎穩打，好利多疑，甚至至親關係也可以完全拋開，使他在驚濤駭浪的投機市場中的地位有可能多維持一些時候。有眼光、有毅力的太平洋輪船公司總經理孫吉人，肯死心去幹的大興煤礦公司總經理王和甫，是和吳蓀甫同在一條船裡的，他們的命運自然也和吳蓀甫一樣。絲廠老闆朱吟秋、綢廠老闆陳君宜和光大火柴廠老闆周仲偉，他們比吳蓀甫更軟弱、更無力，他們的必然失敗，也是他們「命」裡早已注定了的。

孫吉人、王和甫、杜竹齋、朱吟秋以至周仲偉等與吳蓀甫同命運的大小資本家的形象，也都有著一定的典型性。

第三組是資本家的走狗莫乾丞、屠維岳、桂長林、錢葆生之流。

裕華絲廠賬房莫乾丞的任務，不僅僅是管賬，他還接受老闆吳蓀甫交給他的特殊任務：收買工人中的敗類，挑撥工人團結，破壞工人運動。所以實際上是資本家的一條走狗。然而此人昏庸無能，面對已經有了團結鬥爭經驗的工人，就束手無策，吳蓀甫認為這種人，「只會偷懶，只會拍馬」，「完全是膿包」。

然而屠維岳就不一樣了。這是一條頗為能幹的走狗。

當他第一次和吳蓀甫談話時，就帶著一副強硬的滿不在乎的神氣。在二年多的小職員生活期間，他摸熟了工廠的底細，也摸透了吳蓀甫的性格、脾

氣。這樣在一次談話以後，就得到了吳蓀甫的賞識和提拔。在屠維岳，他知道如何取得吳蓀甫的信任；他善於使用流氓打手和反動軍警，可是他更善於僞裝自己；他知道怎樣利用工人群眾的憤激情緒，把它引導到有利於自己的這方面來，他又巧妙的利用黃色工會內部的派別鬥爭，借刀殺人，來達到自己的目的。他還打算乘罷工風潮「認明白了那幾個有共產黨嫌疑」，「一網打盡」。當他的陰謀手段都失去作用時，便露出了凶惡面目，公然勾結反動軍警殘酷鎭壓工人運動。但這個倔強、自負的傢伙，同樣也不可能幫助吳蓀甫扭轉最後失敗的命運。

裕華絲廠中的黃色工會中的錢葆生和桂長林，分別以國民黨中的蔣介石派與汪精衛派爲後臺。還各自收買了一批工人階級中的敗類，做他們的工具和打手。他們互相攻擊，又互相勾結，共同對付工人中的先進分子，破壞工人運動，爲吳蓀甫效勞，但也都不能改變吳蓀甫的命運。

這些形形色色的走狗的活動，反映了當時工人運動的複雜性和鬥爭的艱苦性，也反映當時工人運動的特點。

第四組是政客、軍官和交易所經紀人：唐雲山、尙仲禮、雷鳴、韓孟翔等等。

吳蓀甫的莫逆之交唐雲山，是汪派的政客，一有機會就鼓吹汪精衛的政治觀點。吳蓀甫雖是企業家，但另一隻眼睛也望著政治，所以也就需要一位這樣的朋友。他們不僅公開合作，並且還暗中勾結，給西北軍私運軍火，爲汪精衛效勞。在趙伯韜那一邊，有一個尙仲禮，曾追隨過袁世凱，後「由官入商」，弄一個信託公司的理事長混混，實際上也是一個政客，是趙伯韜用來與吳蓀甫作鬥爭的一個工具。通過這兩個人活動，揭示出吳趙「鬥爭」深刻的政治背景。

還有國民黨軍隊中的軍官，吳少奶奶林佩瑤過去的情人雷鳴，吳蓀甫的經紀人是吳府至親陸匡時，趙伯韜的經紀人韓孟翔，通過這些政客、軍官、經紀人的活動，進一步揭露了資產階級上流社會中的爾虞我詐、勾心鬥角的種種卑劣伎倆。

第五組是資本家的親屬。在《子夜》中，趙伯韜似乎是孤家寡人，除了幾個姘婦以外，並沒有什麼親屬。而吳蓀甫卻是有不少親屬的。除了吳老太爺、吳蓀甫的父親一到上海就死去以外，作家描寫了吳蓀甫的夫人林佩瑤、他的妹妹四小姐蕙芳和弟弟阿萱，還有杜姑奶奶、二小姐芙芳等。特別是對

吳少奶奶，吳蓀甫的夫人林佩瑤的描寫是花了不少筆墨的。林佩瑤出身於名門世家，曾在教會學校讀過，又受到「五四」新思潮的洗禮，再加上西歐古典文學名著的薰陶，做過「仲夏夜的夢」。後來卻成了吳公館的主婦。物質生活上她是富裕舒適的。然而她卻始終感到生活中少了什麼東西。這不僅是因為她的丈夫把全副精力都放在「事業」上了，對她沒有體貼溫情，更因在她心靈中還有另外一個人，當年的戀人雷鳴，然而這又是不能在丈夫面前吐露的秘密。為此她感到難以言傳的苦惱和空虛。

吳蓀甫這個「大亨」，雖然擁有幾十萬財產，他的家庭精神生活，卻是十分空虛，毫無樂趣的。

第六組是資產階級的知識分子李玉亭、范博文、張素素之流。

李玉亭是個經濟學教授，他奔走於吳蓀甫、趙伯韜之間，想做一個和事老，「不辱吳蓀甫所託付的使命，而又不至於得罪老趙」，希望他們能妥協和平。身處「兩大之間」，然而有時卻兩面不討好。以「詩人」自居的范博文，既要追求林佩珊，又奸污了毫無社會經驗的十六歲的四小姐蕙芳，「五卅」紀念的那一天躲在南京路上大三元酒家的樓上觀看遊行示威，「搜集詩料」，當樓梯上突然響起了雜沓的腳步聲的時候，他就驚慌得「往桌子底下鑽」。他就是這樣一個無恥的軟骨頭。號稱「女革命家」的張素素，雖然參加了「五卅」紀念節的南京路上的示威遊行，但一遇巡捕的襲擊，就兩手發抖。實際上她也只是一個革命的旁觀者。杜新籜，在法國留學的幾年間，進過十幾個學校，學過各種各樣的學科，有「萬能博士」的雅號，其實是什麼都不懂的人。還有一個杜學詩，雖然是工程科的大學生，卻熱衷於政治，鼓吹法西斯專政。

這些教授、律師、詩人、留學生和大學生，儘管他們經歷不同、個性不同、主張不同，但有一點是共同的，就是都依賴資本家的錢袋生活。沒有真正的愛情，沒有道德觀念，仇視工農，反對革命，在荒淫無恥、頹廢無聊中混日子。

第七組，工人群眾的形象，既有罷工鬥爭的積極分子陳月娥、朱桂英等；也有工人隊伍中的敗類。

《子夜》所反映的那段時期，工人運動開始得到恢復和發展，每一次經濟鬥爭很快就轉變成為政治鬥爭。但工人群眾的鬥爭又是在極困難的情況下進行的。一方面是資本家的威迫利誘，工賊的破壞，反動軍警的鎮壓，一方面是黨的「左」傾錯誤的領導，因此，幾次罷工鬥爭都失敗了。但是工人群

眾就在這殘酷的鬥爭中鍛煉自己。小說中描寫了陳月娥、朱桂英、張阿新、何秀妹等幾個工人中的先進分子的形象。陳月娥，裕華絲廠罷工鬥爭的領頭人，她經常與地下黨組織聯繫。雖然她在思想上也受到「左」傾路線的影響，但仍不失工人本色。她和藹、沉著，善於擺脫壞人的釘梢；英勇、剛強，敢於正面和工頭鬥爭。朱桂英，罷工鬥爭中的積極分子，雖然屠維岳對她軟硬兼施，威逼利誘，但都沒有能夠使她低頭屈服。雖然，總的說來，《子夜》中對工人形象的描繪比較遜色。但陳月娥、朱桂英這兩個形象，還是描寫得比較生動的。

在罷工運動中，也描寫了工人隊伍中的一些敗類，如姚金鳳、薛寶珠、王金貞等。她們的破壞活動，給罷工鬥爭帶來一定的困難，但她們所起的作用畢竟是有限的，因爲工人群眾的眼睛雪亮。

第八組，地下革命工作者的形象。

與描寫工人運動相聯繫，小說描寫了四個地下革命工作者。作者雖然沒有點明他們的政治身份，但讀者能夠理解他們都是在基層工作的共產黨員。克左甫和蔡眞是絲廠罷工鬥爭的直接領導者，可是他們的領導方法卻是以教條主義代替對客觀情況的分析，以命令主義代替思想教育的。蘇倫，由於不滿領導上的命令主義、盲動主義，開始蛻化成爲「取消派」了。至於瑪金，她的實際工作經驗，使她模糊地意識到克佐甫、蔡眞他們的錯誤，她認爲必須改變鬥爭的方式與方法，可是她還是比較幼稚的，對克佐甫等的錯誤，她還不能從理論上來加以批判。作品中有關這方面的描寫，基本上是反映了當時城市革命工作的實際情況的，對「左」傾路線作了比較正確的分析和批判。

《子夜》中的工人和革命者的形象，與資本家的形象比較起來，有些遜色，不夠生動、豐滿。造成這一缺陷的原因，正像作者自己所說的：對工人運動和革命工作者的描寫，僅憑第二手的材料，生活體驗不夠是寫不好的。

第九組是三個地主分子的形象。

曾經是頂刮刮的「維新黨」的吳老太爺，因爲一連串的不幸事件，消蝕了他的英年浩氣，轉而虔奉《太上感應篇》，「二十五年來，他不曾經驗過書齋以外的人生」！吳老太爺在實際上已成爲「幽暗的墳墓」裡的「僵屍」了。這個「僵屍」，因爲「土匪」囂張和共產黨紅軍的「燎原之勢」，被吳蓀甫接到上海來。但他一到上海，就因經受不住資本主義生活方式的刺激而腦充血死掉了。「古老的僵屍」從幽暗的墳墓出來，與時代的空氣一接觸，自然就要

「風化」的。這雖然帶著濃厚的象徵色彩，但也顯示出資本主義勢力對封建主義的衝擊作用。

曾滄海，這個雙橋鎮有名的「土皇帝」，因國民黨「新貴」的排擠而感到苦悶，又因兒子參加了國民黨重新燃起了希望。可是在他美夢方酣的時候，就被武裝起義的農民逮住了。——在崩潰過程中的封建主義，是經不起農民武裝力量的一擊的。

用「長線放遠鷂」的方式對農民進行高利貸剝削的地主馮雲卿，利用軍閥孫傳芳過境的機會爬上了政治舞臺，又因「土匪」蜂起，農民騷動，逃到上海來做「海上寓公」。這個僵屍卻沒有「風化」，他甚至不惜犧牲自己的姨太太來維持身家性命的安全。馮雲卿這一形象，一方面體現出資本主義勢力對封建宗法關係的破壞作用，一方面體現出封建勢力在半殖民地社會中的轉化過程和適應性。

三個不同生活經歷、不同性格和不同遭遇的地主形象，反映出中國封建社會崩潰的必然性及其在其崩潰過程中的轉化；反映出中國封建主義對畸形發展的資本主義的適應性。

上述九組人物，允分地展示出上海這個十里洋場上的眾生相，表明了這是一個畸形的都市。這九組人物與吳蓀甫之間的直接的或間接的聯繫、矛盾和鬥爭，深化了作品所表達的主題。

生活真實、革命傾向和藝術形象的「完美融合」

早在十九世紀中期，恩格斯在評論斐·拉薩爾的劇本《弗蘭茨·馮·濟金根》時就明確地指出：偉大的作品，必須是「較大的思想深度和意識到的歷史內容，同莎士比亞劇作的情節的生動性和豐富性的完美的融合」，並認為德國的戲劇要做到這一點，只有等待將來。〔註28〕恩格斯這段話當時雖然只是就德國的戲劇說的，但卻具有重大意義：在文藝史上第一次明確地提出了無產階級的美學理想、美學原則。

「較大的思想深度」，在現代就是要求作家用馬克思主義的觀點來觀察分析評價自己所描寫的生活，用自己的真知灼見，回答生活所提出的問題。所謂「意識到的歷史內容」，就是「通過對現實關係的真實描寫」，從而揭示其本質和歷史動向。所謂「莎士比亞劇作的情節的生動性和豐富性」，就是指包括情節安排在內的高度藝術性。這三個方面的「完美的融合」，也就是要求做

〔註28〕《致斐·拉薩爾》，《馬克思恩格斯全集》第 29 卷第 581～587 頁。

到在無產階級思想指導下的眞、善、美的融合。

前面提到茅盾一九三一年八月總結「五四」以來新文學創作的經驗教訓（也包括他自己創作的經驗教訓）時得到這樣一個結論：「將來的偉大作品之產生不能不根據三個條件：正確的觀念，充實的生活，和純熟的技術；然而最主要的還是充實生活。」茅盾這裡的三個條件，和恩格斯說的應該做到「完美融合」的三個方面，是完全一致的。

《子夜》正是一部具有「較大的思想深度」的作品。

《子夜》不是只寫一個「生活的橫斷面」的短篇，而是一部「大規模地描寫中國社會現象」的長篇。這就不僅要求作家對中國的社會現象要有全面的瞭解，並且要求作家對中國社會的性質和中國革命的出路問題有一個馬克思主義的認識。

小說的具體描寫體現出：作家對民族資產階級和買辦資產階級是作了嚴格的區別的。當時有些人抱「華洋一家親」的觀點，對凡是開辦在中國的企業，一概都看作是資本主義，認爲洋貨和國貨，都是商品，張三、李四、約翰、佐藤，都是資本家，所以中外資本只有數量上的不同，中外企業只有大小的差別，性質上是沒有什麼不同的。這就模糊了帝國主義企業與民族資本主義企業的界限，並且模糊了買辦資產階級與民族資產階級的界限；從而否定了帝國主義對中國的經濟侵略，否定了中國社會的半殖民地性質。《子夜》中所表達的觀點，則正好相反，明確地寫出了買辦資產階級以帝國主義爲後臺，勾結蔣介石政府與扼殺民族工業的罪行，寫出了民族資產階級對買辦資產階級的控制所作的艱難的掙扎。從而把民族資產階級與買辦資產階級嚴格區別開來。

小說的具體描寫體現出：作家對三十年代初期中國民族資產階級的認識是十分深刻的。他肯定了民族資本家的強烈要求發展民族工業的想法和做法所包含的民族觀念和愛國思想，肯定了他們對抗和抵制買辦資產階級的控制而作的鬥爭的進步性，揭示出在這個階級內部大魚吃小魚的現象和仇視工農、反對革命的反動性；還揭示出在那個特定歷史時期他們在國民黨的派系鬥爭和新軍閥混亂中又站在反蔣這一邊的政治態度。特別是在「左」傾路線「在中國社會性質、階級關係的問題上，誇大資本主義在中國經濟中的比重，誇大中國現階段革命中反資產階級鬥爭、反富農鬥爭和所謂『社會主義

革命成分』的意義，否認中間營壘和第三派的存在」。〔註 29〕在這樣一種情況下，作家對民族資產階級作了上述那樣一種分析和評價，正是作家的遠見卓識和革命膽略的體現。

通過作品中的具體描寫體現出：作家肯定了普通黨員和普通工人在罷工鬥爭中的英勇精神，批判了「左」傾路線，這是完全正確的。《子夜》所反映的生活是一九三○年五月到七月。這時候正是李立三的「左」傾路線在黨中央領導機關佔統治地位的時候。《子夜》所描寫地下革命工作者所領導的「總同盟罷工」等等，正是「左」傾路線、「左」傾政策的產物。作家描寫到這一方面生活的時候，加以批判是完全必要的。一九五二年茅盾在談到《子夜》時，曾自我批評說：「這部小說雖然企圖分析並批判那時的城市革命工作，而結果是分析批判都不深入。」〔註 30〕以後許多研究者包括筆者在內都據此評價小說這方面的描寫，其實這是十分不公允的。「在分析任何一個社會問題時，馬克思主義的絕對要求，就是要把問題提到一定的歷史範圍之內。」〔註 31〕眾所周知，取代李立三的「左」傾路線的是更「左」的王明路線，王明的「左」傾機會主義路線從一九三一年一月起到一九三五年一月遵義會議才告結束，在全黨的統治長達四年之久，給革命帶來嚴重損失，至於從思想上、政治上對「左」傾路線的徹底批判，則要到一九四二年的延安整風運動。茅盾創作《子夜》時的一九三二年，正是「左」傾思潮泛濫時期。當時茅盾就已意識到工人運動中的「左」傾錯誤，並加以批判。這就不僅是一個作家的真知灼見，革命膽略，並且是要很高的馬克思主義的理論修養才有可能的。

小說的具體描寫體現出：作家對地主階級的反動性、腐朽性和寄生性的分析和判斷是非常正確的。

小說中關於時代背景的描寫，反映了中國共產黨領導的工農紅軍武裝鬥爭的蓬勃發展，已成燎原之勢。

在《子夜》中，作家對吳蓀甫及其周圍有直接的或間接的關係的九組人物的「有代表性的性格作了卓越的個性刻畫」。塑造了一系列栩栩如生的形象，從而對錯綜複雜的「社會關係」作了「真實描寫」，形成了一幅廣闊的歷史畫卷。

〔註 29〕 《關於若干歷史問題的決議》，《毛澤東選集》一卷本第 965 頁。
〔註 30〕 《茅盾選集・自序》，開明書店，1952 年版。
〔註 31〕 《論民族自決權》，《列寧選集》第 2 卷第 512 頁。

上述各種人物又形成各種有形的或無形的集團，爲了各自的目的生活著和行動著。豪華的吳公館，華懋飯店之類的高級飯店、夜總會，什麼秘密艷窟等處，既是資本家們的生活場所，又是他們進行陰謀活動的地方。他們可以當面握手言歡而背後捅刀子，爾虞我詐，勾心鬥角，道德敗壞，精神空虛，卑劣無恥，敵視工農，在洶湧膨湃的革命潮流面前害怕得發抖。他們之間錯綜複雜而又微妙的關係的焦點，則是工業資本家的吳蓀甫卻參與公債投機並與趙伯韜進行「鬥法」。而證券交易所，投機家們在這裡可能幾個小時就獲利百萬，也可能傾刻間就破家蕩產。這裡也是吳趙「鬥法」決戰的「戰場」。吳蓀甫最後的背水一戰，就是在這裡被趙伯韜打敗的。這一切，就是十里洋場中所謂資產階級上流社會的生活。《子夜》還揭示出在這個十里洋場的上海，還有另一個社會，這就是楊樹浦、曹家渡等地區的草棚區。在那裡，工人群眾過著艱難的生活，進行緊張的地下革命活動。他們爲了改善自己的處境，爲了推翻國民黨新軍閥的統治，打倒帝國主義及其走狗，推翻舊社會制度，求得自己的解放而鬥爭。不管他們自己是不是自覺地意識到，他們的鬥爭是與工農紅軍的武裝鬥爭相呼應的。

小說通過「卓越的個性刻畫」，通過人物的性格衝突和不同的命運，不僅「大規模地描寫中國社會現象」，並且揭示出中國社會的本質特徵。恩格斯曾經說過：

> 如果一部具有社會主義傾向的小說通過對現實關係的眞實描寫，來打破關於這些關係的流行的傳統幻想，動搖資產階級世界的樂觀主義，不可避免地引起對於現存事物的永世長存的懷疑，那麼，即使作者沒有直接提出任何解決辦法，甚至作者有時並沒有明確地表明自己的立場，但我認爲這部小說也完全完成了自己的使命。〔註32〕

《子夜》就是這樣一部具有「較大的思想深度」和「意識到的歷史內容」的小說，也可說是一部「具有社會主義傾向」的小說。

在藝術形式、藝術技巧方面，《子夜》是很有獨創性的。

《子夜》藝術上的獨創性，首先表現在情節生動性和豐富性上。

小說的基本情節是工業資本家吳蓀甫爲了發展民族工業與公債投機進行三條戰線的鬥爭。

〔註32〕恩格斯：《致敏·考茨基》，《馬克思恩格斯全集》第36卷第382頁。

在三條戰線的鬥爭中，吳蓀甫與王和甫、孫吉人合辦的益中公司與買辦金融資本家趙伯韜的鬥爭是主要線索。吳蓀甫通過屠維岳以及黃色工會的桂長林、錢葆生與工人的矛盾鬥爭，是又一條重要線索，吳蓀甫與雙橋鎮農民的矛盾鬥爭是第三條線索。對工人的鬥爭，吳蓀甫是勝利者，雙橋鎮的失陷，使吳蓀甫受到很大的牽制，但還不是致命傷。最後使吳蓀甫一敗塗地的是趙伯韜。三條線索，交錯發展，層次清楚。但是要把這種題材寫得生動、有趣，是並不容易的。作家一方面完全克服了當時左翼文藝曾經普遍存在的公式化、概念化的毛病，但也沒有去編造離奇曲折的情節，寫成驚險小說那樣，而是按照生活中會有的實情來構思情節。

在《子夜》中我們看到吳蓀甫在三條戰線上所進行的鬥爭，藝術上的處理是不一樣的。

吳蓀甫與趙伯韜的鬥爭，主要用虛寫。吳老太爺辦喪事時，趙伯韜在吳府出場，要與吳蓀甫合伙搞一個秘密公司，作家卻沒有讓吳蓀甫出場。在情節發展過程中，作家也沒有讓他們倆進行面對面的較量，只是一直到「決戰」前夕，這兩人才在夜總會酒吧間的一角作了一次短時間的「談判」。這是由於他們的身份以及他們之間鬥爭的性質決定的。他們各自都有代理人，不必要由他們自己經常出場。吳蓀甫與工人之間的鬥爭，用的是實寫：通過走狗屠維岳及黃色工會，用了不少筆墨描寫了工人鬥爭的場面，還讓工人包圍了吳蓀甫的汽車。吳蓀甫與農民鬥爭的這一條線，有實寫，也有虛寫，是虛實結合的。這樣，吳蓀甫在三條線上的鬥爭，在情節的安排上，就生動和富有變化。

圍繞著基本情節，小說還穿插了許多插曲性的事件。比如吳老太爺這具「僵屍」一到上海就「風化」；吳蓀甫除與別人合伙辦益中公司外，又獨自收盤了陳君宜的綢廠和朱吟秋的絲廠；馮雲卿用女兒作「美人計」，結果是賠了女兒又破產；吳少奶奶林佩瑤的「仲夏夜的夢」以及與雷參謀的「幽會」；「紅頭火柴」周仲偉的由眞老闆變成假老闆；林佩珊與范博文、杜新籜之間的愛情遊戲；四小姐蕙芳的「靜修」與「出走」；阿萱的玩弄「鏢」和「寶劍」等等。這許多插曲性事件，與吳蓀甫在三條戰線上所進行的鬥爭，融成一片，就使得作品的情節具有無比的豐富性。

《子夜》的情節是生動而豐富的。拉法格在評論左拉的《金錢》時說：「想要把交易所的人們和他們的生意經描寫得很有趣味，這是很困難的，可是左

拉卻成功地把放在他眼前的吃力不討好的材料戲劇化。……情節的陳述是非常成功的。」〔註33〕假使把這段話移用過來作為對《子夜》的題材處理和情節安排的評價，也是非常恰切的。

《子夜》藝術上的獨創性，還表現在藝術手法的多樣性上。

茅盾一開始小說創作，就以善於刻畫人物的心理活動著稱。《蝕》、《虹》等小說在刻畫心理狀態時，更多的是用靜態的剖析方法。《子夜》卻有所不同：既保留了細膩的心理描寫這一一貫的特色，又發展了通過描繪頭緒紛繁的生活場面來刻畫性格的技巧。

比如小說的第二、三兩章描寫吳老太爺的大殮，但作家沒有去描寫大殮的禮儀和弔唁活動，而是著重去描寫分佈在吳公館各處的賓客們的各種活動場面。雖然頭緒紛繁，但作家卻把那些場面描繪得像一個個電影鏡頭那樣，形象地呈現在讀者面前。作品中的一些重要人物都出場了，他們的性格特徵也基本上被揭示出來了。照理說，吳蓀甫是這一天的中心人物，但作家沒有著重去描寫他，而是把許多生活場面中引出的線索，都聯繫到吳蓀甫身上。作家分別用正面描寫或側面烘托的手法，寫出吳蓀甫就像一個總指揮那樣指揮幾條戰線上的戰鬥。同時也表現了吳蓀甫的獨特的社會地位和敢作敢為、精明能幹的性格。又如第十七章寫吳蓀甫在「決戰前夕」的活動，按照時間順序寫吳蓀甫在一整夜和一個上午的四個生活場面。用實寫的、虛寫的、象徵的、映襯的等各種手法，多層次地描寫吳蓀甫面臨失敗時外強中乾、心虛膽怯的性格特徵。

把紛繁的場面描寫與心理剖析相結合，多側面、多層次地進行「卓越的個性刻畫」，從而塑造了一系列立體的、栩栩如生的、血肉飽滿的人物形象。

情節的生動性、豐富性和刻畫人物性格的手法的多樣性，從而使作品具有高度的形象性，這表明茅盾在創作《子夜》時，藝術上已取得了很大的突破。

綜上分析，可見在《子夜》中，「較大的思想深度」是融化在「意識到的歷史內容」，也就是「對現實關係的真實描寫」中的，而「對現實關係的真實描寫」，又是通過「卓越的個性刻畫」，使作品具有高度的形象性來實現的。這樣，具有個人特色的真、善、美的「完美的融合」，就使《子夜》成為一部革命現實主義的傑作。

〔註33〕拉法格：《左拉的〈金錢〉》，《文學論文選》，人民文學出版社，1962年版。

巨大的意義，強烈的反響

從一九二八年（《蝕》三部曲發表後）到一九三二年底（《子夜》出版以前）的五年間，中、長篇小說創作所取得的成就，遠遠超過新文學運動的第一個十年。這些成就的標誌是：

作品的數量增多了，產生過一定影響的就有二十多部。除茅盾的《虹》、《路》、《三人行》外，可以舉出十多個作家：老舍寫了《二馬》、《小坡的生日》，巴金從《滅亡》開始接連寫了《新生》、《死去的太陽》、《砂丁》。「愛情三部曲」的第一、二部《霧》《雨》和「激流三部曲」的第一部《家》，葉紹鈞寫了《倪煥之》，王統照寫了《山雨》，郁達夫寫了《迷羊》、《她是一個弱女子》，洪靈菲寫了《流亡》，丁玲寫了《韋護》，柔石寫了《二月》，葉永榛寫了《小小十年》，華漢寫了《地泉》三部曲，胡也頻寫了《到莫斯科去》、《光明在我們前面》，蔣光慈寫了《麗莎的哀怨》、《衝出雲衛的月亮》、《田野的風》，等等，這些作家中，有的過去是一直寫短篇的，現第一次寫了長篇，如葉紹鈞；有的一開始就寫長篇，並成爲中、長篇小說的多產作家，如老舍、巴金。

這些中長篇小說，題材擴大了，思想性和藝術質量也有所提高。但是，卻還存在著一些嚴重的缺點和不足之處。

「五四」以後湧現出來的作家，政治思想和文藝思想都多方面地接受外來思潮的影響。就政治思想來說，民主主義思想的影響是主導的，有的作家較早接觸並接受馬克思主義的影響，有些作家則受無政府主義思想影響比較深。當時一些初步懂得馬克思主義的左翼作家，雖然有革命熱情，但又受到「左」傾路線和蘇聯「拉普」的影響，同時又缺乏生活經驗和感受，或者藝術素養不夠，創作出來的作品就不可避免地要公式化、概念化。華漢的《地泉》就是一個很突出的例子。茅盾認爲：「一九二八年到一九三〇年這一時期所產生的作品，現在差不多公認是失敗。」〔註 34〕這段話用來評價這一時期左翼作家的小說，也是完全正確的，並且還可以把一九三一、三二兩年間左翼作家的小說創作包括進去，茅盾自己的《三人行》也在內。

一九二九年間「新月派」的理論家梁實秋竭力反對左翼作家倡導的無產階級革命文學，叫囂說：「『我們不要看廣告，我們要看貨色』。我的意思是：馬克思唯物史觀列寧階級鬥爭等等名詞，我們已經聽過了不少。請拿出一點

〔註 34〕茅盾：《〈地泉〉讀後感》，原載《地泉》，上海湖風書局，1932 年 7 月版；《茅盾論創作》，上海文藝出版社，1980 年版。

點『無產階級文學』的作品給我們看看」。〔註35〕曾經加入過左聯、後來又搖身一變以「第三種人」自居的蘇汶（杜衡）也攻擊左翼文學運動說：「做了忠實的左翼作家之後，他便會覺得與其作而不左，還不如左而不作。而在今日之下，左而不作的作家，何其多也！」他又說：「中國無產階級文學運動已經有了三年的歷史，在這三年的時間內，理論是明顯地進步了，但是作品呢？，不但在量上不見其增多，甚至連質都未見得有多大的進展。」〔註36〕梁實秋、蘇汶之流的這些論調，自然是對左翼文學運動的惡意誣蔑。但確實也是抓住左翼文學運動的弱點的。左翼文學運動開展以來，除了魯迅的雜文、殷夫的新詩而外，在小說創作方面（包括短篇和中長篇），確實還沒有出現成熟的作品。柔石的《二月》這部現實主義小說，就其思想內容來說，也還沒有達到無產階級高度。

在這種情況下，《子夜》於一九三三年一月問世，自然具有巨大的意義，在社會上引起強烈的反響，是理所當然的。

魯迅日記一九三三年二月三日記載：

　　　　茅盾及其夫人攜孩子來，並見贈《子夜》一本，橙子一匡，報
　　以積木一盒，兒童繪本二本，餅及糖各一包。〔註37〕

原來茅盾於一九三一年十月辭去左聯行政書記的職務，集中時間寫《子夜》，魯迅一直就很關心，與茅盾見面時曾多次問及寫作進展情況。所以《子夜》一出版，茅盾和夫人孔德沚帶了孩子，到北四川路底公寓去拜訪魯迅，給魯迅送上一本《子夜》。那時茅盾向朋友贈書還沒有在扉頁上題字的習慣。魯迅翻開書頁一看，是空白，就鄭重提出要茅盾簽名留念，並說這一本他是要保存起來，不看的。要看，另外再去買一本。於是茅盾就在扉頁寫上：

　　　　魯迅先生指正　　　　茅盾　　一九三三年二月四日

過了幾天，魯迅給遠在蘇聯的曹靖華的信中，就滿懷熱情地寫道：

　　　　國內文壇除我們仍受壓迫及反對者趁勢活動外，亦無甚新局。

　　但我們這面，亦頗有新作家出現；茅盾作一小說曰《子夜》（此書將
　　來寄上），計三十餘萬字，是他們所不能及的。〔註38〕

一個多月以後，魯迅在一篇雜文中駁斥一些反動文人的謬論時又說：

〔註35〕梁實秋：《無產階級文學》，《新月》第2卷第9期。
〔註36〕蘇汶：《「第三種人」的出路》，《現代》第1卷第6期，1932年10月。
〔註37〕《魯迅全集》第15卷第63頁，1981年版。
〔註38〕《魯迅全集》第12卷148頁。

> 我們在兩三年前，就看見刊物上說某詩人到西湖吟詩去了，某
> 文豪在做五十萬字的小說了，但直到現在，除了並未預告的一部《子
> 夜》而外，別的大作都沒有出現。〔註39〕

由此可見，《子夜》的出版，魯迅是非常重視的。

《子夜》出版以後，瞿秋白連續發表了兩篇文章加以評論。在《〈子夜〉和國貨年》中指出，《子夜》中的描寫，「差不多要反映中國的全社會，不過是大都市作中心的，是一九三〇年的兩個月中間的『片斷』而相當的暗示著過去和未來的聯繫。這是中國第一部寫實主義的成功的長篇小說。」「應用真正的社會科學，在文藝上表現中國的社會關係和階級關係，在《子夜》不能夠不說是很大的成績」。因此，他認為，「一九三三年在將來的文學史上，沒有疑問的要記錄《子夜》的出版」。〔註40〕五個月以後，瞿秋白又以施蒂而的筆名發表了《讀〈子夜〉》一文，對《子夜》作了進一步的評論。文章指出：

> 在中國，從文學革命後，就沒有產生過表現社會的長篇小說，
> 《子夜》可算第一部，它不但描寫著企業家、買辦階級、投機份子、
> 土豪、工人、共產黨、帝國主義、軍閥混戰等等。它更提出許多問
> 題，主要的如工業發展問題，工人鬥爭問題，它都很細心的描寫與
> 解決。從「文學是時代的反映」上看來，《子夜》的確是中國文壇上
> 的新收穫，這可說是值得誇耀的一件事。

文章用夾敘夾議的手法從八個方面評述了《子夜》的內容。並強調指出，吳蓀甫、周仲偉等的失敗與「五卅」示威及閘北罷工的失敗雖然都是由於「環境的逼迫」，「但在同一環境逼迫中卻有分野，那就是前者是歷史上的必然，後者是戰術上的必然，不能同一看法的」！這一見解是很深刻的。瞿秋白還對學術界對《子夜》的評論，談了自己的看法。有許多人說《子夜》在社會史上的價值是超越它在文學史上的價值的，他認為「這原因是《子夜》大規模的描寫中國都市生活，我們看見社會辯證法的發展，同時卻回答了唯心論者的論調」。有些評論家把茅盾比作美國的辛克萊，他認為，「這在大規模表現社會方面是相同的；然其作風，拿《子夜》以及《虹》、《蝕》等來比《石炭王》、《煤油》、《波士頓》，特別是《屠場》，我們可以看出兩個截然不同點來，一個是用排山倒海的宣傳家的方法，一個卻是用娓娓動人的敘述的態

〔註39〕《魯迅全集》第5卷第79頁。
〔註40〕1933年3月12日《申報·自由談》。

度」。「在意識上，使讀到《子夜》的人都在對吳蓀甫表同情」，他認爲是作家對書中主人翁的描寫態度的關係。此外，文章還指出《子夜》的一些缺點。〔註41〕

魯迅和瞿秋白熱情地肯定《子夜》的成就，也就是對梁實秋、蘇汶之流誣蔑左翼作家「左而不作」、「拿不出貨色來」等謬論的駁斥。

作家評論家也連續發表評論文章。

吳組緗認爲，「有人拿《子夜》來比好萊塢新出的有聲名片《大飯店》，說這兩部作品同樣是暴露現代都市中畸形的人生的，其實這比擬有點不倫不類」。因爲，「《大飯店》是沒有靈魂。……它沒有用一個新興社會科學者嚴密正確的態度告訴我們資本主義的社會是如何沒落著的；更沒有用那種積極振起的精神宣示下層階級的暴興」。而《子夜》則一方面暴露了上層社會的沒落，另一方面宣示著下層社會的興起，但有不足之處，那就是「這兩方面表現得不平衡，有一邊重一邊輕的弊病，原因或許是作者對於興起的一方面沒有豐富的實際生活經驗」。〔註42〕這一看法是正確的。

淑明指出，《子夜》出版以後，由於它的突出的成就，「不論是右傾或者是左翼的刊物，他們都對於這一文壇上的奇葩表示著一致的激賞與驚嘆」。他認爲《子夜》的「主題的積極性」，是在「企圖解答中國社會性質問題」，並且「這嘗試又是成功的」。文章接著分析了有「鐵腕」的民族資本家吳蓀甫這個人物，指出作者寫出了他的失敗的必然性，「這樣，中國的社會性質，在這裡就得到合理的解答」，「復次，中國今後革命的性質，也在這裡主要地解決了。」正確地聯繫三十年代初中國社會性質問題論戰，著重分析主要人物，指出小說主題的積極性，這篇文章是第一篇。朱佩弦的《子夜》認爲小說「寫的是民族資本主義的發展與崩潰的縮影」。指出「這幾年我們的長篇小說漸漸多起來了；但眞能表現時代的只有茅盾的《蝕》和《子夜》」。文章還著重分析了吳蓀甫這個人物，但他認爲小說把「吳、屠兩人寫得太英雄氣概了，吳尤其如此，因此引起一部分讀者對於他們的同情與偏愛，這怕是作者始料所不及的罷」。〔註43〕這一看法，是值得商榷的。趙家璧的《子夜》，一方面肯定小說多方面描寫社會現象，抓住了一個吳蓀甫，「把許多線索在他身上貫通了」，作者精愼的佈局，把許多錯綜混亂的線索，應用了高明的

〔註41〕《讀〈子夜〉》，《中華日報》副刊《小貢獻》，1933 年 8 月 30 日。
〔註42〕吳組緗：《子夜》第 1 卷第 1 號，1933 年 6 月。
〔註43〕《文學季刊》第 1 卷第二期，1934 年 4 月。

手段，組成一部「成熟的藝術品」；一方面指出，「許多沒有結清的線腳，是隨處暴露著的」。在人物描寫方面，認為小說中的許多人物，「都能在讀者的腦海中，刻著深刻的印象」，但把屠維岳寫得令人同情，把阿萱寫得那樣沒出息，是不好的。〔註44〕

曾經反對過新文學的學衡派的吳宓，亦用「雲」這個筆名發表評論文章，稱「吾人所爲最激賞此書者，第一，此書乃作者著作中結構最佳之書。」「第二，此書寫人物之典型性與個性皆極軒豁，而環境之配置亦殊入妙」。都舉例作了分析。吳宓最後評論《子夜》的文字說：「筆勢具如火如荼之美，酣恣噴薄，不可控搏。而其微細處復能婉委多姿，殊爲難能而可貴。尤可愛者，茅盾君之文學係一種可讀可聽近於口語之文字。」〔註45〕茅盾晚年談到這篇評論文章時說：「吳宓還是吳宓，他評小說只從技巧著眼，他評《子夜》亦復如此。但在《子夜》出版半年內，評者極多，雖有亦涉及技巧者，都不如吳宓之能體會作者的匠心。」

《子夜》問世後，不僅爲文藝界所重視，並且擁有大量的讀者，書一出版，讀者就爭相購買，據報導，北平某書店竟於一天之內售出一百多部。〔註46〕初版三千部，很快就售缺。在初版後的三個月內，重版四次，每次各爲五千部，在出版界是很少見的。雖然小說的題材有些枯燥，但青年學生還是很喜歡它。有讀者寫信給《中學生》雜誌說：「茅盾先生的《子夜》出版，第二天我就去買了來。兩天功夫把它看完。這樣巨大的組織，這樣動人的文章，在我國新文學中從來不曾有過。」〔註47〕還有的讀者「組織『子夜會』進行學習討論」。〔註48〕經濟學家錢俊瑞在他的著作中向讀者推薦《子夜》，認爲這部小說對研究中國經濟形態有著積極作用。〔註49〕《子夜》不僅風行於知識分子階層，並且闖進了資本家家庭。向來不看新文學作品的資本家的少奶奶、大小姐，也都爭相閱讀，因爲《子夜》描寫到她們了。可見《子夜》的出版，大大擴大了新文學的讀者對象。

《子夜》受到廣大讀者和進步文化界的熱烈歡迎，但國民黨反動派卻感到很恐慌。一九三四年二月，國民黨中央黨部以「鼓吹階級鬥爭」的罪名，

〔註44〕《現代》第3卷第6期，1933年10月。
〔註45〕《出版消息》1933年4月。
〔註46〕《〈子夜〉的讀者》，《文學雜誌》第1卷第2期，1933年5月。
〔註47〕《中學生》第36號，1933年6月。
〔註48〕瞿光熙：《〈子夜〉的烙痕》，《新民晚報》1960年6月15日。
〔註49〕錢俊瑞：《怎樣研究中國經濟》，生活書店，1936年9月版。

查禁一百四十九種著作。包括《子夜》在內的茅盾已出版的七種創作全部都在「查禁」之列。〔註50〕這樣大規模的「查禁」，自然要影響書店老闆的「血本」。他們「不得不據『理』力爭。最後決定的辦法是分別處理。《子夜》被歸入『應行刪改』一類。『檢查老爺』用朱筆在這部名著下面批道：『二十萬言長篇創作，描寫帝國主義者以重量資本操縱我國金融之情形。P.97 至 P.124（按：即寫農村暴動的第四章），諷刺本黨，應刪去。十五章描寫工潮，應刪改』。〔註51〕這樣，《子夜》雖然放禁，但從一九三四年重印的第五版起，只能以受過肢解的殘廢者的形體（即刪去第四、十五兩章）與讀者見面了。即使這樣，反動派還再次加以查禁。但不久，巴黎進步華僑辦的「救國出版社」卻全部翻印了這本書。卷首有《翻印版序言》，其中說：「《子夜》是中國現代一部最偉大的作品，《子夜》的作者，不僅想描寫中國社會的眞象，而且也確能把這個社會的某幾方面忠實反映出來。《子夜》的偉大處在此，《子夜》不免觸時忌，也正因此，它出版不久，即被刪去其最精彩的兩章（第四章及第十五章）；這樣，一經割裂，精華盡失，已非復瑰奇壯麗舊觀了！本出版有鑒於此，特搜求未遭刪削的《子夜》原本，從新翻印，以享讀者。」「天才的作品，是人類的光榮成績，我們爲保存這個成績而翻印本書，想爲尊崇文藝、欲窺此書全豹的讀者們所歡迎的罷。」〔註52〕由此可見，並且以後的歷史更證明，這樣一部革命現實主義傑作，反動派的「文網」是禁錮不了的，反動的暴力也同樣是摧殘不了的。

三十五　重大的突破〔二〕──短篇小說集《春蠶》

　　一九三二年「一・二八」，日本帝國主義進攻上海。上海駐軍第十九路軍在廣大人民群眾的熱情支援下奮起抵抗，侵略者的飛機濫炸閘北最繁華的寶山路一帶。茅盾曾經工作了十七年的商務印書館編譯所和商務總廠被炸全部燒毀。上海抗戰支持了一個月，最後由於國民黨政府妥協投降，以簽訂賣國的「淞滬停戰協定」結束。

　　二月三日，茅盾和魯迅等四十三位作家簽名發表了《上海文化界告全世界書》，二月七日，茅盾等又進一步聯合一百二十九名愛國人士簽名發表《爲

〔註50〕《大美晚報》1934 年 3 月 14 日，見《且介亭雜文二集・後記》，《魯迅全集》
　　　　第 6 卷第 448 頁。
〔註51〕轉引自茅盾《回憶錄》（十七），新文學史料，1982 年 4 期。
〔註52〕轉引自晦庵《書話》，北京出版社，1960 年版。

抗議日軍進攻上海屠殺民眾宣言》，嚴正控訴日本帝國主義的侵略暴行，號召全世界人民來支援中國人民的抗日鬥爭。

作為一個作家，茅盾還寫了一篇散文《第二天》和一篇短篇小說《右第二章》，反映了這一歷史事件。《第二天》以夾敘夾議的手法記述了「一・二八」事件第二天的所見、所聞與所感，指出「背裡詛咒公婆而又死心塌地看著公婆臉色的童養娘」似的小市民，「在新的歷史舞臺上」，「早已不是主角兒」。《右第二章》批判了在抗日炮火聲中某些知識分子苟安偷生、利己主義的卑怯心理，歌頌了阿祥等工人積極參加抗日活動的愛國主義精神；通過對阿祥的不願撤退被軍隊槍殺，他的家屬因而精神失常的描寫，從側面揭露了國民黨反動派妥協投降的罪行。

一九三二年間，茅盾在創作長篇小說《子夜》的同時，還創作了《林家舖子》、《春蠶》等幾篇著名的小說，一九三三年三月，茅盾把他這幾年間寫的八篇作品編集出版，題名為《春蠶》。

在《春蠶》這個集子中，以小市鎮和農村生活為題材的作品，具有重要意義。

從前面的介紹中我們可以看到，茅盾寫作市鎮生活和農村題材的作品，是有直接的生活感受的。

茅盾最初開始構思《子夜》時，原來包括一個農村三部曲的，所以就有意識地搜集一些農村素材。一九三二年間，他曾兩次回鄉。「一・二八」上海戰爭時，他的母親正在上海。戰爭結束後，怕鄉下不安寧，一直拖到五月間，才把母親送回去。八月間，因祖母去世，茅盾又和孔德沚帶了兩個孩子回去奔喪。這是一年中的第二次回鄉。這兩次回鄉，使他瞭解到農村中的最新的變化，特別是「豐收災」──一九三二年間在中國農村發生的怪現象，使他感觸很深。此時，《子夜》的構思已經改變，決定只寫都市了。於是他就決定用農村題材寫短篇小說。

一九三二年二月，茅盾寫了《小巫》。描寫了一個原來在上海某百貨公司當售貨員，被一個「老爺」買去當姨太太的菱姐的悲慘命運；並以菱姐為視點，揭露鎮上保衛團團董「老爺」、保衛團隊長、公安局長、省保安隊連長之間因利害關係進行爾虞我詐的鬥爭，又互相勾結，合伙魚肉人民的醜惡行為，從而揭示了國民黨反動統治的社會基礎的兇殘暴虐又腐朽透頂。但是，哪裡有壓迫，哪裡就有鬥爭，正是他們，迫使老百姓拿起武器進行反抗。小說題

爲《小巫》是暗示：保衛團團董「老爺」、以及什麼隊長、局長、連長之流，欺壓老百姓雖然極其凶殘，與「大巫」比較起來，只不過是「小巫」而已。但「大巫」在哪裡呢？作者沒有說，讓讀者自己去思考。

　　一九三二年五月，茅盾送母親回到烏鎮。這是他在「一・二八」戰爭以後第一次回到故鄉。帝國主義軍事進攻和經濟侵略，特別是日本貨向農村傾銷所造成的農村經濟危機，並由此促使市鎮和農村各種矛盾的日益尖銳，人情世態發生巨大變化，這些茅盾感觸很深。同時在寫作上他又一次「想換一換口味」「從自己所造成的殼子裡鑽出來」。於是便寫下了《林家舖子》。

　　《林家舖子》描寫鄰近上海的一小市鎮上的一家小百貨店，雖然盡力掙扎仍不得不倒閉的故事。

　　林老闆從父親手裡繼承下這個小百貨舖。做生意巴結認眞，從沒浪費過分文，沒有害過人，沒有起過歹心。但他熟悉做生意的訣竅，生意清淡時用「大放盤」招來顧客，生意好轉時就把貨碼提高，「把次等貨換上頭等貨的價格」。他甚至在群眾反對販賣東洋貨的高潮中，向國民黨黨部行賄，把東洋貨的商標撕去冒充國貨廉價推銷，還有一個老實而又能幹的伙計壽生做幫手。然而儘管如此，林老闆還是逃脫不了破產的命運。因爲，在飢餓線上掙扎的農民雖然知道那些日用品價錢是「便宜」，可就是「沒有錢買」；由於日本帝國主義的侵略戰爭，上海來的收賬客人坐索現款，本鎮的錢莊經理逼他掃數還清舊欠；國民黨黨老爺對他敲詐勒索；同業又對他造謠中傷，互相傾軋，趁他危急時挖去他僅有的存貨。這樣，他雖然挨過了年關，仍然不可能把他的舖子維持下去，只有一走了之。

　　作家又一次改變他寫起來得心應手的知識分子生活這一類題材，轉而去描寫市鎮小商人，成功地塑造了林老闆這個人物。這種個性鮮明的小商人的典型不僅是在茅盾的創作中第一次出現，也是中國現代文學史上別的作家不曾提供過的。《林家舖子》的題材有著很強的現實性。林老闆最後是一走了之，作家沒有讓他起來「鬥爭」，作品中也沒有什麼政治口號。但小說通過對迫使林老闆破產的原因的具體描寫，不僅反映了廣闊而深刻的歷史內容，並且革命的政治傾向也蘊含其中了。在藝術手法上作家繼續發揮他善於刻畫人物心理狀態的手法，讓人物在複雜的多層次的矛盾衝突中，在行動中表現他的個性，這就使人物的個性特徵表現得更爲充分，形象也就更爲豐滿，更富有典型性。複雜而又層次井然的結構，樸素、明快、開朗的語言，使作品具有獨

特的風格。這些特點，標誌著茅盾在短篇小說創作的道路上又前進了很大的一步。

《林家舖子》發表以後，在文藝界引起廣泛的注意和好評。朱自清說這篇小說「寫一個小鎮上一家洋廣貨店的故事，層層剖剝，不漏一點兒，而又委曲入情，眞可算得『嚴密的分析』。」他認爲這是茅盾的「最佳之作」。〔註53〕有些評論家雖然從社會學的角度出發苛求作家，但也不能不承認這篇小說在取材上「是百分之百把握了現實，意識上也是非常正確的」；「在人物的配置上和描寫，小市民階級的林先生，封建意識的林大娘，金融資產階級的走狗上海客人，市鎮的豪紳商會長，都寫得非常深刻，生動、有力！此外在寫老年人朱三太和少女林小姐時，也都能描摹出個性來」，所以是一篇「很成功的作品」。〔註54〕

一九三二年八月茅盾第二次回鄉，農村正經歷了一場春繭豐收的「災難」，這就使他加深了對「豐收災」的認識，決定用這一題材寫一篇小說。十月底寫成了《春蠶》，發表於《現代》第二卷第一期。

《林家舖子》和《春蠶》陸續發表後，反響強烈，讚揚的多。《申報月刊》的主編俞頌華又找到茅盾，要他再寫一篇農村題材的小說。於是他就把《春蠶》的人物和故事加以發展，於一九三三年一月寫成《秋收》（《申報月刊》第二卷第二期），同年六月寫了《殘冬》（《文學》創刊號）。人們通稱之爲「農村三部曲」。作家自己原來沒有寫「三部曲」的計劃，是第一篇《春蠶》寫好以後，發展而成第二部（《秋收》）、第三部（《殘冬》）的。人物和故事情節是完全連貫的，是名符其實的「三部曲」（《殘冬》寫於短篇小說集《春蠶》出版以後，爲方便起見，此處合併評述）。

六十多歲、勤勞忠厚的老農民老通寶，把自己的命運完全寄託在桑事上，他希望「桑花利市」，償還債務，從而扭轉貧困的命運。對於「越變越壞」的世道，他感到非常困惑。他認眞思索過自己的命運和這個「越變越壞」的世道的關係，模模糊糊地感覺到是和那些帶「洋」字的東西的來到和「換了新朝代」（按：指國民黨新軍閥的統治）有關，但封建迷信觀念卻阻礙他去進一步認識自己的命運。不是老天爺的保佑，而是一家人經過幾十天的緊張勞動，終於獲得蠶花豐收。但結果卻是「白賠上十五擔葉的桑地和三十塊錢的債」，

〔註53〕 朱佩弦：《子夜》，《文學季刊》1 卷 2 期，1934 年 4 月。
〔註54〕 羅浮：《評茅盾〈春蠶〉》，《文學月報》1 卷 2 期，1933 年 7 月。

老通寶向下坡路再走了一步，氣得大病一場。（《春蠶》）由於春蠶豐收成災，在青黃不接的時候，農民們過飢餓的生活，老通寶也餓得眼睛發花，小兒子阿多參加「吃大戶」、「搶米囤」的鬥爭，他堅決反對，要告他忤逆，要活埋他。「搶米囤」的風潮平息了下去，接著而來的是與旱災的鬥爭。在這場鬥爭中，現實生活迫使老通寶不得不向他一向所痛恨的「洋水車」、「肥田粉」等「洋」東西低頭。經過一場艱苦的鬥爭，天老爺的幫助，又是一場豐收。但跟著豐收來的是米價的暴跌，「老通寶的幻想的肥皂泡整個兒破滅了」。「豐收」的慘痛送了他的一條命，在他臨死前，似乎或感覺到阿多是對的（《秋收》）。

　　老通寶的小兒子阿多——多多頭，是一個「不知苦樂」的小伙子，開朗、愉快、熱愛生活，他不相信父親的那些鬼禁忌；他樂於幫助別人，對被人們視爲「白虎星」的荷花，他也抱著同情。由於他年輕、思想上舊影響比較少，生活本身使他體會到：「單靠勤儉工作，即使做到背脊骨折斷也不能翻身」這個道理。因此他不相信「蠶花好」，「田裡熟」就能改變自己的命運。這表明他對老一代農民生活道路已經起了懷疑，叛逆的性格已在他的身上萌芽（《春蠶》）。因而，在「搶米囤」、「吃大戶」的鬥爭中，他自然就成爲起來抗爭的農民們的領袖之一；在與旱災的鬥爭中，他又樂於接受「洋水車」、「肥田粉」這些新事物（《秋收》）。春蠶的美夢破滅於前，秋天的幻想絕望於後。在寒冬西北風下挨餓的農民便寄希望於「改朝換代」。以阿多爲代表的年輕一代農民，在大革命時代就已受到革命思想的影響，在他身上早已萌發出叛逆的性格，在活不下去的時候，他們便自發地組織了起來，拿起鋤頭鐮刀，奪取反動政權的武器來武裝自己，並且以嘲弄的口氣唾棄了那個所謂的「眞命天子」。這表明阿多他們已經和傳統的觀念決裂，走上「造反」的道路了。（《殘冬》）

　　阿四和阿四嫂，各有自己的個性，他們的共同之處是和老通寶一樣勤勞刻苦，也一樣相信各種禁忌。但不像老通寶那樣固執，在和自己的切身利益有關的時候，也是願意接受新事物的（《春蠶》）。在挨餓的時候，他們曾想老老實實地依靠借貸渡過難關。在「吃大戶」的鬥爭中，在阿多等的影響下，他們的認識也有了轉變，跟著大伙兒走了。在與旱災的鬥爭中，他們也較快接受「肥田粉」等新事物（《秋收》）。在一年裡經受了春蠶秋稻兩次「豐收成災」的打擊，本來是「自田自地」，生活還過得去的老通寶留下的那個「家」完全垮了。阿四雖然還想種「租田」過活，但他知道「種租田不是活路」。

　　四大娘的父親勸她到鎮上去給人家「做女傭」，拿「工錢」；阿四也想到鎮上去做「短工」，「混一口飯吃」。但他立刻又想到走上這一條路，「他這一世」就「完了」。「拆散了這家去過『浮屍』樣的生活，那非但對不起祖宗，並且也對不起他們的孩子——小寶」。的確，千百年來的生活養成的信念和習慣，「就以為做人家的意義無非為要維持這個『家』，而現在要拆散這個「家」去「吃人家飯」，總覺得「不是路」，打不起注意。(《殘冬》) 事實上已經變成農村無產者的阿四和四大娘，要在思想感情上要適應這一變化，的確是不容易的啊！

　　《春蠶》、《秋收》、《殘冬》通過對老通寶父子兩代為了生活和命運在一年間的勤勞奮鬥的描寫，塑造了三種農民的典型：老通寶是老農的典型，多多頭是青年農民的典型，阿四和四大娘的性格互為補充，是中年農民的典型。在他們身上體現了中國農民傳統的性格特徵：一方面是勤勞、刻苦、質樸和反抗性，一方面是小私有者的安土重遷思想和深受封建迷信思想毒害而形成的命運觀念，但這種傳統的性格特徵又因他們在家庭中所處的地位不同而不同：在老通寶身上突出表現為頑固守舊，但也有著一種盲目排外思想和敵仇那些「私通洋鬼子」的人的情緒；在阿多身上則反抗性更為突出；而阿四和四大娘雖然「自顧自」，但也能接受新事物隨大流。這些性格刻畫是有很高的真實性和典型性的。

　　通過對老通寶、阿多、阿四和四大娘等人物的性格和命運的描寫，小說揭示出：帝國主義的經濟侵略，國民黨的反動統治，地主、高利貸者的剝削，是造成農民苦難生活的根源。但在農村經濟破產過程中，農民自身由於經濟地位的變化，思想意識也在跟著發生變化，其中的先進分子逐步認識要改變自己的處境，不僅不能相信命運，更必須拋棄對什麼「真命天子」的幻想，應該自己拿起武器進行鬥爭。這樣，小說對三十年代初中國社會生活的反映不僅是非常真實的、深刻的，而且是揭示了歷史發展動向的。

　　在「農村三部曲」中，作家繼續發揮他所擅長的刻畫人物心理狀態的才能，但不只是作靜態的剖析，而是和《林家舖子》一樣，在波瀾迭起的情節的發展變化過程中，在人物的行動中，多側面、多層次地來揭示人物內心最隱秘的東西。從而使他筆下的人物栩栩如生，富有立體感。作品還具有強烈的時代性、鮮明的地方色彩和濃厚的生活氣息。這一切表明作家的藝術個性、藝術性格也是在發展的。

「農村三部曲」表明：作家對農村生活是很熟悉的，對農民的「所思所感與所痛」是有深刻理解；在藝術上是不斷地進行探索和創新的；作家把他對中國社會生活、特別是農村生活的馬克思主義的分析、對農民的無產階級的情思融化在對人物形象的塑造中，融化在「對現實關係的眞實描寫」中。因而，這是成熟的革命現實主義小說。

《春蠶》等三篇作品，由於思想和藝術上的傑出成就，陸續發表後就受到評論界的熱情讚揚，《春蠶》這一篇得到更高的評價。朱自清說：「《春蠶》、《秋收》，分析得細」，「我們現代小說，正應該如此取材，才有出路。」〔註55〕王藹心認爲：「作者處處從側面入手用強有力的襯托，將帝國主義經濟侵略深入到農村，以及數年來一切兵禍、苛捐……種種剝削後的農村的慘酷景象，盡量暴露無餘」。「作者很愉快地告訴我們，現在整個的農村都已崩潰了，但不要緊，這僅是動亂前的一個普通現象，這現象的背後，埋有許多許多民族走向復興的力，它可以使地球轉向光明」。〔註56〕一九三三年上半年，沈端先化名蔡權聲把《春蠶》改編成電影劇本，並由明星影片公司攝製成同名影片。這是中國第一次把進步的文學作品改編成爲電影。魯迅指出這是國產片從武俠片中「掙扎起來」，「是進步的」。〔註57〕

三部曲對文學創作也起了積極影響。《春蠶》發表以後，以農村經濟破產爲題材的創作，相繼出現。如葉聖陶的《多收了三五斗》、葉紫的《豐收》、夏征農的《禾場上》、洪深的《農村三部曲》（《五奎橋》、《香稻米》、《青龍潭》），等等，都各具特色。

其他四篇，題材、形式和藝術手法各有特點。

《喜劇》寫的是一幕小喜劇。五年前，「國民革命軍」北伐的時代，作爲國民黨員的青年華因撒發反對北洋軍閥孫傳芳的傳單，被關進監牢。過了五年的鐵窗生活以後出獄，已經是「青天白日的世界」。代替孫「聯師」「雄據南京」的是一位「總司令」，的確已革過命了。但「吃的穿的都革貴了」，「革命政府」「在四年內發的公債比北洋軍閥十五年內所發的數目多上好幾倍」，而上海，是「更適宜於尋歡作樂了」；「做官的大亨」是那些當年不革命、反革命的人。當年革命的國民黨員青年華出獄後卻像喪家之狗，連買一個燒餅

〔註55〕朱佩弦：《子夜》，《文學季刊》1卷2期，1934年4月。
〔註56〕王藹心：《〈春蠶〉的描寫方法》，《讀書顧問》第2期，1934年7月。
〔註57〕《電影的教訓》，《魯迅全集》第5卷292頁。

充飢的錢也沒有，更找不到棲身之處，只好冒充共產黨再進監牢。「喜劇將那無價值的撕破給人看」，〔註58〕作家用喜劇手法描寫青年華出獄後的遭遇，文筆輕鬆，富有幽默感。卻尖銳地揭露了「青天白日」下的醜態，抨擊了國民黨反動派對革命的背叛。

《神的滅亡》講的是北歐的神話。天上，「神中之王」奧定，是一個口是心非、荒淫無恥、凶殘暴虐的傢伙，他擁有無上權威，還有許多戰將、武士供他指揮。他把他自己所有的「敵人」都鎖禁起來，自以為他的統治權「安若磐石」。然而，「在下界」，「被壓迫者」反叛了，他的「敵人」也都「掙斷了鐐桎」，「全宇宙的被壓迫者聯成了一條戰線」，一齊向「天宮」進攻。最後，奧定和他的戰將、戰士全都戰死了，只有「火焰巨人」沒有死，他用他的「火焰刀」燒毀一切，重新創造宇宙。顯然，這雖然講的是北歐神話，其實是暗喻當時現實的，「象徵蔣家王朝的荒淫墮落及其不可挽救的必然滅亡。」〔註59〕

《光明到來的時候》是一篇用象徵手法寫的近似寓言體的作品。長期生活在「黑暗的古老的建築」裡的兩個人，在這座建築產生了裂縫、透進一線亮光的時候，他們都歡欣鼓舞。但「火山爆發」的大火使裂縫愈來愈大，光明就要到來的時候，其中一個卻認為這「光明」和「書本子」上講的不一樣，還要刺痛眼睛，隨著「大火」而來的「天翻地覆的變動」，「書本」上也沒有說過，不肯忍受一點點痛苦，倒下了。另一個卻迎著「火」前進。他歡迎烈火「燒毀了舊世界的一切渣滓」，自己也要「在火裡洗一個澡」！這篇作品體裁上和散文更接近，一九八○年時作家自己把它編入《茅盾散文速寫集》。

《喜劇》等四篇作品表明：茅盾善於運用多樣的題材、形式和藝術手法進行創作，多側面地反映生活。

綜上分析，可見短篇小說集《春蠶》（加上《殘冬》），特別是其中的《林家舖子》、「農村三部曲」等以市鎮和農村生活為題材的作品，在思想和藝術上都取得傑出的成就，不僅在茅盾本人的文學道路上是又一個重要的突破，並且是繼魯迅的《吶喊》、《彷徨》之後，我國新文學短篇小說發展史上的一個新的高峰。

《春蠶》出版以後到一九三四年初，茅盾又寫了四個短篇，其中有三篇

〔註58〕《再論雷峰塔的倒掉》，《魯迅全集》第1卷第191頁。
〔註59〕《茅盾散文速寫集・序》，人民文學出版社，1980年版。

以是小市鎮和莫村生活爲題材的。《殘冬》前已評述，《當舖前》描寫農民王
阿大上當舖典當破舊的衣服的遭遇，反映了農民的貧苦生活；《賽會》描寫小
市鎮居民因旱迎神求雨的活動，反映了小市民的迷信、落後和狹隘性，以及
反動政府的苛捐雜稅給他們的沉重負擔。《牯嶺之秋》是作家用自己一九二七
年七月從武漢經九牯嶺的親身經歷爲背景，反映了大革命失敗後一部分知識
分子的思想波動和心理變化。但沒有按計劃寫完，結束得很匆忙。

　　從一九三二年到一九三三年間，茅盾還寫了不少散文，大部分是以小市
鎮和農村生活爲題材的。

　　《故鄉雜記》（包括《一封信》、《內河小火輪》、《半個月的印象》等三篇）
寫作家一九三二年春天回家，在滬杭路的三等車廂中，在內河小火輪中，以
及在故鄉半個月的所見、所聞與所感。用夾敘夾議的手法記述了帝國主義的
經濟侵略、「一・二八」上海戰爭、國民黨政府的苛捐雜稅和高利貸者的剝削
對上海附近的小市鎮和農村生活的嚴重影響，指出小商人和小康的自耕農都
正處在迅速破產的過程中，一般市民和廣大農民群眾愈來愈窮了。但是，他
們都還沒有覺醒，他們的精神狀態都還是在封建思想的統治下，聽天由命，
苟安度日。體現了作家觀察問題、分析問題的敏銳性和深刻性，能從表面現
象透視到事物的本質，也體現了作家對廣大人民群眾的命運的深切憂慮。《故
鄉雜記》所記載的許多事實，和作家創作《林家舖子》「農村三部曲」、《當舖
前》等小說有密切關係。把它們加以對比，可以清楚地看到作家是怎樣把生
活素材典型化的。

　　不少敘事性的散文，深刻地描繪了城鄉的社會面貌：上海是在迅速地「現
代化」：外資增加，投機市場繁榮，但生產萎縮，消費膨脹，民族工商業日趨
破產（《現代化的話》）；在鄉村，「現代化」在進行著：鐵路、小火輪深入農
村，成爲吸取農民脂膏的大動脈（《農村雜景》）；肥田粉、洋蠶種等近代科學
技術的成果並沒有給農民造福，反而給自給自足的農村打開一個缺口，使農
民的錢從這個缺口流入城市，流向外洋（《陌生人》）；穀賤傷農，豐收反而成
災（《現代化的話》）；迎神賽會等迷信活動被加上了「振興市面」等堂皇的名
目（《香市》、《談迷信之類》）。這些散文，題材廣闊，形式不拘一格，藝術手
法多樣，或抒情，或敘事，或夾敘夾議，揮灑自如。爲民族和人民的命運而
憂慮的愛國主義深情，滲透在字裡行間。

　　這些散文和幾年前的散文一起收入《茅盾散文集》和《話匣子》。

上述散文創作和短篇小說，構成了一幅三十年代初期的中國社會生活的畫卷，有著鮮明的時代特徵和地方色彩。

一九三二、三三年間，是茅盾農村題材小說的豐收時期。

茅盾在《我們所必須創造的文藝作品》中說：「文藝家的任務不僅在分析現實，描寫現實，而尤重在分析現實、描寫現實中指示了未來的途徑」，「立在時代陣頭的作家應該負荷起時代所放在他們肩頭的使命」。〔註 60〕在《〈地泉〉讀後感》中，茅盾批評了公式化、臉譜化的作品以後指出：作家要能運用唯物辯證法去觀察社會，把他所獲得的對於社會的認識，「用形象的語言、藝術的手腕」表現出來，並且要做到「感情地去影響讀者。」〔註 61〕茅盾在一九三二到三三年間的短篇小說和散文創作，和《子夜》一樣，是實踐了自己的主張的，也就是說他的創作實踐和他的文藝思想是完全一致的，理論上克服了教條主義的影響，創作上沒有概念化，革命現實主義完全成熟了。

〔註60〕《北斗》第 2 卷第 2 期，1932 年 4 月。
〔註61〕見《茅盾論創作》第 244 頁，上海文藝出版社，1980 年版。